녹 색
섬 광

녹색

김은주
미스터리 소설

섬광

arte *NOIR*

차

례

프

롤

로

그

_____

슬픔을

틀어쥔

왼손

소년은 마지막 순간까지 마음을 바꾸지 않은 것 같다. 추락사한 시신이라고 믿을 수 없을 정도로 외상흔이 적다. 대부분의 자살자는 마지막 순간에 마음을 바꾼다. 공포에 사로잡혀 허공에서 팔과 다리를 흔들다가 추락하면 팔다리는 물론 허벅지, 등, 허리 쪽 근육이 찢어지는 박피손상이 일어난다. 필사적으로 발버둥 칠수록 육체에는 그만큼의 상처가 남는다. 때는 이미 늦은 순간에 움켜쥐는 생존에 대한 결단력과 의지를 반영하는 상처. 추락한 소년의 몸에는 그런 망설임과 후회의 상처가 적었다.

소년은 3일 전 새벽 약 45미터 높이의 15층 건물 옥상에 올라갔다. 그리고 얼마간 시간을 보낸 다음, 마치 하루 일과를 마감하듯 뛰어내렸다. 적어도 시신은 그렇게 말하고 있었다. 바로 그 점이 무원은 당혹스러웠다.

열다섯 소년의 자살 사건에 어울리는, 공식적으로 제기할 만한 의문은 아니었다. 다른 형사들이라면 일찌감치 시체 안치실을 나와 소년의 집과 학교를 찾아가 왕따 혹은 가정불화 같은 손쉬운 자살 동기를 찾아들고 나올 것이다. 그리고 자리로 돌아가 조서를 쓰고 통상 일주일 정도의 시간을 할애하는 자살 사건을 마무리할 것이다. 그다음에는 책상 위에 지겹도록 쌓여 있는 다른 사건 파일을 집어 들면 된다.

하지만 무원은 의문을 떨칠 수가 없었다. 곧 죽기로 한 자신의 선택을 후회하지 않는 열다섯이라. 그리고 소년은 시내 한복판에 위치한 대형 병원 옥상을 자살 장소로 선택했다. 대체 왜. 그의 사고는 방향 감각을 잃은 사람처럼 한자리를 계속 맴돌았다.

휴대폰이 울리자 오히려 반가운 마음이 들었다. 여성청소년과 선배 형사이자 무원의 파트너인 종태였다.

"끝났어?"

"아직."

"여기, 과연 듣던 대로 전망이 좋네."

무원이 시체 안치실에서 소년의 시신을 확인하는 동안, 종태는 소년이 뛰어내린 세현병원 옥상에서 아스팔트까지의 높이를 체감하고 있었다. 혈관 속으로 싱싱한 혈액이 쉼 없이 흐르듯 차들은 도로 위를 막힘없이 오갔다.

"너 같으면 여기서 뛸 수 있겠어?"

종태의 목소리 사이로 도로 위 차 소리가 끼어들었다.

"저 밑에서 숙련된 전문가가 뛰어내려도 절대 안 죽는다고, 세상에서 제일 안전한 매트를 깔아놨으니 자기 믿고 뛰어내리라고 하면 뛰겠어?"

무원은 자리를 옮겨 소년의 왼손을 살펴보았다. 하마터면 신음 소리를 낼 뻔했지만 신음을 삼키고 입을 열었다.

"형은 하고?"

종태는 무원보다 10년 앞서 형사 생활을 시작했다. 형사 생활을 하면서 총 맞지 않고 칼 맞지 않고 정년까지 버티는 것이 종태의 작고도 큰 소망이었다. 사춘기 소년이 불우한 가정 환경을 비관해 자살한 사건 같은 것이 종태가 생각하는 딱 알맞은 사이즈의 일이었다.

"사람들은 병원에 전부 낫겠다고 오는데, 얘는 여기 죽으러 왔네."

종태의 한숨 섞인 말에 농담의 기색은 없었다. 말 그대로 사실이었다. 병원에서는 약을 처방하듯 희망을 처방한다. 그래야 사람들이 계속 병원을 찾기 때문이다. 사람들이 병원에서 희망과 기적을 찾는 동안 한 소년은 도무지 상쾌한 기분으로 내려다보기 힘든 높이의 병원 옥상에서 뛰어내렸다.

"소지품 확인해봐. 휴대폰부터 찾고. 거기 뭔가 남겼겠지. 유서 비슷한 거라도 나오면 마무리될 일이잖아."

종태가 떠드는 동안 무원은 소년의 소지품이 든 종이봉

투 안을 뒤졌다.

"없어."

무원은 짧게 대답했다. 턱 근육이 딱딱해지면서 목 뒤로 시큼한 무언가가 흘러내려갔다.

"휴대폰이 없다고?"

"없어."

무원은 다시 한번 대답했다. 종이봉투 안에는 검은 얼룩이 묻은 교복과 이어폰, 지갑이 들어 있었다. 하지만 휴대폰은 없다.

"요즘 휴대폰 없는 중학생이 어디 있어?"

대답 없는 무원 대신 자신의 질문에 종태가 대답했다.

"잃어버렸나 보네. 애들은 다 그렇잖아."

종태가 말하는 애들과 차갑고 어두운 관 같은 시체 보관함에 3일째 누워 있는 이 소년 사이에는 어딘지 모를 거리감이 느껴졌다.

무원은 전화를 끊고 소년의 희고 얇은 손목을 보았다. 손목에는 흉터가 있었다. 오래된 것과 불과 얼마 전에 생긴 듯한 상처가 뒤엉켜 있었다. 45미터에서 추락해서 생긴 것보다 더 많은 상처를 왼쪽 손목에 감추고 있는 소년. 열다섯 살짜리가 제 손목을 저렇게 그어대다가 15층 옥상에서 죽기로 결심한 것을 아무도 알아차리지 못했다. 소년의 자살에 미심쩍은 점은 없다. 소년의 가족은 아마도 부검을 원하지 않을 것이다. 적어도 지금까지는 경찰 또한 먼저 부검을 하자고 할 이유를 찾을 수 없다. 하지만 무원은 소년의 왼 손목에 남은 오래된 흉터가 마음에 걸렸다. 언제부터 생긴 흉터인지 알게 된다면 왜 생겼는지도 알게 되겠지.

무원은 시체 안치실을 나섰다. 모니터에 시선을 고정하고 있던 만성 수면 부족 상태의 담당의가 무원을 힐끗 보고는 다시 모니터로 시선을 돌렸다.

코마 상태에서도 몸은 더러워진다.
머리도 제때 잘라주지 않으면 눈과 귀를 찌르도록 자란다.
정기적으로 어항을 씻듯 바이털 사인 모니터링 기계와 연결된
줄과 링거를 전부 제거하고 누군가가 내 몸을 닦는다.
남자의 손일 때도 있었고 늙은 손일 때도 있었으며
호기심 어린 손일 때도 있었고
생닭을 손질하는 손 같을 때도 있다.

Chapter 1.

이름 없는 환자와 손이 차가운 간호사

I

세현병원 호스피스 병동 1인
실에는 병실 밖에 환자 이름표를 붙이지 않는다. 한 명의
간호사가 한 명의 환자를 전담하기 때문에 이름표는 필요
없다.

병실 안에는 샤워기가 딸린 화장실이 있어 원한다면 병
실 안에서 식사와 용변, 샤워까지 전부 해결할 수 있다. 그
리고 생각만 있다면 여자 둘이서 요가 매트를 깔고 요가를
해도 좋을 정도로 병실은 널찍했다. 창밖으로는 병원 주차
장이 내려다보이며, 고개를 조금만 올리면 비록 건물과 도
로가 낸 길뿐이지만 도심이 한눈에 들어오는 전망도 즐길
수 있다. 죽음을 앞둔 대기 장소치고는 꽤나 호화로운 편이
라고 할 수 있다.

한때 자신의 시대가 있었던 여배우가 말년에 치매를 얻

어 이곳에 머물렀다. 여배우가 식사 때마다 침을 질질 흘리는 통에 식사하는 동안 옷을 두 번이나 갈아입어야 한다는 사실이 담당 간호사의 부주의한 입을 통해 병동 내부를 악취처럼 떠돌았다. 여배우가 죽은 다음 그 병실의 새로운 주인은 5년 만에 코마에서 깨어난 열다섯 살 이수인이 되었다. 이름표가 없기 때문에 아이러니하게도 그 안에 있는 이의 존재감은 더욱 도드라졌다. 이름표가 없다는 것이 가장 선명한 이름이 되었다.

//

희정은 휠체어를 접어 문 쪽에 세워두고 서랍장에서 옷가지를 꺼냈다. 수인은 침대에 걸터앉아 7년 차 간호사가 숙련된 솜씨로 병실 안을 오가는 것을 지켜보다가 빈 벽을 향해 시선을 돌렸다. 크림색 벽은 시계도 그림도 없이 텅 비어 있었다.

희정이 가져온 것은 면과 리넨이 반반씩 섞여 부드러우면서도 사각거리는 촉감의 반팔 남색 원피스였다. 작은 몸집에 전체적으로 생김새가 조그마한 수인이 입으니 마치 남빛이 도는 작은 새 같았다.

"잘 어울린다."

수인의 어깨 위에 흰색 리넨 카디건을 걸치며 희정이 말했다.

"불편한 곳은?"

희정의 물음에 수인은 고개를 저었다. 수인은 희정의 손길에 집중했다. 환자복을 벗기고 사복을 입히는 희정의 손길은 담백했다. 수인의 신경이 쓰일 만한 곳은 요령 있게 피했다. 하지만 남에게 드러내고 싶지 않은 곳으로 함부로 손이 쑥 들어오던 기억이 떠올랐다. 수인이 입을 열었다.

"이제부터는 제가 할게요."

수인은 면 조직의 흰 양말과 한 번도 신지 않은 흰 단화를 어려운 수학 문제 보듯 바라보았다. 그러고는 애써 입은 원피스가 구겨지지 않도록 아주 신중하게 몸을 움직였다. 흰 양말을 쥔 손이 불안하게 떨렸지만 상관없다는 듯이 발이 천천히 침대 위로 올라가는 것을 지켜보았다. 수인은 잘 해내라는 압박을 자신의 왼발에게 주었다. 왼발이 무사히 침대 위로 올라오자 접혀 있는 양말을 펼쳐 발을 넣었다. 작은 발은 꼬물꼬물하며 양말 속으로 들어갔다.

희정은 뭐든 제가 하겠다며 고사리 같은 손을 내미는 이제 막 30개월이 지난 딸을 떠올렸다. 딸아이는 바지 한쪽에 두 다리를 다 넣고도 헤실헤실 웃었다. 하지만 수인은 만일 발이 그런 실수를 저지른다면 가만두지 않겠다는 눈빛으로 자신의 손과 발의 불안한 호흡을 지켜보았다. 수인의 둥근 이마에 땀이 맺혔다.

"물 조금만 주세요."

희정은 테이블에 놓인 물잔에 물을 따라 수인에게 건넸

다. 수인은 소리도 없이 물을 마시고는 다시 내밀었다. 물은 거의 줄지 않았다.

"이제 휠체어 가져올게."

희정은 병실 문 옆에 기대어놓은 휠체어로 향했다. 희정이 등을 돌리자 수인은 아까 양말을 신던 것보다는 조금 빠른 손놀림으로 작은 가방 안에 레몬색의 동글납작한 알약 두 개를 넣었다.

///

너스 스테이션에서 성식이 나왔다.

"선생님."

희정은 병동 내 유일한 남자 간호사인 성식이 나오는 것을 보고 지금이 새벽 2시라는 걸 알았다.

"벌써 2시?"

성식은 수인을 태운 휠체어를 밀고 있는 희정을 향해 살짝 미소를 지었다. 성식은 4시간마다 약을 먹거나 혈압을 재야 하는 환자들을 보러 가는 중이었다.

밤 11시부터 다음 날 아침 7시까지 계속되는 나이트 근무를 하면서 가장 어려운 일은 환자들을 깨우는 일이었다. 물론 나이트 근무의 어려운 점은 이것 말고도 얼마든지 있다. 하지만 잠든 누군가를 깨우는 일은 아무리 반복해도 편해지지 않았다. 대부분의 환자나 보호자는 간신히 잠든 본인들을 깨운 것에 대해 짜증을 냈다. 그럴 때면 희정은 약과 혈압계가 담긴 트레이를 들고 조용히 뒤로 물러나 환자가 준비될 때까지 기다렸다. 그러고는 환자 자신이 지금 반드시 일어나 이 약을 먹어야 한다는 사실을 납득할 시간을 주었다. 한 환자에게 30초 정도 그런 시간을 더 준다고 해서 다음 환자들 역시 깨워야 한다는 사실은 변하지 않았기 때문에 희정은 서두르지 않았다.

성식 또한 깊은 새벽에 환자들을 깨우기 위해 병실의 불을 켜는 것이 마음에 걸렸다. 그래서 그는 가로세로 40센티미터 정도 되는 네모난 철제 트레이에 집게로 고정시킬 수 있는 간이 전등을 구입해 달았다. 성식은 희정보다 세 살이 어린, 스물일곱이었다. 간호사가 된 지 이제 2년이 되었고 희정은 성식이 병동에 온 첫날부터 오늘까지 거의 모든 날들을 함께 근무했다. 호스피스 병동에 남자 간호사는 처음이었지만 성식이 오자마자 왜 그동안 남자 간호사 하나 없었나 싶을 정도로 그는 제 몫을 했다. 성식은 키도 크고 체격도 다부진 편이라 그의 곁에 있으면 뭐든지 실제보다 조금 더 작아 보였다. 지금 그가 들고 있는 트레이 또한 스몰 사이즈처럼 보이지만 사실은 그렇지 않다는 것을 희정은 알고 있다.

성식은 병실의 불을 켜는 대신 작은 등불을 받치고 환자들을 깨웠다. 환자들이 저 작은 등불을 들고 자신을 깨우는 성식에게 얼마나 짜증을 낼지는 모를 일이지만 희정은 성식의 그런 면이 마음에 들었다. 새벽마다 작은 전등을 트레이에 끼우는 성식을 생각하면 세상이 그래도 올바른 방향으로 굴러가고 있다는 생각이 들어 안심이 됐다.

수인은 주인을 따라 공손하게 고개를 숙이고 있는 전등에 시선을 고정했다. 수인의 시선을 알아챈 성식은 수인을 바라보았다. 3일 전 오랜 코마에서 깨어나 지금은 호스피스 병동 1인실에서 회복 중인 소녀와 자신 사이에 눈에 보일 만한 혹은 화제로 올릴 만한 공통점은 없다. 하지만 성식은 어쩐지 그 나이 때쯤의 자신이 생각났다. 어쩌면 지금 이 소녀와 비슷한 감정을 느꼈을지도 모르겠다는 생각이 불현듯 날벌레처럼 눈앞에 왔다 갔다 하다가 이내 사라졌다. 성식은 인사 대신 자신의 손아귀에 넣고 세게 쥐면 파스스 소리를 내며 부서질 것은 같은 소녀를 한 번 더 내려다보았다.

"많이 피곤하지?"

희정이 물었다.

"괜찮아요. 익숙해지겠죠."

성식은 순하게 대답했다. 한 달에 여덟 번 있는 나이트 근무 때문에 신체 장기들은 어느 기준에 맞춰야 할지 몰라 허둥지둥 댔다. 불면증이 생기고 미처 몸을 빠져나가지 못한 피로들이 막차에서 내리지 못한 술 취한 승객처럼 쌓이고 또 쌓였다. 그것들을 끌어내리려면 충분히 시간이 필요하지만 그런 시간은 아마도 성식이 근무하는 2년 동안 주어지지 않았을 것이다.

///

희정은 수인을 휠체어에 태우고 지하 3층에 위치한 세현병원 법의학 연구소로 향했다. 정확한 목적지는 법의학 연구소 가장 안쪽에 위치한 시체 안치실이다. 세현병원 법의학 연구소 시체 안치실은 지역 관할 경찰들에게 꽤 괜찮은 평판을 얻고 있었다. 시체 안치실답지 않게 제법 화사한 내부 덕분이었다. 꽃무늬 벽지를 바르거나 아이들이 좋아하는 캐릭터 스티커를 붙여놓은 것은 아니었다. 하지만 어찌해도 숨길 수 없는 미묘한 냄새와 분위기를 잘 눌렀다는 소리를 듣곤 했다. 시체를 보러 가는 곳이라고 해도 시체에 어울리는 분위기여서는 사람들을 곤란하게 만든다. 세현병원은 그런 면에서 세련된 은행원처럼 처신을 잘하는 쪽에 속했다.

희정은 숨을 한번 몰아쉬고 시체 안치실 담당의 앞으로 수인을 데리고 갔다. 수인은 아름다운 얼굴을 조금 기울이고 담당의의 호기심 어린 눈빛을 받아냈다.

"호스피스 병동 오희정 간호사예요."

담당의는 수인을 힐끔 보았다.

"이쪽은 3일 전에 사망한 고윤 학생의 누나예요."

종종 이런 개인적인 방문자를 맞이할 때가 있다. 사랑

하는 이의 죽음을 받아들이지 못하는 누군가도 있었고 제가 죽이고도 자신이 해낸 일을 다시 한번 만끽하기 위해 방문한 살인자도 있었다. 이번 방문자는 병원 옥상에서 떨어져 자살한 소년의 누나였다. 그 슬픔을 이기지 못해 병원 신세를 지고 있다는 딱한 처지의 소녀. 소녀는 눈을 깜박이지도 몸을 움직이지도 않은 채 조용히 휠체어와 간호사에게 자신을 맡기고 있었다.

"부탁드립니다."

수인이 입을 열었다.

담당의는 깜짝 놀라 수인을 보았다. 입을 열 거라고는 생각하지 못했다. 담당의는 이내 표정을 누그러뜨리고는 전부 이해한다는 듯이 팔을 활짝 펼쳤다.

"괜찮습니다. 들어가보세요."

수인은 고개를 살짝 숙였다. 그것을 감사의 의미로 읽은 담당의는 몇 마디 덧붙였다.

"누나라면 당연히 동생이 보고 싶겠죠. 소지품은 이미 경찰에서 가져갔습니다. 하지만 뭐, 열어보고 싶은 게 있으면 뭐든 열어보세요."

//

희정은 간호사로서 자신의 손이 차갑다는 것이 항상 마음에 걸렸다. 환자 손을 잡을 때마다 희정의 차가운 손에 문득 희정을 한 번 더 바라보는 환자도 있었다. 당신이 생각한 따뜻한 손이 아니어서 미안합니다. 하지만 그 차가운 손으로 많은 터치를 했다. 울고 있는 보호자의 등을 토닥였고, 낙상주의 할아버지 환자의 허리를 잡아주었으며, 안면마비가 있는 할머니의 얼굴을 만졌다. 하루에도 수십 번 환자의 혈압을 재면서 손을 잡았고 사지마비가 온 스물셋 청년의 팔과 다리를 쓰다듬어주면서 얼마간 남아 있는 청년의 감각을 확인했다. 그리고 욕창이 있는 환자의 엉덩이 드레싱을 교환했으며 36시간 동안 연속 근무 중인 레지던트에게 커피를 전해주기도 했다.

희정은 시체 안치실에 누워 있는 고윤의 팔에 살짝 손을 가져다 댔다. 그리고 자신의 손과는 비교도 되지 않게 차디찬 온도에 놀라 손을 떼었다. 수인은 희정의 얼굴을 힐끔 쳐다보고 고개를 돌려 고윤의 손목에 시선을 고정했다.

"괜찮아?"

괜찮다는 듯 수인은 아주 살짝 고개를 끄덕였다.

두 사람은 똑같은 것을 보고 있었다. 고윤의 희고 얇은 손목.

"내 생각엔, 리스트컷 증후군이었던 것 같아."

수인은 희정의 입에서 나온 낯선 병명을 손안에 넣고 곰곰이 살펴보았다. 하지만 마음에 들지 않는다. 이렇게 시체로 누워 있게 된 것이 마치 소년의 탓이라고 말하는 것 같다. 절대 네 탓이 아니니까 그런 이름에 상처받을 필요 없어. 수인은 허벅지에 올려놓은 두 손을 마주 잡고 단단히 깍지를 끼었다.

희정은 의학서에서 읽은 리스트컷 증후군의 정의를 떠올렸다. 지속적이고 반복적인 스트레스를 이기지 못하고 습관적으로 손목을 긋는 정신 질환의 일종. 수인이 이 불확실한 정의를 이해하고 납득할 수 있을까. 얼마나 지속적이고 반복적인 스트레스가 어떤 강도로 찾아온다면 제 손목이 끊어지기 직전까지 그을 수 있을지.

"무슨 생각하고 있니?"

희정이 물었다.

"지금 윤이는 어떨까요?"

"어떨 것 같아?"

"추울 것 같아요."

수인은 거침없이 고윤의 푸른 등 밑으로 손을 넣었다.

"바닥이 너무 차갑잖아요."

쏘아보는 수인의 눈빛에는 약간의 비난이 서려 있었다.

희정은 다음 할 말을 찾을 수 없었다.

"윤이를 이대로 둘 순 없어요."

그것은 수인의 의지인 동시에 희정을 향한 질문이었다. 수인은 희정에게 시선을 고정했다.

"저는 다 들었어요."

차마 입 밖에 낼 수 없는 사실이 희정의 입안에서 껄끄럽게 돌아다녔다. 고윤은 너를 매일 찾아와 네 곁에 머물렀

23

어. 하지만 너는 5년 동안 코마 환자였잖아.

"윤이가 와서 말해줬어요. 전부요."

수인은 희정의 의문을 읽은 듯 대답했다. 그러고는 희정의 손을 잡고 고윤의 손 위에 올렸다. 세 사람의 손이 겹쳐졌다. 아랫배에서부터 서늘한 기운이 간호복을 훑으며 올라왔다. 수인과 고윤의 손은 차디찼다.

나는 붙박이 가구 취급을 받고 있다.
그저 되는 대로 가장 싸구려라서 선택한 붙박이 가구에
관심을 가지는 사람은 없다.
"가족도 포기했다며?"
창문으로 들어오는 따뜻한 햇볕을 함부로 가리고 있는
레지던트가 말한다.
아빠는 어느 순간부터 나를 보러 오지 않는다.
엄마는 더 이상 내게 말을 걸지 않고,
간병인이 머무는 시간을 늘린다.
내 몸은 나갈 문을 만들지 않은 완벽한 상자 같다.
이 상자 안에서 꺼내달라고 나는 매일 울부짖지만,
아무도 듣지 못한다.

Chapter 2.

블루스타

2

주머니 속 휴대폰이 진동 소
리를 냈다. 희정은 가까스로 고윤과 수인 사이에 낀 손을
뺐다. 성식에게 온 전화였다. 새벽 4시 동료의 호출. 호스
피스 병동에서 아무 일도 일어나지 않는 새벽은 드물다. 그
럼에도 불구하고 희정은 성식의 전화가 반가웠다.

"지금 병동에 올라가야 하는데."

"저는 여기 좀 더 있을게요."

수인이 말했다.

잠시 침묵하던 희정이 고개를 끄덕였다.

"지금 올라가면 시간이 조금 걸릴지도 몰라. 나가고 싶
으면 언제든지 밖에 있는 선생님을 불러. 병실까지 데려다
주실 거야. 아니면 나한테 전화해. 전화 가지고 왔지?"

수인은 고개를 끄덕였다. 새가 물을 마시기 위해 고개

를 구부리는 것처럼 간결한 동작.

수인의 부모는 딸이 깨어나자 마치 커닝을 해서 시험에 1등한 학생처럼 애매한 표정을 지었다. 딸이 깨어나지 않는다면 어떤 식으로든 핑계를 만들어서 엄청나게 밀린 병원비를 깎아볼 요량이었다. 하지만 딸은 깨어났고 부모는 기쁨의 눈물을 흘리는 대신 가장 먼저 병원비를 걱정했다. 하지만 관대한 병원장의 배려로 밀린 병원비는 물론 앞으로 회복까지 필요한 일체의 비용을 병원 측에서 처리하기로 결정하자 그들은 비로소 진심을 다해 기뻐했다. 수인의 부모는 재빨리 딸의 손에 새로 개통한 최신형 휴대폰을 쥐어주고 병원으로 발길을 끊었다. 희정이 알기로 그들은 딸에게 자주 전화를 하지 않았으며, 수인 또한 제 부모에게 전화를 하지 않았다.

희정은 수인을 두고 시체 안치실을 나섰다. 수인은 담당의를 부르지 않을 것이며 자신에게 어서 데려가달라며 전화를 하지도 않을 것이다. 희정이 일을 마치고 다시 시체 안치실로 돌아올 때까지 수인은 손목이 끊어지기 직전에 자살한 친구를 들여다보고 있을 것이라는 것을 희정은 이미 알고 있었다.

나이트 근무자는 희정과 성식을 포함해서 다섯 명이다.

지금 병동 내 간호사가 전부 모여 봐야 다섯에 불과하다는 뜻이다. 다음 다섯은 3시간 뒤 데이 근무에 오고, 그다음 다섯은 오후 3시에 시작하는 이브닝 근무에 온다. 그리고 나머지 다섯은 오늘 오프다.

희정이 병동에 도착했을 때 페이션트 모니터(환자감시 장치)는 여전히 불길한 알람 소리를 내고 있었다. 주치의가 도착하기 전에 환자를 데리고 수술실로 갈 수 있는 준비는 이미 성식이 마친 상태였다. 침대 위에는 환자뿐 아니라 페이션트 모니터가 환자 다리 사이에 조심스럽게 놓여 있었고, 앰부백(수동 산소호흡기)과 환자의 각혈이 묻은 수건이 뭉쳐져 한쪽에 있었다. 요란하게 울리는 페이션트 모니터 알람 소리로 환자의 상태를 짐작할 수 있었다. 환자의 의식은 물안개가 가득 낀 밤바다로 나가려는 무책임한 배처럼 정처 없이 어딘가로 흘러가고 있었다. 아마도 높은 확률로 오늘 새벽을 넘기지 못할 것이다.

"선생님, 언젠가는 페이션트 모니터 알람 소리에도 익숙해질까요?"

성식이 얼굴을 찡그리며 희정에 물었다.

"아니. 그건 나도 익숙해지지가 않아. 이 소리는 언제 들어도 불길한 생각이 들게 만들어."

무슨 이유에서인지 이럴 때 덩달아 상태가 나빠지기 시작하는 환자들이 있다. 여기저기에서 열이 나거나 호흡이 잘 안 된다고 고통을 호소하는 노인들이 간호사를 부르는 콜벨을 눌러댔다. 희정은 콜벨 소리가 나는 병실 쪽을 슬쩍 보았다.

"환자 분들도 이 소리가 싫으신가 봐요."

성식의 말에 희정은 젖은 휴지조각처럼 침대에 누워 있는 할아버지를 내려다보았다. 주치의는 아직 도착하지 않았다.

"어떤 환자 분은 이 소리를 들으면 돌아가실 분이 외로워서 같이 갈 동료를 부르는 것 같은 기분이 든다고 하시더군요."

성식이 말했다.

"환자 입장에서는 그렇게 들릴 수도 있겠네."

희정은 공감했다. 모든 것이 죽음과 삶을 가르는 신호로 들리는 호스피스 병동에서 할 수 있는 생각이었다.

하지만 성식은 환자의 앙상한 가슴팍을 환자복으로 꼼꼼하게 여미며 다시 입을 열었다.

"그런데 이분은 그럴 분이 아니에요. 제가 알아요. 정말로요."

희정의 성식의 말이 무슨 뜻인지 알고 있다. 오늘을 넘기지 못할 이 작은 노인은 그럴 분이 아니었다. 누워 계시는 동안 내내 만나고 싶어 하던 아내가 이미 저세상에 있었다. 그리고 아직 죽을 때가 되지 않은 이쪽 세상 사람을 끌고 갈 정도로 성미가 나쁜 분도 아니었다. 성식은 불길한 알람 소리 때문에 노인이 받을 원망에 신경 쓰고 있었다.

주치의에게 환자 인계를 마친 후 희정은 지하 3층 시체 안치실로 가기 위해 걸음을 재촉했다. 그런데 콜벨 소리가 희정을 붙들었다. 수인을 혼자 두는 시간이 생각보다 길어졌다. 하지만 이번 콜벨까지만 처리하고 가자는 생각으로 희정은 병실로 향했다.

희정을 부른 것은 병동 내에서도 비교적 젊은 축에 드는 중년 남자였다. 남자는 보호자가 따로 없었다. 그렇다고 간병인이 둔 것도 아니었다.

"오줌을 싸고 싶어요."

남자는 자신보다 족히 스무 살이나 아래인 희정에게 마치 일곱 살짜리 남자애처럼 말했다. 의식이 명료하지 않은 환자들은 누운 채 소변을 볼 수 있게 한다. 하지만 남자처럼 의식이 또렷한 환자는 병실 안에 있는 화장실에 있는 소변 통에 소변을 보게 되어 있었다. 남자는 그걸 도와달라는 것이다. 자신을 화장실로 데려가서 환자복 하의를 벗기고 소변 통을 자신의 성기에 대달라는 것. 간호사로서는 익숙한 일이었지만, 여자로서는 도무지 익숙해지지 않았다. 수치심을 느낄 필요 없다고, 그저 조금 굵은 알약을 삼키는 정도의 불편함과 시간이라고 생각하려고 했지만 그 시도는 번번이 실패했다.

하의를 전부 내린 남자는 자신 쪽으로 몸을 구부린 채 소변 통을 들고 있는 희정을 향해 온몸을 기댔다. 남자는 가능한 희정의 몸과 가까워지기 위해 온 힘을 다했다. 희정은 소변 통이 남자의 성기에 정확히 닿을 수 있도록 노력하는 한편, 자신의 몸에 남자의 몸이 되도록 닿지 않도록 하기 위해 힘을 주었다.

//

지난 5년 동안 고윤은 매일 수인을 찾아왔다. 희정이 시체 안치실을 나간 다음에도 수인은 침대에 누워 있는 자신을 매일 찾아오던 친구를 골똘히 바라보았다. 이제는 위치가 뒤바뀌었다. 영원히 일어날 수 없는 건 자신이 아니라 고윤이었다.

수인이 처음으로 눈을 떴을 때, 병실에 친구들을 불러들여 자두를 먹던 중년의 여자 간병인은 날카로운 비명을 질렀다. 숨은 쉬고 있지만 아마도 거의 죽었다고 생각하고 있었을 것이다. 간병인은 수인이 눈을 뜬 것을 마치 죽은 사람이 살아 돌아온 것처럼 받아들였다. 게다가 이제 막 깨어난 아이의 눈빛에 명백한 분노가 드리워져 있었다. 간병인은 먹고 있던 자두도 떨어뜨리고 병실을 뛰쳐나갔다.

가족들의 간절한 눈빛 속에서 깨어나기를 바란 적은 단 한 번도 없었다. 깨어났을 때 병실에 혼자 있었다고 해도 전혀 슬프지 않을 것이라고 수인은 수없이 생각했다. 하지만 중년 부인들이 자신들의 내밀한 가정사를 부끄러움도 없이 마구 입에 올리는 그런 상황에서 깨어났다는 사실에 처음에는 혼란스러웠고 나중에는 화가 치밀어 올랐다. 게다가 간병인은 하루 종일 휴대폰으로 게임을 했다. 휴대폰 게임의 단순하고 반복적인 음악 소리가 온몸을 손톱으로 긁어대는 것 같았다. 엄마가 와서 간병인과 교대를 해야 이 괴로움이 끝나는데, 엄마는 점점 늦게 왔다. 할 수만 있다면 다시 눈을 감고 이틀 뒤 간병인도 엄마도 오지 않는 일요일 밤에 다시 깨어나고 싶었다. 하지만 한 번 돌아온 의식은 끈끈이주걱에 붙은 벌레처럼 절대 떨어지지 않았다.

지금도 그 생각을 하면 온몸이 찢기는 것 같다. 점점 더 비참한 감정 속으로 수인의 흰 단화가 빠져들었다. 더러운 진흙 같은 감정이 흰 단화와 면 조직 양말로 감싼 발목에서 찰랑였다.

"그때마다 네가 와주었는데."

수인의 혼잣말은 입김이 되어 차가운 고윤의 뺨에 가 닿았다.

"내가 너무 늦게 깨어났지."

생닭처럼 무력하게 누워 있는 내가 지르는 비명을 아무도 들어주지 않았어.

수인을 손을 뻗어 고윤의 왼 손목을 감싸 쥐었다.

그리고 네가 애타게 지르는 비명도 들어주지 않았어. 나는 전부 들었는데.

"우리 용서하지 말자, 절대로."

　　희정은 수인의 휠체어를 끌고 시체 안치실을 나왔다. 예의 담당의가 모니터를 보고 있다가 밖으로 나오는 수인에게 다시 시선을 고정했다. 뭐라고 한마디 하고 싶은 눈치였지만 생각보다 멋진 말이 떠오르지 않아 포기하는 눈치였다.

　　"선생님. 저 목이 조금 말라요."

　　수인의 말에 희정은 정수기를 찾아 두리번거렸다.

　　"아, 저쪽에 자판기가 있어요. 정수기 업자들이 여기 들어오는 걸 꺼리기도 하고. 이래저래 외부인들도 자주 들락거리니 원무과에서 눈치 빠르게 음료 자판기를 설치했죠."

　　담당의의 말대로 복도 끝에 붉은색 자판기가 있었다.

　　"잠깐만 기다려."

　　희정의 말에 수인은 고개를 끄덕였다.

　　수인은 희정의 뒷모습을 보는 담당의에게 말했다.

　　"제 동생이."

　　이번에도 담당의는 수인이 입을 열 것이라고 예상하지 못한 표정으로 수인에게 시선을 돌렸다.

　　"혹시 어디에 떨어졌는지 정확히 알 수 있을까요."

　　물음표도 아닌 느낌표도 아닌 버스 출발 시각을 물어보는 것 같은 간결한 어조.

　　담당의는 잠시 멈칫했지만 어쩐지 순순히 대답해주고

싶었다. 사람이 극도로 슬프면 오히려 감정이 휘발되게 마련이지. 그렇게 납득하고 나니 소녀가 묻는 말에는 뭐든지 대답해주고 싶어졌다. 15층짜리 건물에서 떨어지면 갈비뼈가 몇 개나 부러지는지도 소녀가 묻는다면 전부 대답해 줄 용의가 있었다.

희정은 자판기에서 사 온 500밀리 물병을 수인에게 건넸다. 수인은 신중하게 물을 마셨다. 먼저 절반을 마시고 물통에 남은 물을 확인한 다음, 다시 그 절반쯤 마셨다. 그러고는 내내 손에 들고 있던 작은 가방에서 알약 두 개를 꺼내 물통 속에 넣었다. 담당의와 희정은 숨을 쉬면 날아가 버릴 것 같은 나비를 바라보듯이 수인의 행동을 잠자코 지켜보았다. 물통 속의 물은 금세 투명하고 연한 노란빛을 띠었다.

"그게 뭐니?"

담당의의 호기심 어린 목소리에 수인은 대답했다.

"비타민이에요."

///

한여름의 해는 5시 50분쯤 떠올랐다. 희정은 시간을 확인했다. 새벽 5시 반. 조금만 있으면 오렌지 빛 해가 떠오를 것이다. 그리고 6시에는 환자들의 혈액 검사를 해야 한다.

"이제 그만 들어가야 할 것 같은데. 아직 무리하면 안돼. 오후에는 여러 가지 검사가 예정되어 있어."

희정이 말했다.

"그전에 확인해보고 싶은 게 있어요."

"뭘 확인하고 싶은데?"

"선생님은 어때요?"

수인은 희정의 질문을 무시하고 물었다.

"뭐가?"

"피곤하지 않아요?"

"그래 피곤해. 1시간쯤 후면 집에 갈 수 있겠지."

그사이 두 사람은 병원 주차장까지 왔다. 고개를 들어 하늘을 보면 15층에 위치한 수인의 병실이 어디쯤에 있는지 알 수 있다. 하지만 수인은 하늘이 아니라 주차장 바닥에 시선을 고정했다.

"확인하고 싶은 게 뭐야?"

수인은 손에 들고 있던 물통 속 레몬 빛 물을 주차장 아스팔트 위로 쏟았다. 수인이 비타민이라고 했던 물은 아스팔트의 검은 얼룩과 만나자 둥근 원이 되어 푸른빛으로 발광하기 시작했다. 희정은 주위를 둘러보았다. 새벽의 주차장에는 밤새 웅크리고 있는 차들 말고는 아무도 없었다.

"블루스타."

흡사 작은 보석 같은 이름이 수인의 입에서 나왔다.

희정은 어떻게 수인이 블루스타를 알고 있는지 어리둥

절했다. 블루스타는 혈흔에 반응하는 용액이다. 헤모글로빈과 만나면 본래의 투명한 노란색 용액은 형광 빛 푸른색을 내며 빛을 내뿜는다.

"인터넷에서는 뭐든지 구할 수 있어요."

희정은 남빛의 작은 새 같은 수인이 인터넷으로 혈흔 반응 용액을 찾아보는 장면을 잘 상상할 수 없었다. 하지만 수인은 비타민 C처럼 생긴 블루스타를 구해 아까 마시던 물 120밀리에 녹였다. 이렇게 하면 간편하고 편리하게 몸에 부족한 비타민을 채우듯, 아스팔트에 남겨진 혈액의 흔적 또한 간편하고 편리하게 확인할 수 있다.

도대체 뭘 알고 싶은 거니? 묻지 못할 질문이 희정의 지친 눈가에 쌓여갔다.

수인은 아마도 고윤의 피가 고여 있었던 자리에서 별처럼 빛나는 블루스타를 응시했다. 부지런하고 꼼꼼한 경비원이 3일 전의 핏자국은 말끔히 닦았지만 흔적 전부를 없앨 수는 없었다. 진실은 그런 것이라고 수인은 생각했다.

//

수인을 병실에 데려다준 다음 희정은 혈액 검사실을 방문했다. 6시에 출근하는 담당 연구원은 온화한 표정으로 희정을 맞이했다. 연구원은 40대 중반의 자그마한 여자였다. 6시에 저런 표정으로 출근을 하려면 도대체 몇 시에 일어나서 어떻게 여기까지 와야 할까. 버스나 지하철이 아니라 조각구름이라도 타고 와야 저런 표정이 나오지 않을까. 희정은 그녀를 마주할 때마다 작은 기적이라도 목격한 기분이었다.

희정은 연구원에게 열다섯 명 환자의 혈액이 든 검체 운송용 봉투를 내밀었다. 검체 운송용 봉투 밖에는 네 개의 붉은 원이 교집합을 이루고 있었다. 꼼꼼한 누군가가 절대 주의해달라고 네 번에 걸쳐 당부를 하는 것 같은 느낌이었다. 봉투 안에는 피가 가득한 손가락 마디만 한 투명한 병이 들어 있었다. 붉은색, 파란색, 보라색 뚜껑이 혈액이 든 병을 단단히 막고 있었다. 그리고 혈액의 주인에 대한 정보를 담은 작은 스티커가 병마다 꼼꼼히 붙어 있었다.

희정은 이런 일들에 조금 집요하다는 소리를 정도로 주의를 기울였다. 누군가의 피를 뽑았다면 정확히 그 사람의 이름을 적고 직접 연구원에게 검사를 의뢰할 것. 그걸 하는 동안 환자 혹은 주치의가 자신을 찾더라도 절대 멈추지 말 것. 희정은 연구원이 혈액을 정리하는 것을 끝까지 보고 나서야 검사실을 나섰다.

이제 퇴근 시간이었다. 희정은 화장실로 갔다. 옷은 이미 갈아입은 상태였다. 우선은 소변을 봤다. 새벽 내 참고 있던 소변이 오래도록 나왔다. 그러고는 손을 깨끗이 씻고 가방에서 칫솔과 치약을 꺼내 양치질을 했다. 밤새 근무를 하고 난 입속은 더없이 텁텁했다. 새벽 내 마신 커피 찌꺼

기의 향이 목 깊숙이에서 올라왔다. 집에 도착하면 다시 양치질을 하겠지만 집에 가는 동안에도 가능하면 약간은 개운한 채로 가고 싶었다.

업무 인계까지 하고 나서야 어제 오후에 희정 앞으로 택배가 하나 왔다는 이야기를 동료에게 들을 수 있었다. 이브닝 근무자가 받아서 휴게실에 둔 택배 박스는 다음 날 아침 7시가 넘어서야 희정의 손에 들어왔다. 일상적인 속도였다. 다른 간호사들도 홈쇼핑으로 주문한 속옷이나 화장품을 병원에서 받아 일부분은 나누어 병원에 두곤 했다. 하지만 이 택배는 희정이 주문한 속옷도 화장품도 아니었다. 희정은 아침을 먹는 데이 근무자들을 바라보았다. 아침 7시부터 오후 3시까지 근무할 그녀들은 푸석푸석한 얼굴로 집에서 가져온 달걀과 토스트, 과일 등을 나눠 먹었다. 희정과 그녀들은 새해와 크리스마스를 같이 보냈다. 봄이면 춘천으로 야유회를 갔고 요즘같이 더운 날에는 냉면과 팥빙수를 즐겨 먹었다. 병동 안에서도 충분히 사계절을 느낄 수 있었다.

희정은 아침을 먹는 동료들을 뒤로하고 다시 한번 송장에 적힌 보낸 사람을 확인했다. 하나둘 동료들은 자신의 병동으로 이동하고 있었다. 그녀들의 여유는 짧았다. 희정은 계속 망설였다. 하지만 커터 칼을 쥔 손이 망설이는 마음보다 먼저 나섰다. 단숨에 테이프를 뜯어내고 박스를 열었다. 박스 안에는 휴대폰이 놓여 있었다. 희정은 전원이 꺼진 채

덩그러니 있는 휴대폰을 집어 들었다.

///

소화기내과 전문의 재홍은 여러모로 무난한 사람이었다. 눈에 띄지 않는 외모와 희미한 인상. 첫인상이 주는 진입 장벽이 낮아 상대방이 경계심의 벽을 견고하게 세우지 않게 만드는 타입. 재홍은 상대방이 대충 세운 담벼락을 허물고는 어느새 주저앉아 커피 한 잔 정도는 얻어먹을 수 있는 재주를 가지고 있었다. 재홍은 이제 마흔 줄이 접어들었고 이 병원에서 10년을 근무하는 동안, 체형은 시들시들한 오이 같아졌고 배는 툭 튀어나왔다. 그리고 머리는 나이에 비해 조금 빠르게 벗겨지고 있었다. 이 두 가지가 얼마나 신경 쓰이느냐 하면, 재홍은 강박적으로 거울을 봤다. 엘리베이터를 기다리는 동안 은빛의 불투명한 문에 정수리를 비추고, 점심으로 주문한 백반을 기다리면서 수저를 들어 자신의 정수리를 힐끔거렸다.

재홍이 시체 안치실을 찾은 것은 수인과 희정이 모래사장에 별다른 흔적을 남기지도 않고 빠져나간 잔잔한 썰물처럼 빠져나간 지 1시간쯤 지난 때였다.

"사망확인서?"

담당의가 모니터에서 눈을 잠깐 떼고 평균보다 가느다란 머리칼을 가까스로 머리통에 매달고 있는 동료를 바라보았다.

"응. 내일쯤 담당 형사가 찾으러 오겠다고 해서."

"팩스로 안 받고 직접?"

"그래."

재홍은 잠시 틈을 두었다가 덧붙였다.

"그쪽 윗대가리도 팩스나 이메일 같은 걸 불신하는 스타일인가 보지."

담당의는 쿡쿡 웃으며 자리에서 일어났다. 사망확인서는 시체 안치실 담당의 입회하에 작성해서 담당의와 담당형사의 사인을 받아야 했다. 담당의는 노트북과 볼펜, 그리고 서류를 챙겨들었다. 그리고 두 사람은 잔업을 처리하는 사이좋은 직장 동료처럼 시체 안치실로 향했다.

"한여름에도 여기만 들어오면 춥단 말이야."

재홍은 슬리퍼를 꿰고 있는 맨발을 움찔거렸다. 눈은 좁고 길쭉한 스테인리스 선반 위에 놓인 고윤의 머리를 향했다. 딱히 대답을 바라고 한 말은 아니었기에 노트북에서 눈을 떼지 않는 담당의를 신경 쓰지 않았다. 그래도 대답이 돌아왔다.

"기분 탓이야. 느낌 탓이고, 피곤 탓이지."

재홍은 자리를 옮겨 고윤의 팔이 있는 쪽으로 갔다. 그리고 가느다란 팔에서 손목까지 시선을 옮겼다. 흉터가 선명한 손목을 보니 문득 느껴지는 것들이 있다. 물론 동료에게 자신의 생각을 말할 생각은 추호도 없다. 재홍은 담당의를 힐끗 보고 고윤의 시신이 놓인 선반을 힘껏 보관함을 향해 밀어넣었다. 그 소리에 담당의가 재홍에게 다가왔다.

"이제 우리도 슬슬 조심할 나이야."

담당의 또한 마흔이었다. 까칠한 턱밑을 쓰다듬었다.

"이런 불규칙한 생활을 언제까지 할 수 있을까? 20년째 스트레스와 수면 부족에 시달리고 있는데, 우리 심장은 멀쩡할까."

딱히 재홍의 대답을 바라고 한 말은 아니었을 것이다. 아닌 게 아니라 요즘 재홍도 몸이 예전 같지 않다는 생각을 하고 있었다.

"위에서는 뭐래? 벌써 쉬쉬하던데."

병원 법무팀과 홍보팀 관계자는 병원 옥상에서 자살한 자신들의 옛 환자에 대해 내부인들이 언급하는 것을 자지러지게 경계했다. 그들은 수납 창구의 직원들은 물론이고 의사와 간호사, 하다못해 청소 용역 업체 사람들까지 하나하나 찾아가 입조심하라고 말했다. 냄새를 맡은 기자들이 뭔가를 물어도 답변하지 말라는 지침도 메일로 왔다.

"금세 지나가. 뭐 별일이야? 병원에서 사람 죽은 게."

담당의가 재홍에게 사망확인서를 받아들며 말했다.

물론 아니다. 이건 그냥 여름날의 소나기 같은 갑작스

러운 불운일 뿐이다. 곧 지나가고 지나간 자리는 말끔하게
마를 것이다. 이런 일로는 자신들의 탄탄한 직장이 결코 망
하거나 약간의 흠집조차 나지 않는다는 것을 이미 경험적
으로 알고 있다.

　재홍은 담당의의 사인까지 마친 사망확인서를 품에 넣
고 꺼끌꺼끌한 눈을 비볐다. 흔하디흔한 하루가 끝나고 아
침이 되었다. 물론 창문이 없는 시체 안치실에서는 알 수
없다. 하지만 몸이 그렇다고 비명을 지르고 있었다.

//

　수인은 시간을 들여 혼자 옷을 갈아입었다. 마치 등산이
라도 하는 양, 수인은 몇 번이나 숨을 토해가며 카디건과 원
피스를 벗었다. 단화와 양말까지 벗은 다음 침대에서 내려
와 바닥에 섰다. 덜덜 떨릴 정도로 다리에는 힘이 없었다.

　수인은 자신의 회복 속도에 신경을 썼다. 지나치게 빨
리 회복하는 환자가 되지 않도록 주의를 기울였다. 그렇지
않아도 병원 안에서 이수인을 모르는 사람은 없었다. 아직
충분히 회복되지 않아 각별한 보호가 필요한 열다섯 살로
일정 기간 남아 있어야 했다. 야채나 과일은 전부 먹었지만
체중을 늘리는 데 도움이 될 고기는 남겼다. 하지만 재활을
하는 데 필요한 근력은 더 붙어야 했다.

　괜찮아. 한 번에 하나씩 천천히 하면 돼.

수인은 빙판에 선 아기 사슴처럼 연약해 보이는 자신의 작고 마른 발에 대고 용기를 북돋았다. 한 걸음, 또 한 걸음 내딛으면서 희정의 건강한 팔과 다리를 떠올렸다. 자신의 것보다 훨씬 탄탄한 몸을 가진 희정이 자신을 잡아주고 있다고 상상했다. 168센티미터의 키에 약간 마른 몸, 왼손 약지에 심플한 링 반지를 낀 손으로 자신의 휠체어를 미는 희정의 능숙한 손. 수인은 멈춰 서서 두어 번 심호흡을 했다. 이미 온몸이 흠뻑 젖었다. 새 환자복은 서랍장 안에 몇 벌이나 개어져 있을 것이다. 환자복은 물론 같은 색깔의 속옷과 양말까지 희정은 꼼꼼히 준비해두었다. 물론 그걸 수인이 직접 꺼내서 입을 것이라는 기대는 없었겠지만.

　　1시간쯤 뒤, 희정은 병실 문을 열었다. 커튼을 전부 걷은 병실 안으로 아침 해가 깊숙이 들어왔다. 희정의 눈에 완전히 축축해진 채 의자에 걸려 있는 환자복이 들어왔다. 그리고 수인은 아래위 전부 깨끗한 환자복으로 갈아입고 마지막 순서로 흰 양말 속으로 발을 밀어넣던 참이었다.

　　"도와줄까?"

　　수인은 짧게 고개를 저었다.

　　희정은 왠지 수인의 속마음을 엿본 것 같은 기분이 들었다. 그리고 지금 자신의 속마음이 읽히지 않기를 간절히 바라면서 수인에게 다가갔다.

무원은 전화벨 소리에 잠을 깼다. 시계는 오전 8시를 가리켰다. 하지만 암막 커튼으로 햇살을 막아둔 방은 한밤중처럼 어두웠다. 전화는 아직 받지도 않았지만 그게 여동생 현주라는 것을 알 수 있었다.

　　"언제 올 거야?"

　　현주가 말했다.

　　간단한 안부 인사도 없이 현주는 본론부터 말했다. 소원한 남매 사이는 아니지만 살가운 남매 사이도 아니다. 살갑지 못한 데에는 전적으로 자신에게 잘못이 있다고 무원은 항상 생각했다. 현주는 어릴 때부터 언제라도 문제를 일으킬 준비를 주머니 속에 넣고 다니는 세 살 위 오빠와 여러 사람들을 잇는 가교 역할을 했다. 그 여러 사람에는 오빠와 한판 붙기 위해 집 앞을 얼쩡거리던 오빠의 친구들은 물론, 담임선생님과 부모님도 포함되었다.

　　무원은 잠시 대답을 유보한 채 정신을 차리기 위해 노력했다. 암막 커튼을 걷으면 잠이 깨는 데 조금 도움이 될 텐데 지금은 손 하나 까딱하기가 싫었다.

　　"언제 가도 돼?"

　　답변은 현주에게 미뤘다.

　　"점심 다음이 체육 시간이야. 그땐 교실이 비어 있을 테니 그때가 좋겠어. 형사가 교실에 들어왔다는 걸 아이들이 굳이 알 필요는 없을 것 같아."

무원은 보일 리 없는 현주를 향해서 고개를 끄덕이고 전화를 끊었다.

국가에서 정한 4대 사회악에는 여전히 불량 식품이 들어가 있다. 그동안 세상이 조금은 정상적으로 변했다고 생각했는데 구청 직원들과 불량 식품 단속을 나가서 노점상이나 문구점 주인들과 실랑이를 하다 보면 꼭 그렇지도 않다는 생각이 들곤 한다. 물론 불량 식품을 압수하고 폐기하는 건 중요한 일이다. 하지만 불량 식품이 학교폭력과 성폭력, 가정폭력과 나란히 서 있는 장면은 어떻게 생각해도 어느 한쪽이 좀 지나치게 기운 처사가 아닌가 하는 생각을 떨치기가 어렵다. 누군가에게 단단히 미움을 산 것이 분명한 불량 식품이 자신보다 훨씬 악질인 놈들과 한 방에 앉아 눈치를 보고 있다고 생각하면 무원은 뜬금없이 불량 식품이 측은하게 여겨지기도 했다.

무원이 불량 식품에 대해 묘한 감정을 느끼는 것과 별개로 여성청소년과 형사라면 누구나 불량 식품으로 시민의 건강을 보호해야 했다. 그 부분에 대해 불만은 없다. 오히려 무원은 지나칠 정도로 꼼꼼한 편이었다. 동료 형사이자 선배인 종태에게 지금 인천공항에 마약 단속 나왔느냐며 핀잔을 들은 적도 있었다. 마약 찾으면 특제 간식을 먹을 수 있는 마약 단속견도 너 정도로 후벼 파지는 않을 거다. 종태는 욕인지 칭찬인지 모를 한마디를 덧붙였다. 우린

개만도 못하네. 이거 처리한다고 특제 간식 줄 사람도 없고. 무원은 상자 가득 유통기한이 5년이나 지난 채 쌓여 있는 불량 식품에서 눈을 떼지 않은 채 대꾸했다.

//

무원은 빈 교실 문을 열었다. 교실 풍경은 20년 전이나 지금이나 별반 다를 바 없었다. 입시 때문에 체육 시간이 줄어서일까. 가장 먼저 콧속 점막을 자극해야 할 땀냄새가 생각보다 강하지 않은 것을 제외하고는 익숙한 풍경이었다.

무원은 교실 맨 뒤에 늘어선 정사각형 모양의 사물함으로 향했다. 이름만으로는 소년인지 소녀인지 알 수 없는 중성적인 이름표가 붙어 있었다. 이것도 20년 전과 다른 점이라면 다른 점이겠지. 누가 들어도 성별을 명확히 알 수 있는 이름을 요즘 부모들은 선호하지 않는 것 같다. 그에 비하면 내 이름은. 무원은 자연스럽게 아버지가 떠오르는 것을 멈추고 '고윤'의 이름표가 붙은 사물함을 열었다.

사물함 안에는 아무것도 없었다. 전학이라도 갈 예정이었나 싶을 정도로 사물함은 텅 비어 있었다. 무원은 이름표를 다시 확인했다. 사물함 안에는 풀다 만 문제집도 없었고 냄새 나는 체육복도 없었다. 무원은 그 옆의 사물함을 열었다. 당연히 문제집도 체육복도 있다. 그리고 빵이나 과자 속에 들어 있는 스티커도 사물함 안에 촘촘히 붙어 있다.

하지만 고윤의 사물함 안에는 작은 껌 종이조차 없다. 누군가가 여길 열어본다고 해도 아무것도 얻어갈 것이 없게 만들기로 결심한 열다섯 살이라. 무원은 추락사한 시신치고 외상흔이 이상할 만치 적은 소년의 시신을 떠올렸다. 그리고 몸 전체에 난 상처를 합친 것보다 더 많은 상처가 난 왼손목도 떠올렸다.

무원은 한창 체육 수업 중인 운동장으로 시선을 돌렸다. 아이들은 정수리에 내리꽂히는 8월 중순의 사나운 햇볕에도 아랑곳하지 않았다. 교실에서는 화분 속 시든 식물처럼 앉아 있던 아이들도 운동장에 풀어놓으면 뛰고 달리는 것을 마다하지 않는다. 어른들은 종종 잊는 혹은 무시하는 아이들의 지극히 자연스러운 본성.

축구를 하는 아이들 속에서 스스럼없이 어울려 뛰고 있는 현주가 눈에 들어온다. 현주는 그런 사람이었다. 어릴 때부터 지금까지 변함없이.

"난 아니고."

무원은 한숨처럼 혼잣말을 내뱉었다. 그리고 다시 고윤의 사물함을 바라보았다. 풀기 어려운 수학 문제를 책상 위에 올려놓고 난감해하는 열다섯 살이 된 기분이었다.

교무실에 앉아 있는 선생들이 현주의 자리를 힐끗거렸

다. 숲속에 듬성듬성 난, 먹고 싶지도 따고 싶지도 않은 버섯처럼 보이는 선생들 사이에서 무원은 여러모로 눈에 띄었다. 키는 180센티미터 정도였지만 불필요한 지방이 없는 덕분에 더 키가 커 보였다. 까무잡잡과 까맣다의 경계에 아슬아슬하게 선 얼굴에도 마찬가지로 불필요한 지방은 1그램도 붙어 있지 않았다. 그림으로 치자면 어느 날 화가가 충동적으로 붓을 잡고 터프하게 붓을 놀려 단숨에 그린 그림 같은 면이 무원에게 있었다. 본질 말고는 다른 것들은 전부 신경 쓰지 않을 것 같은 무심함. 무원에게 없는 것은 지방뿐만이 아니었다. 사교성과 미소 같은 것도 부재했다. 그런 것들이 죄다 빠진 서른다섯의 남자 얼굴은 의외로 담백했다.

무원은 깔끔하게 밀지 않아 수염이 군데군데 남아 있는 강인한 턱을 쓰다듬었다. 그저 지나가는 참새를 보았을 뿐인데 괜스레 주변 공기에 긴장감을 불어넣는 사냥개처럼 무원은 한낮의 지루한 초원 같은 교무실에 본의 아니게 긴장감을 불어넣고 있었다. 현주 옆자리의 윤리 선생은 일찌감치 현주 자리에서 가장 먼 교무실 뒷문에 있는 정수기까지 물러나 있었다. 무원은 생활기록부를 뒤적이는 현주에게 고정하던 시선을 윤리 선생에게 힐끗 던졌다. 윤리 선생은 아직 울리지도 않은 수업 종 타령을 하며 교무실을 나갔다.

무원은 다시 현주에게로 시선을 돌렸다. 무원과 달리

작달막한 키에 통통한 현주는 살쾡이의 저녁식사로 안성맞춤인 갈색 산토끼처럼 보였다. 현주가 생활기록부 속 한 아이를 가리켰다.

"체중이 평균보다 좀 모자라. 하지만,"

현주는 그건 큰 문제가 아니라는 듯 빠르게 덧붙였다.

"성적은 체육 빼고 전부 좋아. 특히 국어 성적이 좋네. 존경하는 사람은 할머니와 메시. 장래 희망은 축구 선수고."

무원은 보조의자를 펼쳐 현주 옆에 앉았다.

"윤이는 친구들이 축구하는 모습을 동영상으로 찍곤 했어. 그걸 보면서 자기도 같이 축구하는 상상을 한다고 얘기한 기억이 나."

무원은 가볍게 얼굴을 찌푸렸다. 예상보다 지나치게 평범하다.

"괴롭힌 애들은 없었어? 몸이 약하니까 만만히 보고 괴롭힌 애들이 있을 텐데."

현주는 고개를 저었다.

"윤이는 자기가 여학생들보다 더 몸이 약하다는 걸 알면서도 항상 친구들에게 양보하던 아이야. 그리고 자신이 몸이 약하다는 것 때문에 혹시라도 불필요한 특혜를 받아 친구들의 마음이 상할까 봐 걱정하던 아이였어. 그런 아이를 괴롭힐 만큼 아이들은 아직 그렇게 나쁘지 않아."

"오늘은 형사로도 깡패로도 보이지 않네?"

운동장을 걷던 현주가 말했다.

"그럼?"

"음. 육상부 코치 선생님?"

무원은 쓴웃음을 지었다.

"나쁜 의미는 아니야."

"알아."

육상부 코치 같다는 말에 나쁜 의미가 있다면 얼마나 있겠니.

현주는 운동장에 떨어진 빈 음료수 팩을 집어 들고 물끄러미 보았다.

"할 말 있으면 해."

현주가 무원을 보며 미소 지었다.

"오빠로서 들어주는 거야? 아님 형사로서?"

"어느 쪽이든 너 좋을 대로."

현주의 시선이 운동장을 가로질러 뛰는 아이에게로 향했다.

"친구들은 하루가 다르게 덩치가 커지고 있는데…… 윤이는 그러지 못했잖아."

열다섯 소년치고는 너무 가는 팔과 다리, 햇빛에 그을려보지 않은 흰 피부. 체육복을 갈아입을 때마다, 방학이

지난 다음 교실에 들어설 때마다 아이는 느꼈을 것이다. 교복이 눈에 띄게 작아지는 또래들과 자신이 다르다는 것을.

"한참 예민한 시기니까. 그런 것들에 윤이가 상처를 받은 건 아닐까 싶은 생각이 들어. 요즘 애들한테는 외모도 성적 이상으로 중요하거든."

그렇다고 하더라도 사물함까지 깨끗이 비워놓고 자살을 할까. 단지 또래보다 천천히 자란다고 해서? 무원은 자신에게 되물었다.

"부모는 어때?"

현주는 한숨을 쉬고 대답했다.

"두 분 다 돌아가셨어. 할머니랑 살아. 가볼 거지?"

부모도 없이 조모의 손에서 자란 아이. 그 말은 아이가 평소에 무슨 생각을 했는지 알 만한 사람이 없다는 의미이기도 했다. 여자 친구는 있으려나. 무원은 누군가가 어깨를 꾹 누르는 것 같아 구부정한 어깨를 젖혔다.

"혹시 학교에 아이 휴대폰 없어?"

"없는데. 혹시 못 찾았어?"

무원은 고개를 끄덕였다.

"현장에 없었어. 소지품 속에도 없고. 혹시 학교에 있을까 했지."

무원은 햇빛 때문에 한껏 얼굴을 찡그린 채 현주에게 들어가라며 손을 들어 보였다. 현주는 교문 밖까지 무원을 따라 나왔다.

"왜?"

"맨날 조폭, 강도, 살인범들만 쫓아다니다가 할 만해?"

현주는 전학 보낸 말썽쟁이 아들이 새 학교에는 잘 적응하고 있냐는 눈빛으로 물었다.

강력반 형사였던 무원이 여성청소년과로 옮긴 지 이제 세 달 정도 접어들었다.

"그놈들이 낫지. 사고치는 이유도 거기서 거기고. 형사가 할 일도 뻔해. 범행 동기, 목적 알아내고 공범 있는지 파악하고."

하지만 여성과 청소년에 대해서는 모르겠다. 여성 쪽도 늘 미지의 세계지만 청소년 쪽도 만만치 않게 무원을 힘들게 했다.

무원의 대답을 다 듣고도 한참을 망설이던 현주가 입을 뗐다.

"윤이가 그렇게 되고 나서 왜 윤이가 힘든 내색이 없었을까 알았다면 뭐라도 했을 텐데, 그런 생각을 정말 많이 했거든. 그런데 내가 먼저 물어볼 수도 있었잖아. 성적이 좋고 친구들과 잘 어울린다고 해서 아이가 잘 지낸다는 의미는 아니었을 텐데. 잘 지내니? 힘든 건 없니? 그거 한번 물어봐주지 못한 게 너무 미안하고 마음에 걸려."

현주는 필요 이상으로 자책하고 있었다. 담임도 아닌 일주일에 한두 번 있는 체육 수업의 선생이 느껴야 할 감정 이상으로.

"그런 의미에서 아버지 너무 미워하지 마."

무원은 눈썹을 있는 대로 구기고 현주를 바라보았다. 현주는 갈색 산토끼 같은 표정으로 오빠를 올려다보며 변명도 아니고 옹호도 아닌 말을 했다.

"아버지 말이야. 해봐야 소원 성취 안 됐다고 욕이나 먹는 일이지만, 그래도 아버지한테 왔다 간 손님들 중에 누구 하나 나쁜 마음먹고 잘못됐다는 얘기는 들어본 적 없잖아."

"땡중 두고 잘도 그런 소리 한다."

무원은 아버지를 땡중이라고 불렀다. 아버지가 듣는 자리에서든 아닌 자리에서든.

"네 말대로 한강 다리에서 뛰어내린 인간이나 제 집에 불 질러 죄 없는 가족들 길바닥에 나앉게 하는 인간은 없지. 그 나쁜 마음을 아버지한테 먹고 사기꾼이라고 고소를 하니까 문제지. 그 여파가 나한테까지 온다는 게 문제고."

무원은 현주의 대답도 듣지 않고 교문을 나섰다.

"오빠."

현주는 한참을 망설이다가 말했다.

"내가 또 뭔가를 놓치지 않을까 겁나."

현주는 아이들을 좋아했다. 아이들이 마음의 짐을 견디지 못해 극단적인 선택을 하는 것에 대해 한 사람의 어른으로서, 무엇보다 선생으로서 미안하게 생각했다.

"알았어. 잘할게."

현주는 그제야 얼굴을 풀며 한마디 덧붙였다.

"아버지가 지어준 이름값 좀 해줘. 그러고 보면, 아버지는 오빠가 형사될 줄 미리 알았나 봐. 용하긴 하다."

무원은 현주의 이야기가 채 끝나기도 전에 손을 휘휘저으며 한낮의 사람들 속으로 들어갔다. 용하긴. 그러는 당신이 여차하면 절밥이 아닌 콩밥을 먹게 될지도 모른다는 건 몰랐겠지.

///

간호사가 된 지 이제 막 3년이 된 해였다. 그날은 오후 3시부터 밤 11시까지 소아중환자실 이브닝 근무를 하고 있었다. 희정은 겨우 10분 남짓 주어진 시간 동안 묵묵히 저녁식사를 입안으로 쓸어넣다가 자신보다 오래 이곳에서 근무한 간호사에게 말했다.

"이곳은 정말 저와 맞지 않는 것 같아요."

식판에 놓인 감자조림을 부지런히 입으로 가져가던 간호사가 말했다.

"선생님, 이곳은 아무도 (희정의 기억에 '아무도'에 일부러 더 힘을 주며) 아무도 맞는 사람이 없어요. 그냥 버틸 수 있으면 아직 있는 거고, 버티지 못하면 그만두는 거예요."

희정은 아침식사를 준비하는 남편을 바라보면서 그날 일을 떠올렸다. 결혼 전에 간호사는 주로 누구와 결혼하나요, 라는 질문을 종종 받곤 했다. 간호학교에서 실습을 나온 학생이나 환자 보호자들은 그런 질문을 하고 능력 있는 의사 남편을 상상하며 희정의 답변을 기다렸다. 그때마다 희정의 답변은 심플했다. 간호사의 교대근무를 이해할 수 있는 사람. 잠들기 위해 수면제를 먹어야 하는 아내를 이해해주는 사람.

"뭐 만들고 있어?"

희정이 물었다.

"간단하게 냉동실에 있던 조개로 된장국 끓이려고. 마침 두부도 있고."

희정은 품에 안고 있는 딸의 부드러운 손과 발을 만졌다. 남편은 회사에 가기 전에 딸을 집 근처 어린이집에 데려다주었다. 남편이 나가면 희정은 눈에 안대를 얹은 채 잠을 잤다. 4시에 일어나 어린이집에서 딸을 데려오고 저녁 준비를 하고 있으면 남편이 돌아왔다. 그러면 9시쯤 나이트 근무를 위해 희정은 집을 나섰다. 3교대를 하는 간호사가 결혼을 하고 아이를 낳게 된다면 하게 될 아주 이상적인 생활 루틴이었다. 이걸 하지 못해 연애 단계에서 헤어지는 연인을 희정은 아주 많이 보았다. 희정 역시 남편을 만나기 전에 경험했다.

"당연히 피곤하겠지만, 오늘은 더 피곤해 보이네."

남편은 희정의 안색을 놓치지 않았다.

희정은 남편이 좁은 부엌 안을 효율적으로 움직이는 모습을 보는 것만으로도 진흙탕이 된 마음속 진흙 앙금들이 서서히 다시 바닥으로 가라앉는 기분이었다.

"당신은 일을 하면서 언제 뿌듯해?"

"디자이너로서?"

"응, 디자이너로서."

"글쎄."

남편은 된장국을 올려놓은 가스레인지의 불을 껐다.

"한참 지나고 다시 내가 한 디자인을 봐도 이게 맞았다는 생각이 들 때?"

남편은 기업의 로고를 디자인하는 디자이너다. 작은 스튜디오에 소속이 되어 있지만 일로서는 꽤 인정을 받아 유명한 대기업의 로고를 몇 개나 제작해냈다. 덕분에 출퇴근 시간을 조금 여유롭게 쓸 수 있어서 희정에게 큰 도움이 되었다.

"당신은? 간호사로서?"

희정은 딸의 보드라운 귓불에 입을 맞추며 생각했다. 퇴원하면서 감사 편지를 써서 건네준 환자도 있었다. 혹은 음료수를 들고 일부러 찾아오는 보호자도 있었다. 하지만 정말로 뿌듯할 때는 그런 때가 아니었다. 정말로 너무나 바쁜 나머지 밥을 먹을 시간도 화장실에 갈 시간도 물 한 모금 마실 시간도 없이 일을 하고 집으로 걸어가는 그 순간이 희정은 가장 뿌듯했다. 내가 무언가 제대로 하고 있다는 느낌. 환자들의 잔뇨량은 4시간마다 챙기면서 정작 자신은 12시간 동안 화장실을 한 번도 가지 못했다는 사실을 깨닫고 나면 묘하게 안심이 되었다.

"오늘 뿌듯할 것 같은데? 유난히 피곤해 보이니까."

남편이 말했다.

"그래. 그랬어."

고윤의 휴대폰이 든 택배 박스를 열기 전까지는 그냥 고단한 하루가 끝났다고만 생각했다. 오늘은 정말이지 잠을 이룰 수 없을 것 같다는 생각이 든다. 희정은 남편 모르게 수면제를 한 알 더 삼켰다.

죽음에서는 피 같기도 하고
구토한 토사물 같기도 한 냄새가 난다.
나는 분명 살아 있고 살아 있는 존재가 만드는 냄새였지만,
그것은 생명의 냄새가 아니라 죽음의 냄새다.
차갑고 축축하고 어두운 그 냄새를 맡으면 이곳은
내가 있을 곳이 아니라는 생각이 강렬하게 든다.
의식은 존재하는데 기억이나 정체성은 없는 의식.
의식은 점점 흐릿하고 희미해진다.
어서 빠져나가고 싶어.
하지만 어디로 간단 말인가?
절망 속에서 스스로에게 질문을 한다.
윤이의 손이 단호하게 내 손을 잡아끈다.
마치 내가 절망 속에 있다는 걸 알고 있다는 듯.

Chapter 3.

당신의 희망과 공포를 이해하는 누군가

3

무원은 시체 안치실 복도에 있는 자판기에서 커피를 연거푸 두 잔 빼서 마시는 것으로 공복감과 피로감을 동시에 상대했다. 둘 다 그다지 물러날 기색은 없었다. 하지만 무원 역시도 자판기 커피 말고 둘 다 흡족해할 만한 뭔가를 넣어줄 생각이 없었다.

시체 안치실에는 소년의 사망확인서를 작성한 의사가 먼저 와 있었다. 의사는 철제 선반에 사망확인서와 볼펜을 가지런히 놓고 무원의 사인을 기다렸다.

"가져간 소지품을 확인해보니 이어폰만 있더군요."

무원은 사망확인서가 아니라 물류센터 발주서 사인을 기다리는 것 같은 재홍을 무시한 채 말했다.

그걸 왜 나한테 물어.

재홍의 벗겨진 머리 위로 물음표가 떠올랐다. 재홍은

마음속으로 시간을 계산하고 있는 중이었다. 이 일에는 10분 정도만 빼놓았다. 그런데 이 남자는 다른 형사들이 입장부터 퇴장까지 3분이면 하는 일을 20분 동안 끌고 있었다.

"그게 무슨 큰 문제인가요?"

"문제라기보다는, 이상하잖아요."

무원은 아까부터 사망확인서 근처에는 가지도 않고 있었다. 그저 천천히 시체 안치실을 돌아다녔다.

"이미 보셨겠지만, 사망자 소지품 중에 이어폰과 어울리는 게 있었습니까."

그것은 질문도 아닌 그냥 확인이었다.

뭐가 있었더라. 재홍은 피로에 찌든 뇌를 억지로 굴려 고윤이 이곳에 온 첫날을 떠올렸다. 이어폰과 혈흔이 묻은 아래위 교복. 교통카드뿐이던 얇은 지갑.

"휴대폰을 말씀하시는 것이라면 처음부터 없었습니다. 어디 다른 데 두었거나 잃어버렸겠죠. 애들은 다 그렇지 않습니까."

그래. 휴대폰이 없었다. 형사라면 당연히 자살한 중학생의 휴대폰이 제일 궁금할 테지. 하지만 없어. 없어서 다행인지도 모르겠지만.

"네. 저도 그렇게 생각합니다. 그냥, 의사는 어떻게 생각하는지 궁금했습니다."

무원은 그제야 사망확인서를 집어 들고 읽기 시작했다. 깔끔하게 작성된 몇 줄을 읽고 사인만 하면 된다.

재홍은 작게 기침을 했다. 온도가 너무 낮은 거 아닌가. 이러다가 산 사람도 얼어 죽겠어.

재홍은 무원이 사인을 하는 걸 힐끗 보고 말했다.

"할머니한테 잘 얘기 좀 해주세요."

곧 형사를 통해 가족들에게 시신 인계 날짜가 전해질 테니 사망확인서를 작성한 의사의 말은 어느 면에서 생각해도 이상한 부분이 없었다.

"무엇을요?"

하지만 형사는 되물었다.

"네?"

재홍 역시 되물었다.

"무엇을 잘 이야기하라는 말씀이시죠?"

무원은 포기하지 않고 되물었다.

재홍은 숱이 빈약한 자신의 머리통을 천천히 쓰다듬었다. 살갗은 추위를 호소하는데 머리통은 이상하게 뜨거워지는 것 같았다.

"손자가 자살을 했기 때문에 부검은 하지는 않을 것이고, 늦어도 내일이나 내일모레면 손자의 시신을 찾아가실 수 있을 거라는 얘기 말입니까? 장례식장은 이 병원을 이용하면 아마 편하게 처리하실 수 있을 거라는 얘기 같은 것 말입니까?"

무원은 천천히 시간을 들여 문장이 재홍에게 도달할 만한 시간을 주면서 말했다.

딱히 비난의 뉘앙스는 없었다. 그저 재홍이 사망확인서에 쓴 내용을 입으로 말한 것뿐이었다. 그런데 어째서인지 그 말은 시체 안치실의 온도를 3도가량 더 떨어트린 것 같은 효과를 냈다.

"그리고,"

무원은 사망확인서를 반으로 접고 또다시 반으로 접어 바지 주머니 안에 넣고 말했다.

"어째서 협심증이나 고지혈증 진료를 보시는 순환기 내과 의사가 추락사한 시신의 사망확인서를 작성하는지 모르겠군요."

무원은 재홍을 두고 시체 안치실을 나갔다.

//

무원은 병원 주차장에 항상 빈자리가 없다는 것이 늘 놀라웠다. 이렇게나 많은 사람들이 병원에 와 있는데도 어떻게 세상은 문제없이 돌아가고 있는 것인가 하는 지극히 비약에 가까운 생각이 들 때도 있었다.

무원은 주차해놓은 차로 가기 전에 현장에 들렀다 . 40 킬로그램이 채 되지 않은 소년이 6일 전 무원이 발을 딛고 있는 이 장애인 주차장 구역으로 떨어졌다. 아스팔트는 혈흔이고 뭐고 깔끔하게 지워져 본래의 거무튀튀한 색으로 돌아간 지 오래였다. 하지만 어딘지 모르게 미묘하게 주변과 달랐다. 무원은 지방이 부족한 뺨을 쓰다듬었다. 8월의 해는 오후가 되도 기세를 꺾을 줄 모르고 고집스럽게 타오르고 있었다. 햇볕 탓인가. 무원은 무릎을 구부리고 주위의 거무튀튀함과는 약간 다른 느낌을 내고 있는 아스팔트를 살펴보았다. 그리고 다시 당당한 병원을 올려다보았다. 비밀이 많고 음침한 사람이 자신의 위에서 허리를 구부정하게 숙이고 내려다보고 있는 것 같다는 착각이 들었다.

///

　수인은 혼자 정신건강학과 전문의 이승열의 진료실을 찾았다. 희정은 아직 출근 전이었다. 승열과의 상담은 수인이 코마에서 깨어난 뒤에 하고 있는 여러 가지 일 중에 하나였다. 모든 일이 전부 잘 계산된 톱니바퀴처럼 시간표대로 진행되었다. 수인은 그저 컨베이어 벨트 위에 놓인 통조림처럼 일련의 과정들을 따라가기만 하면 되었다.

　승열에게는 늘 희미한 알코올 냄새가 났다. 알코올 냄새는 작은 구름처럼 공기 중에 머물렀다가 사라졌다. 승열은 세련된 우디 계열 향수를 뿌렸지만 작은 구름 전부를 숨길 수는 없었다. 어쨌거나 이 사람은 술을 끊을 수 없지만 적어도 직장에서까지 그것이 문제가 되도록 방치하는 사람은 아니었다. 그렇지 않고서야 향수를 뿌리고, 매 시간마다 입을 헹구는 성의는 보이지 않을 테니까. 수인은 승열의 그런 점이 마음에 들었다. 그리고 자신을 파괴하면서도 타인의 눈을 완전히 벗어나지는 못하는 가련한 남자라고 마음속 깊은 곳에 저장해두었다. 그리고 승열의 진료실에는 남극의 바다 사진이 걸려 있었다. 그것 또한 마음에 들었다.

"기분은 어떠니?"

다정한 말투.

"네 인생이 걱정되지는 않니? 의사나 간호사 몰래 먹는 약이 있니?"

그리고 유머러스한 말투.

"대답하지 않아도 돼."

수인은 그저 순수한 흥미를 눈동자에 띤 채 승열을 응시했다.

"미국 교도소에서 교도관이 재소자 면담 시 하는 질문들이야."

수인은 휠체어에 깊숙이 기댔다.

"그런 질문이 그 사람에 대해 뭘 알려줄 수 있을까요. 거짓말로 답해버리면 그만일 텐데."

승열은 어깨를 살짝 들었다가 내렸다.

"나도 항상 그게 궁금해. 그 질문을 하는 사람은 얼마나 진실을 기대하는지."

수인은 한쪽 벽에 붙은 커다란 남극 사진에 시선을 고정했다.

"저 사진에 대해 어떻게 생각해?"

승열이 물었다.

"마음에 들어요."

수인은 망설임 없이 대답했다.

"직접 찍은 사진?"

"먼 곳에서 일하고 있는 친구가 보내준 거야."

얼마나 먼 곳일까, 수인은 잠시 생각하는 기색이었다.

"저 바다, 직접 보고 싶지 않아요?"

수인의 질문에 승열은 갑자기 머릿속이 살짝 욱신거렸다. 잠시 멈춰서 쉬고 있던 두통이 갑자기 할 일이 생각난 사람처럼 부산스럽게 움직였다.

"물론…… 보고 싶어. 지금 당장 가지 못한다는 사실이 저기다 애인을 두고 온 것처럼 애석할 정도야."

승열은 솔직하게 말했다. 소녀 앞에서 지나치게 솔직하다는 생각이 스쳤지만 무시했다.

진료실에 걸려 있는 사진은 남극의 해안 빙벽과 바다를 한꺼번에 담은 사진이었다. 바다는 담청색으로 우아했고 빙벽은 푸르게 빛나고 있었다. 마치 빙벽 밑으로 푸른 액체가 흐르고 있는 것은 아닐까 싶을 정도였지만, 빙벽이 푸른 이유는 가시광선의 푸른 영역을 산란시켜 밖으로 튕겨내기 때문이다. 이렇듯 정확한 이유가 있지만 승열은 빙벽 밑으로 푸른 액체가 흐른다고 생각하기로 했다.

사진을 찍은 건 대학 동기 준한이었다. 준한은 서울에

서부터 1만 7,000킬로미터 떨어진 남극 장보고기지의 월동대원이었다. 7,000킬로미터 뒤에 240킬로미터가 더 있었지만, 그 정도는 생략해도 무방할 정도로 남극은 먼 곳이었다. 한국은 지루하다는 승열과 남극은 따분할 겨를이 없다는 준한은 서울과 남극의 소식을 때때로 공유했다.

"내가 왜 저곳에 가고 싶은지는 궁금하지 않아?"

수인은 승열의 책상을 손가락으로 톡톡 쳤다.

"여기가 더 괴로우니까."

대답을 마치고도 몇 번 더 책상을 톡톡 쳤다. 그리고 승열을 응시했다.

"저 사진, 갖고 싶어요."

5년 동안 코마에 빠져 있다가 그저 문득 할 일이 생각난 사람처럼 눈을 뜨고 깨어난 소녀. 얼음과 바다뿐인 곳보다 더 절망적인 곳에서 살아 돌아온 소녀의 사소한 부탁. 승열은 수인이 궁금해졌다. 물론 수인이 언제부터 왜 이 병원의 환자가 되어 길고 긴 차트를 오늘날까지 만들고 있는지 전부 알고 있다. 하지만 정말 궁금한 건 환자 이수인이 아니라 지금 자신의 앞에서 자신이 원하는 것을 요구하는 소녀 이수인이다. 무엇이든 간에 자신만의 방식이 있는 사람. 수인은 그렇게 보였다. 어리다고 그런 게 없는 것은 아니니까.

//

　수인은 자신의 작고 예쁘장한 귓불을 만졌다. 그 모습을 자신을 둘러싸고 있는 족히 열 명은 되는, 20대부터 60대의 남자들이 보고 있다는 것을 알고 있었지만 상관하지 않았다. 그저 전혀 알아채지 못하고 있다는 듯 수인은 자신의 귓불을 소중한 보석처럼 만졌다.

　"코마에서 깨어난 지, 이제 6일째입니다. 강한 자극에 반사적인 반응을 보일 수 있는 스투퍼(Stupor)와 세미코마(Semicoma) 단계를 건너뛴 다음 바로 알럿(Alert)한 환자입니다."

　누군가가 무슨 판결문이라도 읽는 듯 딱딱하게 말했다. 긴장한 걸까. 베테랑 교수와 동료들 그리고 한참 아래 레지던트들이 자신의 말을 경청하고 있다는 것에 아직 적응이 덜 된 누군가 같았다.

　"감각 검사 반응이 좋군요."

　수인의 주치의이자 혈액종양학과 교수 강철주가 부드럽게 말했다.

　"근육 재활을 위한 운동 치료도 충분히 진행하고 있습니다."

　누군가가 조금은 긴장이 풀어진 말투로 덧붙였다.

　수인은 그저 남의 이야기를 듣는 듯한 눈빛이었다. 승열은 귓불을 만지는 수인에게 시선을 보내지 않으려고 애

쓰다가 수인과 눈이 마주쳤다. 수인의 까만 눈동자는 미동도 하지 않았다.

"체중이 조금 더 늘어야 할 것 같은데. 조금 더 신경을 써주세요."

강철주가 고개를 살짝 돌려 맨 뒤에 선 희정을 향해 말했다. 희정은 고개를 끄덕였다. 누군가가 재빠르게 강철주의 지시 사항을 차트에 메모하는 소리가 널찍하고 청결한 1인용 병실 안에 잠시 동안 울렸다.

"신경 쪽은 어떤가요? 환자의 심리가 예상보다 안정적인 것 같아 안심이지만 그래도 역시 코마에서 깨어났다는 것이 신경에 큰 부담일 테지요."

강철주의 이번 질문은 승열을 향했다. 승열은 문득 이 병실 안에 세현병원 각 진료과 주치의들 중에서 가장 젊은 편에 속하며, 해외 학술지에 새로운 논문을 정력적으로 발표하고 있는 사람들을 전부 모아놓았다는 것을 깨달았다. 이수인과 같은 케이스를 보면 누가 시키지 않아도 자신의 전공 분야라는 핀셋을 들고 샅샅이 들춰보고 열어보고 싶어 하는 전도유망한 의사들. 끝없이 뻗어가는 잡념은 멈추고 대답을 해야 했다.

"안정적입니다. 정상적으로 성장한 10대 중반에 근접한 생체신호와 뇌파를 보이고 있습니다. 코마 상태에서도 순간적으로 외부의 소리나 통증에 꾸준히 반응했던 것 같습니다. 자극을 받아들이고 미세하게나마 반응한 경험 덕분에 외부 자극을 빠르게 받아들이고 있습니다."

승열은 막힘없이 수인의 상태를 설명했다. 하지만 수인이 자신과 상담을 하면서 했던 더 특별한 이야기에 대해서는 말하지 않았다.

"아주 좋네요."

강철주는 모두를 돌아보며 미소를 지었다.

"아인슈타인이 이런 말을 했지. 인생을 살아가는 데에는 두 가지 방식이 있다. 하나는 기적이 어디에도 없다고 보는 것이고, 다른 하나는 모든 것이 기적이라고 보는 것이다."

그리고 그중에서도 수인에게는 더욱 큰 미소를 지어 보였다.

"의사가 기적이라는 단어를 입에 올린다는 것이 조금 어색하지만 너를 보면 물리학자였던 아인슈타인이 왜 그런 말을 했는지 이해가 된단다. 물리학자도 기적이라는 말을 했는데 의사라고 못 할 이유가 없지."

창가 옆에 서 있는 강철주의 허리 부분으로 오후의 햇살이 쏟아졌다. 햇살은 의사의 하얀 가운을 감귤 색으로 물들였다. 이 장면을 누군가 본다면 이상적이고 바람직한 의사, 언제나 현장에서 만나길 원하는 이성과 감성이 조화를 이룬 의사가 환자를 대하는 매우 감동적인 장면이라고 생각할 것이다. 가족들이 함께 저녁을 먹고 둘러 모여서 볼 저녁 뉴스에 나올 만한 감동적인 스토리. 주연은 물론 따뜻한 의사와 아름다운 소녀이고, 두말할 나위 없이 시청자들을 감동시킬 것이다. 하지만 승열은 자신을 포함한 열댓 명의 의사들이 그저 이 감동적인 스토리를 빛나게 하는 소도구에 불과하다는 생각을 떨칠 수 없었다.

//

희정은 호스피스 병동의 너스 스테이션으로 들어섰다.

"자기가 우리 병동 미소 간호사로 뽑혔어. 알고 있어?"

미영이 말했다.

희정은 자신의 뒤에 누가 더 있나 싶어서 뒤를 돌아보았다. 하지만 뒤에는 커피를 물처럼 들이키는 추레한 레지던트 외에 아무도 없었다.

"상품은 형광펜이야. 무려 열 가지 색."

수간호사 미영은 여전히 어리둥절한 표정을 하고 있는 희정의 등을 톡톡 두드리고는 병실 쪽으로 총총히 걸어갔다.

고양이에게 홀린 기분이었다. 아닌 게 아니라 곧 정년 퇴직을 앞둔 미영은 장난기 많은 하얀 고양이 같았다.

병동에서는 3개월마다 미소 간호사라는 걸 뽑았다. 긴 병상 생활이 지루한 환자들과 매일 그 환자들과 대면을 하는 간호사들이 고안해낸 작은 이벤트였다. 대단한 상품이 있는 것도 아니고 호스피스 병동이 존재하는 동안 길이길이 미소 간호사로서 그 이름이 남는 것도 아니었다. 3개월 전에는 누가 뽑혔는지 희정은 이미 까먹은 지 오래였다. 그래도 뽑힌 간호사들은 꽤 즐거워했다. 하지만 희정은 자신이 왜 뽑혔는지 잘 이해가 되지 않아 그 즐거움을 누릴 수 없었다. 미영이 곁에 있었으면 "아마도 자긴 모르겠지만 꽤 잘 웃는 편이야, 몰랐어?"라고 말했을 것이다. 그러면 희정도 조금은 납득을 했을지도 모른다. 다른 누구도 아닌 미영이 하는 말이니.

미영은 간호사는 서비스직이 아니라 전문직이니 애써서 웃지 않아도 된다고 처음으로 이야기한 선배 간호사였다. 사실 선배라고 하기에 미영은 희정의 어머니와 비슷한 연배다. 결혼과 동시에 아버지가 그어놓은 선 밖으로는 한 발도 내밀어본 적이 없는 어머니와 비교하면, 희정이 태어나기 전부터 간호사 일을 한 미영은 남이 그어놓은 선 따위는 애초에 신경도 쓰지 않는 사람이었다.

소아중환자실에서 호스피스 병동으로 과를 옮기고 막 적응을 하던 때였다. 호스피스 병동이라는 특유의 탁한 분위기 속에서 미소를 짓는 것은 결코 쉽지 않았다. 롤러코스터를 타는 것 같은 소아중환자실에서는 그래도 아이들이 있었기 때문에 웃는 일이 어색하지 않았지만, 아주 천천히 돌아가는 회전목마 같은 호스피스 병동에서 활짝 미소를 짓는다는 것은 아무래도 어색했다.

희정이 그것 때문에 고민하고 있다는 것을 눈치 빠른 중년의 고양이는 금세 알아보았다.

"병원에서는 자꾸 서비스만 강조해. 간호사가 친절하다

고 해서 병이 낫는 건 아니야. 스튜어디스가 친절하다고 해서 비행기 사고가 나지 않는 것이 아닌 것처럼. 그것보다는 전문적인 지식을 가지고 환자와 보호자에게 올바른 정보를 알려주려고 노력하는 편이 더 나아. 그게 옳은 간호야."

그러니 미영은 희정에게 미소에 대한 부담은 그만 내려놓으라고 했다. 그런 자신이 미소 간호사에 뽑혀 간호사들의 필수품인 형광펜을 선물로 받게 되었다는 것이 희정은 아무리 생각해도 아이러니했다.

희정은 수인에게 줄 약을 챙기면서 간호복 주머니에 든 휴대폰을 떠올렸다. 사실 미영의 이야기를 들으면서도 신경은 주머니를 향하고 있었다. 휴대폰이 든 택배는 희정 앞으로 온 것이 분명했다. 하지만 택배의 실질적인 주인은 수인이었고 희정은 고윤이 택한 매개자였다. 택배를 주인에게 전달할 수도, 전달하지 않을 수도 있었다. 그것이 희정의 유일한 선택지였다. 희정은 몇 가지 걱정과 의문 그리고 형광펜을 내려놓은 채 컴퓨터 앞에 앉았다. 무언가를 확인하기 위해 컴퓨터 앞에 앉기는 했지만 어두운 6인실 병실 안에서 인공적으로 빛나는 페이션트 모니터의 흰 바탕 화면에서 좀처럼 눈을 뗄 수 없었다. 희정은 자리에서 일어나 병실로 향했다.

병실 불은 모두 꺼져 있어 창밖으로 보이는 달빛이 병실을 환하게 비추고 있다. 라디오에서는 심야 음악방송에서 내보내는 팝음악이 아주 작은 소리로 흘러나왔다. 잔잔한 음악 소리가 공기 중에 뿌려졌다가 멀리 가지 못하고 공중에서 흩어졌다.

6인실 병실에 남아 있는 환자는 셋뿐이다. 그런데 유독 한 환자가 새벽까지 잠을 이루지 못하고 뒤척이고 있었다. 환자는 스물세 살 남자였다. 악성 뇌종양으로 수술과 방사선 치료, 항암 치료까지 전부 견뎌냈지만 결국 그에게 남은 것은 사지 마비와 자발 호흡 실패로 인한 인공호흡기뿐이었다. 처음 그를 찾아온 것은 매일 아침 불청객처럼 찾아와 하루 종일 문을 두드리는 두통이었다. 그다음에는 친구에게 걸음걸이가 이상하다는 말을 들었다. 손에 쥔 물 컵이 번번이 바닥으로 떨어져 산산조각이 나고 나서야 그는 병원을 찾았다. 가족들은 의학적으로 할 수 있는 치료를 전부 하고도 결국은 스스로 호흡조차 힘들어진 아들을 호스피스 병동에 입원시켰다.

그를 보살피면서 가장 어려운 점은 그의 말을 알아들을 수 없다는 것이었다. 노인 환자들은 그런 경우가 잦은 편이다. 오랫동안 침상 신세를 지는 할아버지, 할머니 환자들 중 유독 호흡기 쪽 문제가 심각한 경우에는 자식들도 말을 알아듣기 어려워 환자와 보호자의 속을 전부 답답하게 했다. 하지만 환자와 함께하는 시간이 길어지면 저절로 방법은 생기기 마련이다. 희정은 눈빛과 몸짓만으로도 그분들과 참 많은 대화를 나눴다. 혈관 상태가 지극히 좋지 못해 맥박이 실낱같이 가늘어서 채혈을 하는데 어려운 할머니한 분이 있었다. 그 와중에 할머니는 희정이 바늘로 자신의 팔을 찌를 때마다 희정이 뭔가 중요한 것을 훔치러 온 것처럼 몸을 비틀어서 채혈을 못 하게 했다.

그럴 때면 희정은 눈빛으로 협박했다.

이번에 또 움직이시면 될 때까지 바늘로 찌를 테니까 가만히 계세요.

그러면 할머니는 역시 또 눈빛으로 네년이 제대로 하지 못해 죄 없는 내 팔을 마구 찌르면서 그런 소리냐, 로 추정되는 불편한 심기를 표현하곤 했다. 그러는 사이 희정과 할머니 사이에는 암묵적인 요령이 생겼고 그렇게 조금씩 서로가 편해져갔다.

하지만 그는 달랐다. 남자의 작고 얇은 입술은 끝없이 뭔가에 대해 말했지만, 희정은 도저히 알아들을 수가 없었다. 목소리도 없이 벙긋거리는 입술 모양을 아무리 바라보고 이런저런 추정을 해도 결국은 그의 의도를 알아낼 수 없었다. 30개월이 된 딸과도 하는 대화가 스물세 살 먹은 청년과 전혀 되지 않았다. 희정은 그가 왜 오늘도 잠을 이루지 못해 뒤척이는지 궁금했다.

희정은 그의 옆으로 다가갔다. 그는 울고 있었다. 병실은 어두웠지만 달빛은 그의 얼굴을 살펴보기에 충분했다. 희정은 자고 있는 환자들을 깨우지 않도록 병실 불을 켤 필요 없이 달빛이 충분히 밝다는 것이 고마웠다. 어둠 속에서도 그의 눈가에 맺힌 눈물과 오랫동안 울어 붉게 부어

오른 눈두덩이 선명했다. 그는 어젯밤에도 그제 밤에도 이렇게 울고 있었다.

"왜 이렇게 잠을 못 주무세요."

희정은 이 말이 결코 그의 탓이라는 의미로 들리지 않기를 바랐다. 지금 누구보다 잠들고 싶은 이는 바로 그일 테니. 그는 수술한 것을 후회하고 있을까. 그는 위험한 수술이어도 상관없다고 말했었다. 하지만 수술이 끝나고 그는 물이 반도 차 있지 않은 종이컵조차 들지 못하는 육체에 갇혀버렸다.

희정은 티슈를 한 장 뽑아서 그의 눈물을 닦았다. 그가 창가를 향하던 눈을 돌려 희정을 바라보았다. 그러고는 뭔가 할 말이 있는지 중얼거렸다. 왠지 오늘만큼은 꼭 그 말이 무엇인지 듣고 싶었다. 희정은 자신의 귀를 환자의 달싹이는 입술 가까이 가져갔다. 그때 휠체어 소리가 둘 사이를 갈라놓듯이 들어왔다. 희정은 고개를 돌려 휠체어를 탄 수인을 바라보았다.

"옥토버."

수인이 말했다.

희정은 완전히 몸을 돌리고 물었다.

"뭐라고 했니?"

"U2의 옥토버예요."

희정은 그제야 여전히 그 누구도 듣지 않는 라디오에서 나오는 작은 음악 소리에 귀를 기울였다.

"1분 30초의 전주가 지나고 나서야 보노는 노래를 시작해요."

수인은 달빛과 모니터 불빛이 밝히는 병실 안으로 휠체어를 밀고 들어왔다.

"왕국이 일어나고 또 무너져도 계속 나아가야 한다네."

작은 목소리로 가사를 읊조린 수인이 희정과 남자의 곁으로 다가왔다.

"이 환자 분이 뭔가 할 말이 있는 것 같은데 같이 들어 볼래? 잘 들리지 않을 테니 입술 모양을 자세히 봐야 해."

희정이 말했다.

"좋아요."

달빛과 모니터의 흰 불빛이 수인의 환자복을 더욱 희게 만들었다.

"그리고 함께 병실로 돌아가자. 아직은 혼자 다니지 않는 게 좋아. 혹시라도 위험한 상황이 생길지 모르니까."

말을 마친 희정은 수인의 얼굴을 힐끔 보았다. 가늘게 눈을 뜨고 청년의 입술에 시선을 고정한 수인의 표정을 읽을 수 없었다.

희정과 수인은 힘겹게 달싹이는 청년의 입술에서 뭔가를 읽어냈다. 아마도 동시에. 누구라도 맨 앞의 한 단어만 들으면 끝까지, 사람에 따라서는 4절까지도 거뜬히 부를 수 있는 노래. 초등학교 1학년 교과서 맨 앞에 실려 있는 노래. 그런데 왜 지금 이 새벽에 이 환자가 이 노래를 부르는 것일까.

그는 애국가를 부르고 있었다. 동해물과 백두산이 마르고 닳도록. 하느님이 보우하사…….

"왜 애국가를 부르고 있어요?"

희정은 물었다.

며칠 만에 간신히 환자가 하는 말을 알아들었는데 그것이 애국가라는 것이 이상했다. 수인은 곁에서 얼굴을 살짝 찌푸렸다. 그러고는 고개를 들어 주위를 살펴보았다. 희정도 고개를 들고 주위를 휘 둘러보았지만 아까와 다른 점은 하나도 없었다. 남자를 제외한 두 명의 환자는 단 한 번의 뒤척임도 없이 죽은 것처럼 잠들어 있었다.

"아직 더 말하고 있어요."

수인이 말했다.

남자는 다시 입을 달싹이고 있었다. 남자는 입을 달싹이며 어떤 단어를 반복했다. 분명 같은 단어였다.

"가래? 가래를 빼줄까요?"

희정은 남자의 입술에 집중했다.

"얼음? 입이 말라요? 얼음 한 조각 넣어줄까요?"

남자는 고개를 저었다.

"엄마?"

환자의 보호자는 내일 아침에나 온다. 이번에는 수인이 고개를 저었다.

희정은 가래도 얼음도 엄마도 아닌, 남자가 반복하는

단어가 무엇인지 이제야 알아챘다. 하지만 왜. 회정은 확인했다.

"귀신?"

남자의 눈가에서 다시 눈물이 굴러떨어졌다. 그리고 고개를 끄덕였다. 이제는 그의 입 모양이 제대로 보였다.

"한 명이 아니라 여러 명이에요. 내 옆에도 누워 있어요. 저기에도 있어요."

회정은 남자의 눈이 가리키는 저기로 선뜻 눈이 돌아가지 않았다.

수인이 남자에게 더 가까이 다가가 물었다.

"귀신이 무서워서 울고 있었던 거예요?"

남자는 눈을 크게 뜨고 몇 번이나 고개를 끄덕였다. 종이컵도 들지 못하는 그가 할 수 있는 거의 최대치에 가까운 움직임이었다.

회정은 병실을 둘러보았다. 빈 침대가 그의 옆에 있었고 병실은 여전히 어두웠으며 창밖에는 달빛이 병실을 비추고 있었다. 남은 두 환자는 여전히 죽은 듯 미동도 하지 않았다.

"아는 사람이에요?"

수인이 남자의 팔에 손을 올렸다.

회정은 수인을 데리고 병실을 나가고 싶었다. 한여름인데도 짧은 커트를 해서 훤히 드러내놓은 목덜미에 서늘한 무언가가 스치는 것 같았다.

"설마 보인다고 해도 그건, 가짜예요."

수인은 마치 중요한 사실을 알려주듯이 또박또박 남자에게 말했다.

눈을 크게 뜬 남자가 수인을 바라보았다.

"그리고, 만약 그런 게 있다고 해도 절대로 해치지 않을 거예요."

희정은 두 사람에게서 천천히 떨어져 병실 문 앞에 있는 선반 위 라디오로 향했다. 그리고 검은색 구형 라디오의 볼륨을 조금 더 올렸다. 희정은 한 번도 들어보지 못한 노래의 멜로디에 집중했다. 라디오에서 누군가의 미성이 흘러나왔다. Someone who understands your hopes and fears……

당신의 희망과 공포를 이해하는 누군가.

희정은 고개를 돌려 여전히 남자의 팔에 손을 올린 수인을 바라보았다. 수인은 아직 영화가 끝나지도 않았는데 자신을 두고 먼저 영화관을 빠져나가려는 연인을 보는 듯한 표정으로 희정을 보았다. 희정은 지금은 아무것도 설명할 수 없는 연인이 된 기분이었다.

//

창밖으로는 시원스럽게 비가 내리고 있었다. 병동 안은 에어컨 덕분에 쾌적함을 유지했지만 아마도 창문 밖은 여름밤의 더위와 100퍼센트의 습도가 만나 꽤나 파괴적인 효과를 내고 있을 것이었다. 예정대로라면 수인은 몇 가지 약을 먹고 이제 곧 잠을 자야 했다.

수인은 창밖을 보며 서 있었다. 가느다란 발목은 딱 그 발목이 버틸 수 있을 만큼의 무게인 제 주인을 지탱하고 있었다. 침대 옆 선반에는 책 몇 권이 놓여 있었다. 희정은 굳이 책에 대해서 묻지 않았다. 가능하면 빠르게 약을 먹이고 병실을 나오고 싶었다.

"그만 누워야 할 시간이야."

희정이 말했다.

수인은 고개를 끄덕이고 천천히 걸어서 침대 위로 올라갔다.

"비 구경 더 하고 싶어?"

수인은 고개를 저었다.

희정은 침대 위에 올려놓은 손바닥만 한 테이블에 물잔과 약을 올려놓았다.

"승열 선생님에게 책을 빌렸어요."

희정은 선반에 놓인 책 제목에 살짝 시선을 던졌다가 다시 수인을 바라보았다.

"무리하지 않는 선에서 읽기로 해. 아직은 절대적인 휴식이 필요한 상태라는 것 잊지 말고."

정신과 의사에게 빌려 온 책들과 고윤이 남긴 휴대폰 속 영상들. 어느 쪽이 더 무리일까. 희정은 망설였지만 조금은 감상적으로 생각하기로 했다. 자신과 같이 처지에 있던 친구의 소중한 흔적. 처음에는 슬프겠지만 극복하겠지. 이수인은 강하니까. 어쩌면 나보다 더. 창밖에서 세차게 내리던 비는 희정의 바람에는 조금도 관심이 없다는 듯 점점 거세졌다.

수인은 테이블에 놓인 물잔과 약을 지긋이 바라보았다. 그리고 희정을 바라보았다. 희정은 아이보리 색 간호복 상의 주머니에서 자신의 휴대폰을 꺼냈다.

"윤이가 예전에 나한테 보낸 영상이 몇 개 있어."

희정은 수인의 휴대폰으로 그 영상들을 전송하기 시작했다.

"특별한 건 아니지만 윤이 흔적이니까. 윤이도 네가 간직하고 있다는 걸 알면 좋아할 거야."

수인은 아무 말도 하지 않았고 놀라지도 않았다. 그저 이미 희정이 자신에게 할 말이 있었다는 걸 알고 있었던 것처럼 받아들였다. 희정의 입에서 나온 다소 감상적인 이야기에 별 흥미를 느끼지 못하는 것 같았다.

수인의 휴대폰으로 여섯 개의 영상이 전송되었다. 휴대폰 불빛이 수인의 무표정한 얼굴을 비추었다.

"시간이 많이 늦었네. 나는 나가볼 테니까 어서 누워."

담당 간호사는 환자가 약을 넘기는 것을 끝까지 보지 않으면 안 되지만 오늘만은 예외로 하자고 희정은 생각했다. 창밖의 눅눅함이 느껴지는 듯 가슴이 답답했다. 희정은 문을 향해 걸으면서 말했다.

"생각보다 상태가 빨리 좋아지고 있어서 모두들 기뻐하고 있어."

말을 마쳤을 때는 병실 문고리를 손에 쥐고 있었다. 이제 손잡이를 내리면 된다. 희정은 차가운 손잡이에 힘을 실었다.

"선생님."

수인의 가느다란 목소리가 짧은 커트머리를 한 희정의 뒷덜미에 닿았다.

"이게 전부예요?"

가느다란 목소리가 뒷덜미를 지나 가슴까지 내려왔다. 이제는 눅눅함이 아니라 서늘함이 가슴 아래께부터 느껴졌다.

"윤이가 선생님한테 보낸 게 이 영상들뿐이에요?"

희정은 수인을 돌아볼 수도, 손잡이를 돌릴 수도 없다. 창밖의 세차게 내리는 빗소리만이 병실 안을 숨이 막히도록 채우고 있었다. 희정은 가까스로 수인을 돌아보았다.

"그래. 그것뿐이야. 왜?"

수인은 말없이 희정의 눈을 응시했다.

'선생님, 뭔가 더 있잖아요.'

수인의 작은 입은 굳게 닫혀 있었다. 하지만 수인의 눈은 그렇게 말하고 있었다.

꿈속에서 태양은 붉게 빛나지 않았다. 태양은 녹색으로 빛났다.

우리는 녹색으로 빛나는 태양을 나란히 서서 바라보았다.

윤이는 많은 것을 나보다 먼저 알고 있었다.

낯선 외국 작가의 이름이 윤이의 입에서 나왔다.

나는 낯선 그 이름을 입안에 넣고 굴렸다.

쥘 베른. 쥘 베른.

"쥘 베른은 항해사이자 작가였어. 그도 우리가 본 녹색의 빛을 봤어.

그는 그 빛을 어떤 화가도 팔레트에서 찾아낼 수 없는

녹색이라고 했어. 천국에 녹색이 있다면 바로 저런 녹색일 거라고."

아마 그 말이 맞을 거라고 나는 생각했다. 항해사이자 작가라면

세상 모든 걸 알고 있는 사람일 테니까.

"그리고 전설에 따르면 그 빛은 헛된 기대와 거짓말을

사라지게 한다고, 그 빛을 발견한 사람은 자신의 마음은 물론

다른 사람의 마음까지도 읽을 수 있게 된다고 그는 말했어."

나는 윤이의 손을 잡았다.

"너와 이 바닷가에서 영원히 머물고 싶어. 여긴 천국일 테니까."

윤이는 고개를 저었다. 그리고 슬픈 눈으로 나를 바라보았다.

내가 원하는 건 네가 사는 거야.

윤이의 생각이 단단히 잡은 우리의 손을 타고 나의 귓가까지

당도했다. 우리는 서로에게 무언가를 내주는 동시에

무언가를 얻고 있었다.

윤이가 내 손을 놓았다. 그러자 내 몸이 둥실 떠올랐다.

윤이의 어깨를 지나 머리, 정수리보다 높이 올라갔다.

한참을 떠오르던 내 몸이 다시 땅을 향해 떨어졌다.

나는 눈이었다. 희미한 눈송이가 되어 떨어졌다.

그리고 바다로 떨어져 수면에 닿자마자 녹아버렸다.

Chapter 4.

여섯 개의 영상

4

고윤과 조모가 함께 살던 집
은 언덕 꼭대기에 있었다. 무원은 텔레비전에서 본 샌프란
시스코의 퍼시픽하이츠를 떠올렸다. 언덕 아래에서부터 꼭
대기까지 좁은 길 양 옆으로 다세대 주택들이 어깨를 맞대
고 서 있는 풍경은 미국 서부의 부촌과 그 형태만큼은 비
슷했다. 언덕 아래로 금문교가 보이는 곳에서 살면서 혼다
어코드를 모는 노인과 보행보조기의 힘으로 높은 언덕을
오르내리는 이 동네 노인. 둘 중 어느 쪽이 더 행복할까. 무
원은 시답잖은 생각을 하면서 언덕을 올랐다.

조손 가정의 오래된 집은 죽어가고 있었다. 가족 구성
원의 긴 병에 흔들림 없이 버틸 수 있는 가정이 얼마나 될
까. 그런 의미에서 고윤의 집은 많은 부분이 이미 무너져
있었다. 거실 바닥 구석에 놓인 바구니 속에는 구깃구깃한

흰 약봉지가 수북했다. 불량 식품을 단속하는 형사로서 복약 권장 기간이 한참 지났을 법한 그 약들을 전부 꺼내 샅샅이 살펴보고 싶었다. 무원은 거실 바닥에 앉아 노인의 움직임을 눈으로 쫓았다. 허리가 거의 기역 자에 가까운 노인은 냉장고에서 주스 병을 꺼냈다. 그 주스 또한 유통기한이 언제까지일까 하는 생각이 살짝 얼굴을 내밀었다. 하지만 그보다 먼저 노인의 흔들리는 손에서 주스 병이 떨어지지 않을까 하는 생각이 한발 먼저 얼굴을 내밀었다. 주스는 괜찮습니다와 제가 하겠습니다 어느 쪽에도 속하지 못하는 자신을 탓하며 무원은 옹색한 거실로 시선을 돌렸다. 그사이 노인은 주스가 찰랑이는 컵을 가져와 앉았다.

"잘…… 마시겠습니다."

무원은 가까스로 입을 열었다.

거실에는 개지 않은 빨래가 쌓여 있었다. 열어놓은 창문의 더운 바람에 실려 곰팡내가 코 점막을 살짝살짝 건드렸다.

"여러모로 힘드실 텐데 또 이런 일로 찾아뵙게 되어서 죄송합니다."

노인의 피부는 마치 고목에 내린 서리처럼 허옇게 보였다. 무심한 세월과 좋지 못한 식사가 만들어낸 합작품일 것이다. 노인은 온전하지 않은 손놀림으로 빨래를 개기 시작했다. 맨 처음 손에 잡힌 것은 남성용 속옷이었다. 성인이 입기에는 조금 작은, 남색 체크무늬가 들어간 팬티. 그것을 쥐고 내려다보던 노인이 작고 조글조글한 입을 열었다. 새끼손가락만 한 고목의 요정 정도가 나올 법한 작은 입이었다.

"애비와 며늘애는 돈을 버느라 매일 아등바등했어. 사과도 팔고 뻥튀기도 팔고……. 제 자식이 병원에서 살다시피 했으니 도리가 없었지……."

트럭 장사를 하던 부부는 지방의 한 고속도로에서 교통사고를 당했다. 졸음운전을 하던 기사가 모는 대형 화물차는 낡은 트럭을 가볍게 덮쳤고 부부는 경찰과 구급차가 도착하기 전에 죽었다. 열한 살이 된 병약한 아들과 여든을 넘긴 조모를 남겨둔 채.

노인은 자리에서 일어나 운동화 박스를 가져와 무원 앞에 내려놓았다. 박스 안에는 온갖 영수증이 두서없이 가득했다. 무원은 영수증으로 고윤과 조모의 삶을 읽었다. 지역사회는 이 조손 가정에 약간의 생활 보조금을 지원했다. 그 보조금으로 두 사람 몫의 장을 보고 손자의 문제집을 사고 운동화를 샀다. 하지만 이 돈을 아무리 아껴 쓴다고 해도 두 사람의 생활을 설명하긴 불충분했다. 영수증의 절반은 조모의 병원 영수증이었다.

"다른 가족 분들의 도움은, 받고 계시는지요?"

조모는 한참 입을 열지 않았다. 이미 지난 몇 년 동안 다른 가족들이 등을 돌릴 때까지 도움을 받았을 것이다. 조모를 모시는 대가와 아픈 조카의 병원비로. 그 도움이 지금은 전혀 없다는 것을 짐작할 수 있었다.

무원은 박스 밑바닥에 있는 작은 종잇조각까지 시간을 들여 전부 살펴보았다. 조모는 가느다란 신음 소리를 내며 무원의 옆을 지켰다. 두 사람 몫의 생활을 설명하는 데 운동화 박스를 채운 빈약한 영수증과 종이들만 보면 된다는 것이 어딘지 불합리하다는 생각을 떨치기 어려웠다.

//

무원은 언덕 아래 불법 주차를 해놓은 자신의 차 안에서 생각을 정리했다. 고윤은 신경모세포종 판정을 받고 네 살 때 세현병원 소아중환자실에 입원했다. 그리고 치료를 받던 중 수혈 부작용으로 코마에 빠졌다. 부모가 교통사고로 사망한 것은 코마에 빠지고 얼마 되지 않아서였다. 하지만 고윤은 1년 뒤 깨어나 보통의 아이처럼 살았다. 한 번도 뛰어보지는 못했지만 축구를 좋아하고 메시를 존경하는 소년은 그로부터 4년 뒤 세현병원 옥상에서 뛰어내렸다. 뭔가 중요한 것을 놓친 것 같다. 혹은 이미 알고 있는 사실들 중에 중요한 것이 있으나 지금은 알아보지 못하는 것일 수도 있고.

휴대폰이 울린 것은 4년 전으로 향하던 생각이 다음 경로를 정하지 못하고 방황하던 때였다. 전화를 한 것은 선배인 종태였다.

"목격자가 나왔어."

종태는 무원이 전화를 받자마자 말했다.

"누군데?"

갈피 잃은 생각은 일단 접고 말했다.

"그 병원 환자야. 근데,"

밤잠을 이루지 못하던 환자가 기가 막힌 타이밍에 옥상에서 떨어지는 소년을 봤다는 건가.

"솔직히 좀 난감해. 믿어도 되는 건지."

종태의 목소리에서 흥미와 불신이 동시에 느껴졌다.

"무슨 기대를 하는 거야. 원래 목격자라고 주장하는 사람들 중에서 진짜 제대로 된 목격자를 찾는 건 행운에 가까운 일이잖아."

무원은 늘 그렇게 생각했다.

"그래. 넌 그런 행운에 기대는 인간이 아니지. 근데 혹시 모르잖아."

"병원에서 봐."

무원은 짧게 대답하고 전화를 끊었다.

///

희정은 소아중환자실 전자 차트를 응시했다. 그러다 문득 자신의 단점이 떠올랐다. 희정의 단점은 완전히 냉정하지도, 완전히 따뜻하지도 않다는 것이었다.

희정은 응급실에 아이를 들쳐 업고 와서 소리를 지르며 욕을 하는 보호자 앞에서 쩔쩔매는 대신 지금 애가 우는 건 처치가 부족해서가 아니라 보호자님이 소리를 질러서 애가 놀래서 그런 것이라고 단호하게 말하는 쪽이었다. 하지만 태어난 지 열흘 만에 열이 38.5도까지 치솟는 아기를 안고서도 자신의 아기보다 더 급한 아기가 있을까 봐 큰 소리조차 내지 못하는 보호자를 발견하면 희정은 진료 순서를 무시하고 주치의에게 아기의 차트를 올렸다. 그 온도 차 때문에 희정은 종종 지쳤다. 무엇이 간호사에게 옳은 태도인지 늘 고민했다.

희정이 보고 있는 것은 고윤의 차트였다. 차트 맨 아래에 사망을 뜻하는 'Expire'가 입력되어 있었다. 소아중환자실에는 낮도 밤도 없다. 살펴보고 돌아선 잠깐 사이, 그 연약한 숨결에서 순식간에 피비린내가 나는 것을 희정은 수없이 경험했다. 5년 전 그날 아이들 여섯 명이 죽고 난 다음 날 소아중환자실은 전례가 없이 한산했다. 아이들이 죽으니 우리가 바쁘지가 않네요. 누군가의 입에서 그런 말이 나왔지만 누구 하나 틀린 말이라고 하지 못했다. 희정은 고윤의 휴대폰 속 영상을 떠올렸다. 여섯 개의 영상. 전부 죽은 아이들의 흔적이었다. 고윤은 일부러 그 흔적을 영상으로 남겼다. 그리고 영상은 세 개가 더 있었다. 영상들은 5년 전 그날의 시작과 끝을 떠올리게 했으며, 희정이 소아중환자실에서 처음 간호사 생활을 시작했을 때를 떠올리게 했다.

소아중환자실 아이들은 낮과 밤을 가리지 않고 울부짖었다. 이불을 들추고 커튼만 걷어도 자지러졌다. 한 아이가 고열이 났고 주치의 강철주 교수는 링거 주사를 처방했다. 초보 간호사에게 IV(정맥주사)라인을 잡는 것은 항상 고역이었다. 팔도 혈관도 가느다란 아이들의 경우는 더 그랬다. 몇 번의 시도를 하고도 희정은 결국 주사를 놓지 못했다. 희정은 자신 때문에 울부짖는 아이를 두고 눈물을 글썽였다. 결국 희정을 대신해 2년 차 간호사 천민희가 대신 IV를 놔주었다.

"젤리 좀 먹을래?"

천민희는 간신히 진정하고 돌아선 희정에게 말을 걸었다. 천민희의 간호복에는 아이들이 좋아하는 캐릭터 스티커가 붙어 있었다. 그녀는 아이가 그것에 마음을 빼앗긴 틈을 타서 주사를 놓을 줄 아는 요령 있는 간호사였다.

"고마워요."

희정은 사실 단것을 별로 좋아하지 않는 천민희의 식성을 이미 알고 있었다. 하지만 젤리 역시 흰 옷을 보기만 하면 울기부터 하는 아이들을 상대하는 데 필요한 작은 기술이었다. 희정은 자신보다 침착하고 노련하게 간호사 경력을 쌓는 천민희가 대단해 보였다.

하지만 문제는 주사를 빼면서 발생했다. 아이의 손등에 동전만 한 물집이 잡히고 멍이 들었다. 부모는 간호사의 부주의로 인한 의료 사고라며 소송을 걸었다. 병원 법무팀 담당자는 희정과 천민희를 불러 치료비와 합의금을 나누어 부담하고 병원을 나가라고 통보했다. 그 자리에는 강철주 교수도 있었다. 담당자는 천민희에게 집요하게 잘못을 인정하라고 종용했다. 천민희는 아무 말도 하지 않았다. 희정은 천민희가 주사를 놓기 전 자신이 몇 번이나 실패했다는 사실을 말하지 않았다. 강철주는 법무팀 담당자에게 보호자와 합의를 하라고 지시했다. 그리고 모든 비용은 병원에서 지불하는 것으로 정리가 되었다. 희정과 천민희는 다시 소아중환자실로 돌아갔고, 그 일을 문제 삼는 사람은 아무도 없었다. 그날 이후로 희정은 가능하면 강철주를 피했다. 반면 천민희는 부쩍 강철주의 곁에서 자주 볼 수 있는 간호사가 되었으며 누구보다 빠르게 승진하는 간호사가 되었다.

주머니 속 휴대폰이 울렸다. 희정은 황망한 눈으로 발신자를 확인하고 소아중환자실을 나섰다.

//

호스피스 병동은 흡사 수녀원 같다. 단순히 여성 간호사의 비율이 높기 때문만은 아니다. 겉보기에는 다른 병동과 다를 바가 없다. 병동 표시가 없다면 호스피스 병동과 비뇨기과 병동을 구분하기 힘들다. 하지만 희정은 이곳에서 근무하면서 다른 병동보다 더 농도가 짙은 연대감을 느꼈다. 그 연대감은 굳세고 강인한 이들의 지배 아래 자연스럽게 만들어졌다. 그 중심에는 정년을 앞둔 수간호사 동미영이 있었다. 병동은 그녀의 지휘 아래 조화롭고 완벽하게 운영되었다. 혼란이 발생하는 곳에 그녀가 나타나면 상황은 놀라울 정도로 차분하게 진정됐다. 호스피스 병동은 혼란이 항상 어두운 구석에서 웅크리고 있는 곳이다. 그리고 혼란은 무척이나 감염과 확산이 잘 된다. 죽음이라는 예정된 열차에 남들보다 먼저 탑승한 환자들은 아주 작은 징후나 징조에도 자신의 출발 시각이 당겨지는 것은 아닐까 하는 생각에 시달렸다. 언제든지 피폐해질 수밖에 없는 자신의 환자들과 그런 환자들과 하루 10시간을 보내는 간호사들을 위해서라면 미영은 어떤 수고도 마다하지 않았다. 희정은 늘 미영의 내면에는 어떤 상황에서도 자신이 간호사임을 잊지 않게 하는 꺼지지 않는 불 같은 것이 있으리라 믿었다.

희정을 호출한 것은 미영이었다. 두 사람은 함께 환자들의 바이털을 체크하고 너스 스테이션으로 돌아왔다. 남자 환자들이 모여 있는 병실에서 해외 축구 경기를 보는 활기찬 소리가 모처럼 너스 스테이션까지 들렸다. 미영은 지쳐 보이는 희정을 위해 약간의 군것질 거리를 꺼냈다. 간호사들의 군것질 거리는 오래된 서류를 넣어두는 공용 사물함 속에 늘 구비되었다. 희정은 미영이 그 안에서 과자를 꺼내는 모습을 바라보았다. 간호사들의 관심에서 벗어난 묵은 서류들이 사물함 깊숙이 군말 없이 자리를 했고, 그 앞으로 군것질 거리가 채워지고 또 빠졌다. 그러니까 사물함 안쪽은 누구에게도 흥미를 끌지 못했다. 희정은 그 점을 머릿속에 넣어두었다.

"축구 좋아해?"

미영의 질문에 희정은 고개를 돌렸다.

"축구를 보면 인간의 장기들이 전부 살아 있다는 게 확실하게 느껴져요. 목울대부터 심장, 위장, 하다못해 방광까지도요."

희정이 말했다.

"나는 좀 더 솔직하게 말해서 잘생긴 남자들이 땀을 흘리면서 90분 동안 뛰는 걸 보는 게 좋아."

미영에게는 유머가 있었다. 냉침해둔 차 같은 깔끔하고 개운한 유머가.

"저런 남자와 살면 어떨까? 뭐든지 척척 해주려나? 코끼리 같은 것도 척척 사냥해 오고 짐승들이랑 몸싸움도 거침없이 해버리고."

새벽이지만 미영은 일요일 아침처럼 여유롭고 생기가 넘쳤다. 희정은 할 수 있다면 미영처럼 나이를 먹고 싶었다. 자신보다 두 배를 더 산 그녀의 나이가 되면 뭔가 달라질까. 서른의 자신은 비겁했다.

"어릴 때는 서른쯤 되면 모든 일이 완벽하게 다 되어 있을 줄 알았어요."

희정이 말했다.

"비밀 하나 알려줄까. 지금 내 나이가 되어도 똑같은 생각을 하고 있을 거야. 실은 나는 열다섯 살에서 하나도 더 큰 것 같지 않아. 여전히 벌레를 보면 무섭고 천둥 번개가 치면 돌아가신 엄마 생각이 나거든."

미영은 아이처럼 축구를 보고 있는 환자들을 가리켰다.

"저분들도 작고 사랑스러운 소년이었던 시절이 있었어. 태어날 때부터 몹쓸 병에 걸려 있던 게 아니야. 환자를 보살피면서 그걸 잊어서는 안 돼. 그걸 잊으면 환자를 막 대하게 돼."

희정은 너스 스테이션에 있는 화분을 바라보았다. 결코 꽃에게 우호적이라 할 수 없는 환경인 병원에서도 꽃은 피었다.

미영은 이야기를 계속했다.

"아는 의사가 갑자기 MI(급성심근경색)로 중환자실 신세를 진 적이 있어."

업무 강도 대비 몸 관리는 소홀한 중년의 의사들은 심장 질환에 시달렸다.

"몇 달 병가를 냈다가 다행히 다시 돌아왔지. 회식 자리에서 우연히 만났는데 자기가 의식 없는 상태에서 중환자실에 있었던 때를 기억한다면서 얘기를 해주더라고."

의사는 술 대신 물을 마시면서 자신의 경험을 들려줬

다. 그는 다 들었다고 말했다. 의료진들의 다급한 음성과 응급 상황임을 알리는 용어들이 또렷이 들렸다. 엄청난 불안감과 공포가 엄습했다. 자신 역시 의사기 때문에 의료진들의 이야기가 완벽하게 이해되었다. 자신의 사망을 예상하는 의료진들에게 절대 자신을 포기하지 말아달라고 외쳤다. 다행히 그는 큰 고비를 넘겼고 다시 의사 가운을 입었다.

"그때부터 자기도 모르게 생긴 습관이 하나 있다고 해. 말 못 하는 환자를 보더라도 부정적인 이야기는 하지 않는다고."

의사는 의식불명의 환자에게도 오늘의 날씨를 이야기해주고 환자의 상태를 설명했다. 그리고 오랜 간병에 지친 보호자가 환자를 포기하고 싶다는 말을 하면 환자가 다 듣고 있으니 그런 말 하지 말라며 타일렀다.

"자기가 직접 경험하고 나니 알겠더라는 거지. 자신이 아는 게 전부가 아니라는 걸. 의식 불명 상태에서도 소리를 들을 수 있다는 것을 뼈저리게 경험했으니까. 그래서 이제는 어떤 것도 불가능하다는 생각이 들지 않는다는 거지."

희정은 수인을 떠올렸다. 동시에 고윤을 떠올렸다. 그리고 고윤의 휴대폰 속 영상을 차례로 떠올렸다. 살아서 만났지만 어느 순간 처지가 달라진 여덟 명의 아이들. 누군가는 죽고 누군가는 살고 누군가는 그 중간쯤에 남겨졌다가 깨어났다. 고윤이 남긴 영상은 어쩌면 죽은 아이들의 안부 같은 것일까.

"자살한 아이가 저에게 뭔가를 남겼어요."

희정이 간신히 입을 뗐다.

그 일을 말하는 것만으로도 여러 개의 날이 붙은 창으로 가슴을 찌르는 것 같았다. 그날 중에 가장 아픈 것은 죄책감이었다.

"자기를 믿었나 보네. 제 친구한테 주고 싶었을 텐데 친구가 잠들어 있으니."

미영은 고윤과 이수인이 숲속의 왕자와 공주 같다고 말하곤 했다. 왕자가 끈기가 좋네. 지치지도 않고 공주님 깨우러 오고.

하지만 고윤이 죽고 이수인은 깨어났다. 미영은 기뻐할 수도 슬퍼할 수도 없는 희정의 처지를 누구보다 이해했다.

희정은 일곱 명의 아이들이 잠든 수인의 주위에 서 있는 상상을 했다. 혼자 남은 건 이제 수인이었다.

//

한여름 햇빛이 도로 위로 있는 힘껏 떨어졌다. 도로 옆 가로수는 징그러울 정도로 시퍼런 잎을 도로 쪽으로 내밀었다. 수사 종료일을 하루 앞두고 목격자라는 새로운 변수가 비상등도 없이 갑자기 쑥 들어오는 앞차처럼 무원과 종태 앞에 나타났다.

"가난한 건 사실이지만 불행한 느낌은 없었어. 할머니는 혼자 힘으로라도 손자를 잘 키우려고 노력했어. 애도 또래에 비해 순진했고."

무원은 얌체같이 앞으로 끼어드는 차에 대고 클랙슨을 울리며 말했다.

"그건 모르는 거야."

조수석의 종태가 땀에 젖은 겨드랑이 냄새를 슬쩍 맡으며 말했다.

그건 모르는 일이다. 얼굴에 친구들의 돈을 뺏는 것도 모자라서 무참히 폭행하는 아이라는 표시를 하고 그렇게 하는 아이는 없다. 에어컨이 내뿜는 냉기는 신통치 않았다. 무원은 종태의 말을 흘려들었다. 적어도 사실이 밝혀지기 전까지 선입견을 가질 필요는 없다. 아이는 불량 식품이 아니다. 겉만 봐서는 알 수 없다.

"목격자가 직접 연락을 했어. 열다섯 살짜리 여자애가 직접. 처음에는 거짓말이라고 생각했지. 당연하잖아. 하지만 그 애는 알고 있었어."

자신을 목격자라고 소개한 소녀는 경찰이 고윤의 휴대폰을 찾지 못했다는 것과 고윤이 사망한 날은 한 달의 한 번 고윤이 조모가 먹을 혈압 약을 타기 위해 세현병원에 오는 날이었다는 것을 알고 있었다. 지금까지 무원과 종태가 만난 이들 중에 고윤에 대해 가장 많이 알고 있다는 것을 부인할 수는 없었다.

"그렇다고 해도, 그건 모르는 거야."

무원은 종태의 말투를 흉내 냈다.

우연히 어디선가 그런 것들을 주워듣고는 형사와 통화를 한 대범한 열다섯 살일지도 모른다. 그러고도 남을 되바라진 열다섯을 무원은 최소 다섯 명 정도 알고 있다.

"근데 애들은 참 강해."

종태는 휴대폰 배경 화면으로 설정한 아들의 사진을 보고 있었다.

"중환자실 가보면 알잖아, 거기가 어떤 데인지. 멀쩡한 사람도 기가 빨려서 없던 병도 만들어서 나가는 곳이라고. 그런데 죽은 애도 그렇고 목격자라는 여자애도 그렇고 그런 곳에서 5년씩 버틴 애들이야. 너라면 버티겠어?"

무원은 핸들에 양팔을 얹은 채 오늘따라 긴 대기 신호를 쏘아보았다. 신호가 바뀌자 무원은 지체 없이 병원 정문을 향해 액셀을 밟았다. 정문 앞에는 피켓을 들고 1인 시위 중인 남자가 서 있었다. 손에 든 피켓 외에 작은 테이블까지 준비하고 서 있는 남자를 정문 바로 앞의 택시 승강장의 기사들이 재고떨이 상품을 보듯 바라보고 있었다. 무원은 그들의 묘한 대치 상황을 슬쩍 보고는 종태에게 말했다.

"형 말대로, 그런 데서도 5년이나 버티다가 집으로 돌아간 애가 왜 다시 그 병원을 찾아가서 옥상에서 뛰어내렸을까?"

무원은 강력반 시절 유일한 목격자가 귀가 먹고 말이

어눌한 노인이었던 때를 떠올렸다. 한낮 아기와 엄마만 있는 집에 들어가 아기를 안고 있는 엄마를 성폭행한 사건이었다. 엄마는 자신이 반항을 하면 아이에게 해를 입힐까 싶어 비명을 안으로 삼킨 채 지옥 같은 시간을 보냈다. 남자는 CCTV도 없는 오래된 복도식 아파트를 유유히 빠져나갔다.

하지만 노인정에 가기 위해 매일 같은 시간에 집을 나서던 노인이 남자의 뒷모습을 봤다고 진술했다. 노인을 만나러 간 무원은 고장 난 엘리베이터 안에서 나오지 않으려 버티고 있는 노인과 마주했다. 수리 기사와 경비원의 짜증에도 노인은 그 안에서 버텼다. 노인은 소리를 질렀다. 귀가 안 들리니까 당연히 목소리도 컸다. 주민들은 역정 내는 노인네를 다루기 힘들다며 팔짱을 낀 채 나서지 않았다. 무원은 말 한마디 하지 않고 차분하게 손으로 노인과 대화했다. 영감님, 이 덩치 큰 기계가 지금 고장이 났습니다. 영감님이 내리셔야 화가 난 수리 기사님이 고칠 수 있어요. 그래야 이렇게 짐을 든 주민들이 다시 엘리베이터를 탑니다. 노인은 무원의 손을 노려보다가 순순히 엘리베이터에서 나왔다.

무원은 노인을 데리고 아기 엄마의 집 앞으로 데려갔다. 그러고는 누군가가 이 문을 열고 나가는 걸 봤냐고 물었다. 노인은 어눌한 입을 오물오물하다가 고개를 끄덕였다. 그다음엔 주위를 둘러보더니 누군가가 든 대형마트 봉지에 그려진 마트 로고를 가리켰다. 또 경비원의 모자를 나뭇가지 같은 손가락으로 가리킨 다음 무원의 어깨쯤 되는 높이에서 손을 흔들었다. 용의자는 모자를 쓰고 마트 배달을 하는 170센티미터 정도의 남자로 좁혀졌다. 범인은 종종 그 집으로 배달을 가던 20대 중반의 배달원이었다. 낮에는 항상 아기와 엄마 단둘이 있다는 것을 이미 알기에 계획적으로 벌인 일이었다.

이번에는 목격자가 귀가 먹은 노인이 아니라 코마에서 깨어난 지 이제 막 일주일 된 열다섯 살 소녀였다. 병원에 입원한 소녀가 우연히 어떤 소년의 자살을 목격했고 소녀는 어쩐 일인지 소년에 대해 많은 것을 알고 있다는 이야기. 무원은 설득력 없는 우연이 반복되는 시시한 영화를 보는 기분이었다. 영화라면 언제든지 그만 볼 수 있을 테지만 이건 사건이었다.

//

"형사님이죠?"

수인은 병실에 들어온 무원을 보고 경계의 기색도 없이 말했다.

무원은 자신의 예상과 한참이나 멀리 떨어져 있는 수인의 첫인상에 조금 당황했다.

마치 매캐한 매연으로 가득한 곳에 있다가 갑작스레 공

기가 맑은 곳으로 들어선 느낌이었다. 하얀 침대 위에 환자복을 입고 앉아 있는 소녀는 만지면 녹을 것 같은 작고 깨끗한 눈덩이 같았다. 그리고 벽에 걸린 바다와 빙벽을 담은 사진에서는 서늘한 기운이 흘러나오는 것 같았다. 극지방 어디쯤을 찍은 사진과 침대 위의 소녀. 어디서부터 어떻게 시작해야 할까. 목격자라고는 하지만 환자였다. 게다가 보호자도 없이 1인실에 머물고 있는 열다섯 소녀. 그리고 자신이 목격한 것을 이야기하기 위해 형사를 병실로 부른 소녀. 무원은 병실에 들어가는 것조차 좀 더 신중했어야 하는 것은 아닌지 뒤늦은 후회를 했다.

"형사님을 믿어도 돼요?"

시작은 무원이 아니라 수인이 했다. 형사는 어디서부터 어떻게 시작해야 할지 갈피를 잡지 못하는 것 같았다. 수인은 그 어느 것에 대해서도 한가롭게 이야기할 생각이 없었다. 시간이 지날수록 진실은 풍화되듯 깎여 나가 사라지니까.

"내가 알고 있는 것을 말하면 우리를 도와줄 거예요?"

우리. 소녀가 말하는 우리는 누구일까.

"나는 네가 하는 말을 믿어도 되니?"

무원은 되물었다.

"믿을 수밖에 없을 거예요. 지금까지 도움이 되는 말을 한 사람은 아무도 없었을 테니까."

무원은 허를 찔린 채 할 말을 잃었다. 아닌 게 아니라 고윤이 자살한 지 일주일이 흘렀지만 고윤에 대해 새롭게 알아낸 것은 별로 없었다. 그저 몇 가지가 마음에 걸려 있을 뿐이다. 사망확인서를 작성한 순환기 내과 의사와 병원 주차장 아스팔트에서 빛나던 정체 모를 푸른빛, 그리고 여전히 찾을 수 없는 아이의 휴대폰 정도가 분리수거 되지 않는 쓰레기처럼 무원의 머릿속에서 각각의 모서리를 차지하고 있었다. 수인은 그 한복판에 서서 무원을 차갑게 응시했다.

"형사님이 제대로 하지 못해도 상관없어요."

"왜 내가 제대로 하지 못할 거라고 생각하니?"

"어른들은 대부분 그러니까요. 알고도 안 하고, 알려고도 하지 않아요."

무원은 어른들을 옹호할 말이 당장 떠오르지 않았다.

"그래. 하지만 난 최대한 그러지 않도록 노력하고 있어. 누구 한 사람이 널 믿지 않아야 하는 역할을 해야 한다면 아마 그게 나일 거야. 다른 형사들이 널 찾아와서 네 말대로 움직이고 네 말을 그대로 수첩에 적는다고 해도 나는 기본적으로 네 말을 의심할 거라는 말이야. 네가 중병에서 깨어난 환자든, 소녀든 상관없이."

무원은 수인의 침대로 신중하게 한 발을 움직였다.

"그건 수사를 하는 나만의 원칙 같은 거야. 누구나 자신의 일을 오랫동안 한 사람에게는 자신만의 원칙이라는 게 있거든. 세탁소 주인이든 시계 수리공이든."

수인은 미동도 하지 않은 채 무원의 이야기를 들었다. 마치 저울 같은 것에 무원의 말을 올려놓고 그것의 무게감을 가늠하듯 신중했다.

"내가 제대로 하지 못하면 어떻게 할 거니?"

무원의 말에 내내 차가운 온도를 유지하던 수인의 표정이 미묘하게 달라졌다.

제 여동생에게 반복적으로 손을 대는 양아버지를 과도로 찌른 여고생이 있었다. 왜 어른들에게 알리고 도움을 청하지 않았냐고 형사가 물었다. 말했어요. 근데 안 믿었잖아요. 여고생은 아무것도 하지 않는 어른들 대신 자신의 미래를 내던졌다. 분노는 누군가에게 원동력이 된다. 결과가 무엇이든 간에.

수인은 대답 대신 고개를 돌렸다.

수인은 무원의 여윈 뺨을 응시했다. 만약 고윤이 어른이 된다면 어떤 모습이었을까. 함께 어른이 된다는 건 얼마나 대단한 일인가. 수인은 성숙한 남자와 여자가 된 자신들의 모습을 상상하려 했지만 상상은 매번 실패한 그림처럼 되어버렸다.

"윤이의 휴대폰 안에 윤이가 죽은 이유가 들어 있어요."

무원은 얼굴을 찌푸렸다. 뭔가 할 말이 있었지만 지금은 아니었다. 무원은 더 이상 묻지 않고 병실을 나갔다.

무원이 병실을 나가고 수인은 점심 식사에 곁들여 나온 삶은 달걀을 집어 들었다. 조금만 세게 힘을 주자 껍질이

파삭 소리를 내며 깨졌다. 그 틈으로 달걀 비린내가 새어나왔다. 코마에서 깨어난 뒤 깜짝 놀랄 정도로 후각이 예민해졌다. 냄새는 여러 가지를 떠올리게 했다. 간병인이 먹던 자두, 환자가 죽으면 침상에 뿌리면 소독제, 그리고 죽음의 냄새. 수인은 달걀을 먹지 않고 내려놓았다. 희정은 오늘 오프였다. 희정이 곁에 있었으면 아마 달걀을 권했을 것이다. 곁에 둔 휴대폰이 울렸다. 희정이 보낸 문자였다. 수인의 약과 점심을 챙기는 문자. 수인은 기다렸다. 이것 말고 더 중요한 것들이 남아 있었다. 여섯 개의 영상 외에 다른 것들. 예를 들면 더 중요한 것들이 찍힌 영상 같은 것이. 하지만 희정에게 온 것은 그게 다였다.

선생님은 어디까지 알고 있을까. 모르는 걸까, 아니면 숨기는 걸까.

숨기는 거라면 찾아야 했다. 그게 누구 손에 있든.

///

승열은 형사의 방문을 기다리고 있었다. 그는 풀 뜯는 것조차 지긋지긋해진 예민한 말처럼 꼼짝도 하지 않고 맞은편에 앉아 있는 무원을 바라보았다. 어째서 남자 둘, 서로에게 조금의 호감도 없는 남자 둘을 좁은 공간에 가둬두면 이런 효과가 나는지. 무원은 새삼 종태가 그리웠다. 종태는 자기 발아래 풀이 아쉬우면 새침하게 서 있는 승열에게 다가가 인사와 동시에 승열의 발아래 풀도 뜯을 위인이다. 하지만 무원은 아니었다. 물론 승열도 아니었다.

"플라톤은 죽음으로 인해 육신이 분리된 영혼은 전보다 더 선명하게 사고하고, 추론하고, 사물의 본성을 쉽게 파악하게 된다고 했습니다. 플라톤에게 죽음은 깨닫는 것이고 기억하는 것이었습니다."

승열은 천천히 입을 열었다. 무원에게 이야기를 한다기보다는 자기 자신을 향해 하는 말 같았다.

"의사도 그런 이야기를 합니까? 패나 문학적으로 들리네요."

딱히 비꼬려고 한 말은 아니었지만 뱉어놓고 나니 그런 꼴이 되었다.

"그러면 생리학적이나 혹은 신경학적으로 설명해드릴까요?"

승열은 여전히 차분했다.

"정맥 마취제인 케타민과 시클로헥사논은 임사 체험과 유사한 부작용을 동반합니다. 이 약물을 맞으면 환자는 다리와 팔 등 자신의 신체 부위와 정신이 주변 환경에서 해리되는 것을 느낍니다. 각성 후에도 환각과 같은 정신장애가 지속되기도 하죠."

"약물로도 이수인이 한 것과 같은 경험을 할 수 있다는 겁니까? 코마 상태에서도 주변 소리를 들을 수 있는?"

무원이 물었다.

"물론입니다. 하지만 이수인처럼 또렷하게 기억해내지는 못합니다."

무원은 점점 분노로 물드는 승열의 이야기를 말없이 들었다.

"얼마 전 12년 동안 혼수상태였던 남아공 청년이 깨어났습니다. 열두 살에 혼수상태에 빠졌다가 스물네 살에 깨어났죠. 청년에게 사람들이 혼수상태에 빠져 있는 동안 괴로웠던 것이 무엇이냐고 물었습니다."

죽음에 대한 공포, 가족에게 버림받을지 모른다는 불안, 이런 상태로 생을 부지해야 한다는 절망. 무원은 여러 가지를 떠올렸다.

"청년은 TV에서 똑같은 만화를 계속 틀어줘서 너무 지겨웠다고 대답했습니다. 회색 토끼 벅스 바니가 나오는 애니메이션 속 바니의 목소리가 지긋지긋했다고요."

승열이 말했다.

무원은 잠시 생각에 잠겼다. 불투명한 유리 창문 너머에 실루엣을 일렁이고 있는 것이 무엇인지 확인한 느낌이었다.

"이수인에 대한 이야기입니까? 고윤이 죽기 전에 와서 한 이야기를 이수인이 기억하고 있다?"

무원이 말했다.

승열은 엷은 웃음을 입가에 떠올렸다. 수인에 대한 이야기가 그에게 뭔가 알 수 없는 생기를 전해준 것 같았다.

그는 빈 벽을 바라보았다. 원래 그곳에 있던 남극 바다와 빙벽은 이제 수인의 병실에 있다.

"우리가 보는 것은 반사되는 빛, 즉 흡수되지 않은 빛이에요. 예를 들면 사과는 빨강을 제외한 모든 색깔입니다. 거부당한 색을 보고 우리는 아 사과는 빨갛구나, 이렇게 말하죠."

승열은 말했다.

무원은 머릿속으로 붉게 잘 익은 사과 한 알을 떠올렸다. 그의 말대로라면 사과는 빨간색이 아니다.

"형사님이 보고 믿는 것들, 혹은 대부분의 사람들이 믿는 것들을 한 번만 뒤집어보세요. 드러나지 않은 것이 오히려 진실일 때가 있습니다."

무원은 새삼스럽게 진료실을 둘러보았다. 승열에 대해 짐작해볼 만한 것은 아무것도 없었다. 그저 여러 번 사용한 흔적이 남은 머그컵과 병원에서 제공하는 달력과 가습기 같은 공용 비품만이 대충 자리를 잡고 있었다.

"일반적인 상담 치료도 하십니까? 정신과 의사들이 주로 하는 것들 말입니다. 환자를 앉혀놓고 이런저런 이야기를 나누고 마지막엔 필요한 약을 처방하고……."

무원의 말에 승열이 이번에는 차가운 미소를 입가에 떠올렸다.

"10분에서 20분 동안 마인드컨트롤 시키고 괜찮냐고 물어보는 것 말입니까? 잠을 잘 못 잔다고 하면 수면제 용량을 올려주거나 다른 것으로 바꿔주거나 하는 일 말입니까? 친구를 잃은 아이에게 도대체 이게 무슨 의미가 있을 것 같으세요?"

승열의 눈이 차갑게 빛났다. 혐오와 자조. 자신에게 스스로 겨누는 칼날 같은 말.

"안 괜찮잖아요. 당연히 안 괜찮잖아요? 전 가끔 제 일이 아주 엿 같을 때가 있어요."

//

넓은 외래 병동 벽에는 여러 종류의 사진이 벽을 따라 길게 붙어 있었다. 직원 하나가 복도 끝에서부터 사진을 골라내듯 가려서 떼고 있었다. 무원은 그중 한 사진 앞에서 멈췄다. 작년 여름 날짜가 박힌 사진이었다. 병원 입구에는 사람들이 모여 서 있었고, 예의 병원에서 처방하길 좋아하는 '희망'과 '기적'이라는 단어가 큼지막하게 박힌 현수막이 매달려 있었다. 현수막 밑에는 모자와 흰 마스크를 쓴 대여섯 살에서 10대 후반까지로 보이는 아이들이 서 있었다. 마스크에 가려 아이들의 표정은 보이지 않았다. 이 사진에서 중요한 것은 아이들의 표정이 아니었다. 아이들 또한 현수막과 같은 배경이었다. 사진의 중앙에는 온화한 미소를 입가에 올리고 있는 중년의 남자와 교복을 입고 있는 소년이 있었다. 소년의 손에는 축구공이 들려 있었고 중년 남자의 손은 소년의 어깨를 감싸고 있었다. 남자는 강철주였고 소년은 고윤이었다.

무원 옆으로 직원이 다가왔다. 그러고는 무원이 보고 있는 사진을 뗐다. 벽에 붙어 있던 사진들은 이가 빠진 듯 중간중간 빈 구석을 드러냈다. 축구공을 든 채 서 있는 고윤의 사진 또한 썩기 전에 빼내야 하는 충치처럼 단박에 떼어졌다.

종태가 무원 옆으로 다가와 섰다.

"도사님 말이야. 얼마 전에 서에 오셨어. 알고 있었어?"

종태가 말하는 도사님은 무원의 아버지다. 아버지는 지금 자신의 손님에게 고소를 당한 상태였다.

"나 진짜 그날 이후로 도사님 존경하게 됐어. 고소인이 장장 1시간이 넘도록 헛소리를 늘어놓는데도 한 치의 흔들림도 없으시더라. 어지간히 수행한 도인이라도 그 정도 상황이면 주먹이 나갔을 거라고 봐. 난 정의로운 형사답게 주먹을 날리는 장면 정도는 눈감아드렸을 거고."

종태는 무슨 은둔거사 묘사하듯 말했지만 아버지는 속세에 가정을 꾸린 스님이었다. 그리고 어머니는 아버지의 불당 옆에 신방을 만들어 어머니의 신을 모셨다. 두 분이 함께 사는 집에는 부처님과 정체를 알고 싶지도 않은 용한 신 두 분이 사이좋게 기거 중이셨다. 그리고 현주가 두 분의 신과 한 명의 스님, 한 명의 무속인의 생활을 건사했다.

"그 고소인한테 우리 어머니도 잘 살펴보라고 전해줘.

두 분이 손님 돌려막기 하는 것 같던데."

///

　종태가 잠깐 눈을 붙이겠다며 먼저 차로 간 사이, 무원
은 습관처럼 고윤이 추락한 주차장을 다시 찾았다. 그때의
미묘한 푸른빛은 사라지고 없었다. 한때는 우물이었으나
지금은 사라져 흔적을 찾을 수 없는 우물을 찾듯 서성이는
무원의 곁으로 희정이 다가왔다.

　"너스 스테이션에 메모 남기신 것 봤습니다."

　희정의 말에 무원은 고개를 끄덕였다.

　"이수인과 고윤에 대해 가장 잘 아는 분이라고 들었습
니다."

　희정은 무원을 살펴보았다. 신경질적인 인상이지만 사
실은 그렇지 않을 것 같다는 막연한 느낌이 들었다.

　"아이들 이야기를 드리려면 5년 전 일부터 말씀을 드려
야 해요. 시간 괜찮으세요?"

　희정의 말에 무원은 보조석 의자를 한껏 제쳐놓고 잠든
종태를 슬쩍 바라보고 고개를 끄덕였다.

　"윤이는 신경모세포종 4기였어요."

　"어떤 병입니까?"

　"쉽게 말해, 악성 종양이에요. 5세 미만의 유아들에게
주로 발병하죠. 하지만 윤이는 경과가 좋았어요. 조혈모세

포 이식 수술도 잘 받았고 5년간 항암 치료와 호르몬 치료로 잘 견뎌주었습니다."

무원은 고윤의 왜소한 몸이 불길한 이름의 병을 이겨냈다는 것이 새삼 놀라웠다.

"그리고 수인이는 다섯 살 때 입원했습니다. 병명은 급성림프모구성백혈병이었어요. 항암 치료를 하지 않으면 6개월밖에 살 수 없는 치명적인 병이에요. 하지만 수인이도 잘 견뎌냈어요. 기본적으로 강한 아이들이에요. 둘 다."

무원은 흰 눈을 뭉쳐놓은 것처럼 연약해 보이던 수인을 떠올렸다.

"그러다가 둘 다 코마에 빠졌어요. 다행히 윤이는 1년 만에 깨어났지만, 수인이는 5년이나 걸렸습니다. 다시 돌아오기까지요."

무원은 까칠해진 턱을 기울였다. 뭔가가 상당히 많이 생략된 이야기였다. 고된 치료를 견디던 아이들이 갑자기 한날한시에 코마에 빠지는 일이 가능한가.

희정은 무원의 의문을 읽은 듯 대답했다.

"소아중환자실이라는 곳이 워낙 예측이 되지 않는 곳이고 또한 아이들은 더 그렇습니다. 어떤 일이 일어나도 이상하지 않은 곳이죠. 기적과 절망이 사이좋게 손을 잡고 아이들 사이에 앉아 있다고 할까요."

무원은 외래 병동 복도에 붙어 있던 사진을 문득 떠올렸다. 마스크를 쓰고 환자복을 입은 아이들 가운데 서 있던 강철주 병원장과 고윤.

"그래도 이유가 있을 텐데요. 갑자기 그렇게 된 이유가 무엇이었습니까?"

무원의 질문에 희정은 잠시 망설이다가 입을 열었다.

"환자 기록상에는 수혈 부작용과 합병증이라고 남아 있습니다."

미묘한 대답이었다.

기록은 그렇다. 하지만 다른 면에서는 어떻다는 것인가. 일단 넘어가기로 했다. 이미 머릿속에는 분리수거되지 않은 몇몇 단편적인 생각들이 있었다. 이 이야기 하나쯤 더 들어갈 자리는 얼마든지 있었다.

"지금은 호스피스 병동 간호사지만 그때는 소아중환자실에서 근무했습니다. 하지만 들어온 지 얼마 되지 않은 때였고 말씀드린 것이 제가 기억하는 전부입니다."

무원은 고개를 끄덕였다.

"윤이가 예전에 저에게 영상 몇 개를 보냈습니다. 도움이 될지 모르겠지만 필요하시면 드리겠습니다."

희정은 여기까지 말하고 숨을 몰아쉬었다. 그리고 여전히 너스 스테이션 위 자신의 가방 속에 있는 고윤의 휴대폰을 떠올렸다.

"이수인은, 휴대폰 안에 고윤이 자살한 이유가 있을 거라고 하더군요."

무원의 말이 희정은 누가 가방 속으로 손이라도 불쑥

넣은 양 당황했다. 희정은 갑자기 휴대폰이 자신의 가방 속에 제대로 있는지 확인하고 싶어졌다.

//

무원과 종태가 탄 차가 병원 정문을 빠져나가기 위해 신호를 기다렸다. 그런데 아까 병원에 들어설 때 스쳐 지나가며 보았던 1인 시위를 하는 남자가 택시 기사와 대화를 나누고 있었다. 하지만 자세히 보면 그건 대화를 나눈다기보다는 일방적으로 훈계를 듣는 상황이었다. 훈계를 듣는 쪽은 남자였다. 무원은 도로로 빠져나가는 대신 두 사람 가까이 차를 붙이고 운전석 창문을 열었다. 도로의 열기가 그대로 차 안으로 밀려들어 왔다.

택시 기사 앞에서 두 손을 모으고 서 있는 남자는 가슴에 이름표를 붙이고 있었다. 이름표에는 '태희 소희 아빠'라고 적혀 있었다.

"가뜩이나 손님은 없고 똥파리만 날리는데 그쪽이 여기서 이러고 있으니 손님이 올 리가 있나."

택시 기사의 말에 남자는 고개를 꾸벅 숙였다.

"고개를 숙일 게 아니라 이런 걸 좀 치우라는 말이야."

택시 기사의 손가락이 남자가 길에 세워놓은 종이 패널을 가리켰다. 무원도 그걸 읽었다. 빼곡하게 적힌 글씨들 속에서 특히 '의료 사고', '진상 규명'이 붉고 크게 도드라졌다. 그리고 '쌍둥이 딸을 잃은 아버지의 분노'라고 적힌 패널에는 오열하는 남자의 사진이 붙어 있었다. 오열하는 남자는 물론 지금 택시 기사에게 고개를 숙이는 남자였다.

"1년에 교통사고로 얼마나 죽는지 알아? 4,000명이 넘어. 그 사람들 다 도로에 나와서 시위하면 어떻게 되겠어. 나라 망하지. 더운데 그만 들어가. 이러면 뭐 병원에서 한 푼이라도 더 나와? 자식 앞세우고 그런⋯⋯."

"그런 게 아닙니다."

눈에 눈물을 그렁그렁 달고 있는 남자가 택시 기사의 말을 잘랐다.

"제가 이런다고 이미 죽은 제 자식들 돌아오지 않습니다. 그래도 이렇게 나와서 서 있는 것은 기사님 같이 산 자식 있는 분들이 저희 같은 일 당하지 말라고 하는 겁니다."

무원은 차에서 내렸다.

"뭡니까?"

택시 기사의 신경질적인 반응에 무원은 짧게 말했다.

"형사입니다."

형사라는 말에 재빨리 기세를 누그러뜨린 택시 기사가 우물거리며 말했다.

"잘됐네. 저 사람 영업 방해 아닙니까? 이래서는 손님들이 택시를 타러 오기가 상당히 불편합니다. 그만 좀 하라고⋯⋯."

무원 또한 택시 기사의 말을 잘랐다.

"그렇게 불편하시면 구청에 직접 민원 넣으세요."

말을 마친 무원은 다시 차에 올랐다.

종태는 짧은 시트콤을 보듯이 세 사람을 번갈아 보고는 입을 열었다.

"도대체 이 병원에서는 5년 전에 무슨 일이 일어났었던 거야?"

시동을 걸면서 무원이 대답했다.

"저 남자의 쌍둥이 딸들도 5년 전에 소아중환자실 환자였어. 고윤과 이수인이 코마에 빠진 날 남자의 딸들은 죽었어. 그리고 사망자는 네 명 더 있어. 뭔가 이상하지 않아?"

밤이다. 오늘도 나는 혼자 누워 있다.

불편하게 받혀진 베개 때문에

도무지 잠을 이룰 수가 없다.

나는 차라리 몽상에 돌입한다.

몸이 솟아오르는 것 같은 기분이 든다.

내 몸을 벗어나 병실 천장을 향해 떠오르는 것 같다.

이대로 어디론가 가고 싶다.

창밖에서 누군가가 손짓을 하는 것 같다.

마치 나더러 따라오라는 듯.

나는 잠시 고민한다.

내가 여기 머물러 있을 이유가 있는지 생각해본다.

나는 충분히 지쳤다.

엄마 아빠가 싸우는 소리를 들으면 나는 죄책감에 시달린다.

모두가 나 때문에 고통받고 있다.

나는 고통을 제공하는 근원이다.

그런데 한 가지 생각이 나를 채운다.

내일 윤이가 나를 보러 올 것이라는 생각.

갑자기 숨이 폐 속으로 밀려들어 온다

나는 다시 불편한 베개를 베고 누워 있다.

나는 적어도 내일 윤이가 올 때까지는

여기에 있기로 마음먹는다.

°

Chapter 5.

블
리
자
드

5

환자에게 전화가 온 것은 밤
10시를 넘긴 때였다. 승열은 애인과 함께 시간을 보내고
있었다. 내일은 진료가 없기에 마음이 여유로웠다. 보통은
환자에게 자신의 개인적인 연락처를 가르쳐주지 않지만
예외는 있었다. 그 환자는 예외였다. 환자는 여자를 사랑하
지 않는 승열과 가장 친한 여자 친구였다. 그리고 전화는
친구에게서 온 것이 아니었다. 병원이었다.

그녀는 의대 재학 시절 만난 남자와 결혼을 했다. 학업
과 미모 어떤 쪽으로든 다른 동기들에 비해 뛰어났으며 성
격 또한 흠잡을 데 없었다. 하지만 남자를 선택하는 기준에
대해서는 어떻게 보아도 좋게 말하기 어려웠다. 승열은 그
녀의 남자 취향을 진심으로 걱정했다. 자신도 남자였기에,
그리고 최악의 남자들이 세상에는 정말 많았기에, 친구가

만나는 남자들이 하나같이 별로라는 사실이 신경 쓰였다. 그런 그녀가 남자 친구와 결혼을 하겠다고 했을 때 승열은 그녀와 심하게 다퉜다. 혹시 친구에게 다른 마음을 먹고 있는 것은 아닌지 가족들과 친구들이 오해를 할 정도였다. 하지만 그런 문제가 아니었다. 승열은 앞이 훤히 펼쳐진 그녀의 결혼을 막고 싶었다.

그녀가 결혼하겠다고 한 남자는 여자를 때리는 남자였다. 이미 결혼 전에도 몇 번이나 그랬다는 것을 승열은 알고 있었다. 하지만 그녀는 결혼을 강행했다. 그녀가 승열을 찾아온 것은 1년 전이었다. 그녀는 불면증이 심하니 약을 처방해달라고 했다. 결혼 생활은 문제없다고 했다. 그저 다만 잠을 잘 자지 못하는 것이 문제라고 했다. 이제 고작 서른한 살인 그녀는 나이보다 훨씬 늙어 보였다. 벌써부터 얼굴 곳곳에서 노화의 징후가 드러났다. 그렇게 그녀는 정기적으로 승열에게서 불면증 약을 처방받았다. 그리고 전화가 걸려 온 그날 밤, 그녀는 약들을 전부 모아 단번에 털어 넣었다.

그녀의 남편은 경찰 조사에서 아내가 불임이라는 사실을 알고부터 우울증이 심해졌다고 진술했다. 승열은 그녀의 진료 기록을 전부 열람했다. 정신과 치료 외에 그녀는 지난 5년 동안 폭행으로 인한 치료를 받고 있었다. 자궁 또한 심하게 다쳤고 불임이 된 이유는 그것 때문이었다. 승열은 응급실로 달려갔다. 승열은 그녀에게 자신의 집으로 가

자고 했다. 남편은 승열을 땅속에서 기어 나온 정체불명의
벌레를 보는 눈빛으로 바라보았다. 그녀는 고개를 저었다.
자신이 가야 할 곳은 자신의 집이라고 했다. 남편은 걷기도
힘들어하는 아내를 빠르게 차에 태워 돌아갔다. 집으로 돌
아간 그녀는 승열에게 전화를 걸었다. 이제는 정말 괜찮아.
그녀는 그렇게 말하고 전화를 끊었다. 그리고 그날 새벽 스
카프로 목을 매어 자살했다.

　1년이 지났지만 승열은 여전히 그날을 떠올렸다. 결국
에는 그 기억도 시간에 떠밀려 흐려지고 옅어질 것이다. 서
울은 시간의 지배를 받는 곳이니. 그곳에 사는 자신 또한
그럴 것이라 생각했다. 반면 남극은 바람과 눈이 지배하는
곳이었다. 그중에서도 가시거리를 200미터 이하로 떨어뜨
리는 강력한 눈 폭풍 블리자드는 그 어떤 것의 지배도 받
지 않는 존재였다. 그것은 단순한 대기 상황의 차원 이상의
것이었다. 블리자드는 모든 것을 얼렸다. 시간과 공간, 기
억과 생각의 흐름마저 전부. 영하 50도까지 떨어지는 날에
도 준한은 장비를 매고 기지 밖으로 나갔다. 하지만 영하
20도에 눈 폭풍이 몰려오는 날에는 외부 활동이 모두 중단
되었다.

　준한은 남극의 블리자드 속에서 서울의 승열에게 이메
일을 보냈다. 서울로 돌아가고 싶다고 했다. 그 생각에 사
로잡혀 아무것도 할 수가 없다고 토로했다. 무시무시한 폭
풍 소리가 기지를 뒤흔들고 있어. 이럴 때 정신과 의사가

있어야 해. 언제 이곳에 올 거야? 블리자드는 월동대원들이 숨죽이고 있는 기지뿐 아니라 대원들의 마음속도 뒤흔들어놓았다.

승열은 당직실 창문에 비친 자신의 모습을 응시했다. 흐릿하고 갈피를 잡지 못해 흔들리는 자신을. 블리자드가 몰아치는 것은 남극만이 아니었다. 승열의 마음속에서도 멈출 기미가 보이지 않는 블리자드가 몰아치고 있었다. 그것이 승열을 암흑 속으로 이끌었다. 1년의 시간 동안 승열은 블리자드를 일시적으로 몰아내기 위해 술에 의존했다. 그리고 남극 장보고기지 월동대원 심사에서 번번이 탈락했다. 사유는 경미한 알코올 의존증이었다. 승열은 이곳을 떠나고 싶으면서도 결국 주저앉히는 자신의 나약함을 혐오했다. 수인은 그런 승열 앞에 어느 날 문득 나타났다. 파블로 네루다는 아기 펭귄의 눈망울을 두고 오래된 바다 같다고 표현했다. 그리고 몸 양옆에 붙은 작은 날개는 작고 단단한 노와 같다고 했다. 승열은 수인의 눈빛에서 바다를 갈구하는 작은 새를 보았다. 그리고 연약하기 짝이 없는 그 몸으로 언젠가는 꼭 그녀가 바다에 갈 것이라는 것을 직감했다.

간호사가 누구와 결혼하느냐는 질문과 함께 자주 듣는

질문은 간호사는 아프면 자기가 일하는 병원에서 진료를 받느냐는 것이었다. 물론 진료를 받는다. 독감예방 접종을 받기 위해 외래 창구에서 접수를 한다. 마트에서 일하는 사람들이 퇴근 시간 즈음에 그날 저녁거리를 골라서 동료에게 계산해달라는 것과 비슷하다.

하지만 어떤 경우에는 굳이 시간을 내서 다른 병원을 찾는다. 동료들에게 알리고 싶지 않은 경우나 아는 의사에게 진료를 보는 것이 어색하고 불편할 때가 있으니까. 희정은 쏟아지는 오후 햇빛에도 아랑곳하지 않고 진료를 위해 찾은 병원의 옥상을 올려다보았다. 희정은 이제 30개월이 된 딸아이가 열다섯이 되어 어떤 이유로 저곳에 서서 떨어질 마음을 먹는 장면을 순식간에 상상했다. 상상만으로도 마음속에 납으로 된 추를 매단 듯 차갑게 가라앉았다.

희정은 번호표를 뽑아 북적이는 외래 창구에서 떨어진 의자에 앉았다. 그리고 미영을 발견했다. 희정은 이브닝 근무였다. 그래서 오전에 시간을 내서 여성전문 병원을 찾았다. 아마 미영도 마찬가지였을 것이다. 미영도 오늘 이브닝 근무였다. 미영은 유방암센터로 향했다. 희정은 미영을 부르지 않았다.

비서는 무원에게 메모를 하나 내밀었다. 병원장은 지

금 학회에 참석 중이었다. 대한혈액학회 하계 학술대회가 부산에서 열리고 있었다. 비서가 내민 메모에는 학회가 열리고 있는 부산의 호텔 주소와 병원장을 의전 중인 사람의 연락처가 적혀 있었다. 익숙한 이름이었다. 고윤의 사망확인서를 작성한 의사이자 세현병원 순환기 내과의 김재홍. 이번에는 혈액종양학과 교수인 강철주 병원장의 의전 역할을 위해 부산에 가 있었다.

"병원장님과 직접 통화를 하고 싶은데요."

무원의 말에 비서는 난감하다는 듯 고개를 갸웃거렸다.

"원칙적으로 병원장님 개인 연락처는 말씀드리기 조금 곤란합니다."

비서는 도톰한 입술을 모으고 진심으로 죄송하다는 듯 말했다.

비서에게 연락처를 얻어내는 것은 포기했다. 귀찮아서가 아니라 괜히 그녀에게 피해를 주고 싶지 않았다. 무원은 고분고분한 태도로 돌아섰다. 병원장의 연락처를 알려줄 만한 사람이 한 명 생각이 났다. 무원은 호스피스 병동으로 향했다.

"ICU Psychosis. 중환자실 정신증이라고 하네."

호텔의 소란스러움이 전화 속 배경음으로 들렸다. 사람들이 웅성거리는 소리와 의자를 끄는 소리, 누군가 강철주 교수님을 부르고 그가 잠시 후 돌아가겠다는 손짓을 하는 것까지. 강철주는 무원에게 자신의 앞에 앉아 있는 환자에게 이야기하듯이 또박또박 천천히 낯선 단어에 대해 설명했다.

"오랫동안 활동하지 않았던 두뇌가 다시 활성화되는 과정에서 이해할 수 없는 이야기를 하는 환자들이 있네. 지극히 정상적인 현상이야. 이수인은 5년 동안 코마에 빠져 있다가 이제 막 깨어났지. 이보다 더 강렬한 경험을 두뇌가 할 수는 없어. 두뇌는 다시 회복하기 위해 엄청나게 애쓰고 있을 거야. 그 과정에서 환자는 스스로 환상을 만들어내고 그것이 마치 실제로 일어난 일이라고 생각하기도 해."

강철주의 설명은 쉽게 이해가 되었다. 오랫동안 자신의 이야기를 여러 사람에게 효과적으로 전달해온 사람 특유의 차분함과 능숙함이 엿보였다. 하지만 그게 다일까?

"그렇다면 헛소리라는 건가요?"

무원은 일부러 툭 내뱉듯이 말했다. 상대방의 반응이 궁금할 때는 종종 이런 방식을 쓰기도 했다. 어떤 사람들은 당황하고 또 어떤 사람들은 화를 냈다. 하지만 강철주 교수는 그저 잔잔한 호수에 던져진 작은 돌멩이가 만드는 작은 동심원을 보듯 차분하게 대응했다. 작은 동심원은 곧 사라진다. 그는 그것을 알고 있었다.

"이수인이 하는 말에 의미 부여를 할 필요는 없다는 말일세. 그런 과정 자체가 회복이지. 자네의 방문이 이수인의 회복에 도움이 될 것 같지 않네만. 자네 생각은 어떤가."

강철주 교수는 무원의 대답을 기다렸다.

"이수인에게는 도움이 되지 않을지 모르겠지만 제가 수사하고 있는 고윤의 사건에는 도움이 될 것 같습니다."

전화기 너머로 잠시 생각을 정리하는 강철주 교수의 모습이 느껴졌다. 그의 명석한 두뇌는 조금 답답하게 구는 형사를 어떻게 달래는 것이 효과적일지 생각하고 있을 것이었다.

"그 부분에 대해 지금 이렇게 선 채로 이야기를 하는 것은 조금 적절하지 않은 것 같네만. 게다가 꽤 이야기가 길어질 것 같기도 하고."

짜증의 기색은 조금도 느껴지지 않는 어투였다. 무원도 이쯤에서 물러나야 했다.

"돌아오시면 연락 주십시오. 병원에서 뵙고 싶습니다."

그는 조금 고분고분해진 형사에게 친절히 말했다.

"그러지. 고윤은."

그래도 한마디 정도는 해주는 것이 좋겠다고 판단한 것일까. 그의 입에서 고윤의 이름이 나왔다.

"적응하지 못했네. 여러 가지로 힘들었겠지. 또래와의 성장 속도 차이는 고윤이 따라잡기에 무리였을 거야. 물론 머리는 좋은 아이라 수업을 따라가고 성적을 내는 것은 문제없었지만 그게 전부가 아니지 않은가. 자괴감이나 열등의식을 떨치기 힘들었겠지. 고윤을 진찰한 정신과 전문의도 같은 소견이었네. 안타깝지만 오랜 병상 생활에서 일상으로 복귀한 청소년들에게 흔하게 발생하는 일이지."

교수의 말이 이어졌다.

무원은 조용히 그의 논리적인 이야기를 경청했다. 한 점의 덜컹임도 없는 논리였다.

"고윤은 정도가 조금 심한 케이스였어. 반복적인 자해도 했지. 하지만 전형적인 케이스야."

무원은 고윤의 팔목을 떠올렸다.

"자살한 것은 유감스럽지만 의사의 입장에서는 불안정한 철길 위를 달리던 기차가 끝내 전복하는 것처럼 필연적인 결과라고 생각하네."

미묘하게 불쾌한 기분이 고개를 살짝 들었다.

"큰 병을 이겨내고 자신과 같은 처지의 환자들과 함께 웃던 아이가 자살한 것을 의사들은 필연이라고 말합니까?"

무원이 말했다.

필연이라는 말이 상당히 거슬렸다. 반드시 일어날 일이라고 믿어 의심치 않는 일을 두고 사람들은 필연이라 말한다. 이미 결론을 내리고 그 결론에 완벽히 흠잡을 곳 없다고 생각하는 이의 입에서 나오는 매끄러운 논리. 그 논리에 의하면 어느 날 새벽 15층에서 한 아이가 뛰어내린 것은 필연이었다. 무언가 잘못되었다는 경고음이 무원의 머리 꼭대기에서 요란하게 울렸다.

무원은 정문 앞에서 시위를 하던 쌍둥이 아빠의 패널에서 본 이름 하나를 떠올렸다.

"그 교수님은 이제 병원에 안 계세요."

비서는 무원에게 말했다.

병원장님과 관계된 것 외에 다른 이야기는 전부 부담이 없는지 비서는 무원의 질문에 친절하게 대답해줬다. 날씨가 이렇게 더운데도 불구하고 완벽한 화장이 얼굴 위에 얹어져 있다는 것이 무원은 볼 때마다 신기했다. 무원이 최근 만나고 있는 그 누구도 이렇게 완벽한 모습을 유지하지는 못했다.

"김호섭 교수님은 원래 소아혈액종양학과 조교수였는데, 지금은 카르코바이오 생명공학연구소 센터장이세요."

비서는 노트북에 카르코바이오 홈페이지를 띄워 무원에게 내밀었다.

"그리고 강철주 병원장님은 생명공학연구소 소장님이시고요."

카르코바이오는 그저 관절염 치료제 같은 것을 개발하는 신약 개발 연구소였다. 특허를 따내고 국내에 유통을 하고 해외에 수출을 하는 작지만 탄탄한 회사. 근 5년 동안 카르코바이오가 이룩한 업적은 그야말로 눈이 부셨다. 김호섭은 소아혈액종양학과 교수와 생명공학연구소 센터장 직을 병행했다. 강철주 교수는 전도유망한 후배를 위해 기꺼이 연구소 소장과 자문을 맡았다.

"그래서 여긴 지금 뭘 하고 있습니까?"

무원의 질문에 비서가 준비된 것처럼 깔끔한 답변을 내놓았다.

"특정 슈퍼 박테리아를 정복할 수 있는 슈퍼 항생제를 개발하고 있어요."

정복이라는 말에 무원은 하늘을 향해 까마득히 솟아 있는 높은 봉우리를 떠올렸다. 인간은 언제나 무언가를 정복하기 위해 노력해왔다. 실패와 성공이 인류의 발밑에 수북하지만 여전히 성공에 목이 마른 인류는 새로운 정복 거리를 찾아 헤맸다. 인자한 병원장에게도 그런 야망이 있다는 것이 신선했다. 김호섭은 연구에 매진하기 위해 5년 전 병원을 그만두었다. 그때 즈음부터 국내에서도 기존 항생제에 내성이 생긴 슈퍼 박테리아로 사망하는 사례가 보고되었다. 무원 역시 뉴스를 본 기억을 떠올렸다. 슈퍼 박테리아를 정복하는 의사가 앞으로의 의학계를 지배할 것이라고 어떤 대학의 교수가 나와 앵커와 시청자들에게 호언장담했다. 카르코바이오는 그 의학계를 지배하기 위해 가장 선두에 선 연구소였다. 카르코바이오에 대해 좀 더 상세한 정보가 필요했다. 그리고 무엇보다 궁금한 것은 김호섭이 소아혈액종양학과 조교수로 소아중환자실의 여덟 명의 아이들의 주치의이던 시절이었다.

희정은 병동으로 돌아왔다. 이브닝 근무자들에게 인수인계를 마친 데이 근무자들이 퇴근 준비를 하고 있었다. 약간의 생기와 어수선함이 너스 스테이션에 살짝 머무는 시간. 간호사들이 그 생기와 어수선함에 잠시 정신이 팔린 사이, 희정은 공용 사물함을 열었다. 여전히 앞쪽에는 군것질 거리가 놓여 있었고 뒤쪽으로는 묵은 서류들과 잡동사니가 자리했다. 희정은 가방에서 고윤의 휴대폰과 파일 하나를 꺼내 안쪽 가장 깊숙한 곳에 밀어넣고 문을 닫았다. 아주 오래전부터 간호사들이 집어넣는 것이라면 무엇이든 불평 없이 받아들인 공용 사물함에 달라진 점은 하나도 없었다. 잠시 후, 미영 역시 병동으로 돌아왔다. 미영은 깔끔한 연회색 여름 정장을 입고 손에는 정장과 잘 어울리는 은은한 자줏빛 가방을 들고 있었다. 미영은 그 우아한 치장을 벗어던지고 간호복으로 갈아입었다. 그녀는 평소와 똑같았다. 얼마나 많이 평소와 똑같은 날을 보낸 걸까. 희정은 미영을 눈으로 쫓다가 급기야는 미영을 따라 무작정 엘리베이터를 탔다. 그제야 미영이 별일이라는 듯 희정을 쳐다보았다.

"오늘 자기답지가 않네. 이렇게 뜸을 오래 들이는 사람이 아니잖아."

미영은 이미 희정이 뭔가 할 말이 있다는 것을 알고 있었다. 하지만 평소와는 조금 달랐다. 희정의 짧은 커트 머리가 오늘따라 풀이 죽은 듯 납작하니 볼품이 없었다. 미영은 자연스럽게 희정의 커트 머리를 매만졌다.

"선생님, 저 알고 있어요."

희정이 입을 열었다. 엘리베이터는 1층에 도착했다. 문이 열리자 문 앞에 기다리고 있던 굳은 표정의 사람들이 미영과 희정을 밀치고 안으로 들어왔다. 미영은 희정의 손을 잡고 병원 1층에 있는 작은 커피 전문점으로 향했다.

두 사람은 아이스티를 사이에 놓고 테이블에 앉았다. 조금만 머리를 숙이면 서로의 머리가 닿을 수도 있을 것처럼 좁은 테이블. 몇 개 되지 않는 옹색한 테이블은 혼자 혹은 일행과 함께 앉아 있는 사람들로 빈자리가 없었다.

병원에 딸린 커피 전문점의 분위기는 묘하다. 물론 이곳에서 달콤한 분위기를 풍기며 데이트를 할 사람은 없겠지만 누군가 테이블에 엎드려 서럽게 울어도 아무도 이상하게 생각하지 않는다. 지금도 얼굴이 퉁퉁 부은 한 남자가 다 식은 커피 잔 속에 멍하니 시선을 던지고 있다. 하루 종일 이곳에서 일하는 사람은 어떨까. 타인의 슬픔에 매번 전염이 되어서는 여기가 아닌 어디서든 일할 수 없다. 간호사도 마찬가지다.

"물론 의사가 듣기 좋은 얘기를 한 건 아니야."

미영은 아이스티를 시원스럽게 마셨다. 반면 희정은 땀을 줄줄 흘리는 아이스티에는 손도 대지 않았다.

"30년도 넘게 병원 생활을 한 내가 간호사라는 걸 알고는 돌려 말해주지도 않더라고."

이 여자도 우는 때가 있을까. 사무친 것을 토해내듯 나이 든 얼굴을 흉하게 찡그리면서 처절하게 울고 싶을 때가 있을까.

"다른 사람도 아니고 자기가 날 발견해서 다행이야. 다른 간호사였다면 벌써 병동 전체에 소문이 났을 테고 나는 병원을 그만뒀을 거야."

그녀는 7년째 유방암에 걸렸다는 사실을 숨기고 일을 했다. 감기 몸살에 걸려 출근을 하지 못한다고 연락을 한 적도 없고 집안 행사에 참석하기 위해 자기 아래 간호사에게 백업을 요구한 적도 없었다. 지난 7년 동안 그녀가 암에 걸렸다는 것을 짐작하게 한 일은 전무했다. 미영이 좁은 테이블 위로 손을 뻗어 여전히 납작하게 풀이 죽어 있는 희정의 손을 잡았다.

"뭐 하나 부탁해도 돼?"

미영이 여유 있는 미소를 지으며 말했다. 희정은 고개를 끄덕였다.

"혹시라도 내가 호스피스 병동에서 마지막을 맞이하게 된다면 PEG(경피내시경하 위루술) 같은 건 절대 하지 못하도록 자기가 도와줘."

PEG는 자신의 입으로 음식물을 섭취하지 못하는 환자에게 관을 삽입해 직접 영양분이나 수분을 공급하는 시술이다. 침상에 누운 채 이런저런 관을 주렁주렁 매달고 죽은 것도 아니고 산 것도 아닌 상태를 유지하게 될까 봐 미영은 두려웠다. 죽음보다 그것이 더 두려웠다.

"인공호흡기도 하지 않으면 해."

미영은 마치 오랫동안 집을 비우게 되어 고양이나 화초를 맡기는 사람처럼 말했다. 그녀들에게 죽음은 일상이니까. 하지만 희정에게 미영의 죽음은 일상이 아니었다.

"혹시라도 가족들이 강제로 그렇게 할까 봐 가슴팍에 문신으로라도 새겨놓고 싶어."

미영이 유머러스하게 덧붙였다. 그녀가 이렇게 말할 수 있기까지는 제법 오랜 시간이 필요했다. 이제 자신의 의도한 대로 죽기만을 바랄 뿐이다.

"죽음이 두렵지 않으세요?"

희정이 거칠어진 목소리로 물었다. 몇 시간 사이 급격히 피로가 몰려왔다.

미영은 대답 대신 얼마 남지 않은 아이스티를 들여다보았다. 내년 여름에도 이곳에 앉아 이 밍밍하고 달착지근한 아이스티를 마실 수 있을까.

"당신이 죽음을 두려워할 때 죽음은 아직 와 있지 않다. 죽음이 찾아왔을 때 당신은 그곳에 존재하지 않는다. 따라서 죽음은 두려워할 만한 것이 아니다. 그리스 철학자 에피쿠로스가 한 말이야."

미영은 그리스 철학자의 말을 빌려 희정의 질문에 대답했다.

희정은 문장을 곱씹었다. 헬레니즘 시대의 사람들도 저 말을 들으며 조금은 안심했을지 모른다. 지금 걱정해야 할 것은 아직 오지 않은 죽음이 아니다.

"자살한 아이가 저에게 영상을 남겼다는 이야기 기억하세요?"

어쩌면 마지막 기회일지 모른다. 처음으로 진실을 털어놓을.

"응, 기억해. 잠자는 숲속의 공주를 기다리던 왕자 같은 아이."

희정은 희미하게 뺨을 움직였다. 웃고 싶은 것인지 울고 싶은 것인지 스스로도 알 수 없었다.

"사실은 자살하기 전날 저한테 휴대폰을 보냈어요. 휴대폰 안에는 제가 말씀드린 영상 말고 다른 영상들도 있었어요."

미영은 말없이 고개만 끄덕였다. 계속 말해야 할 것은 미영이 아니라 희정이었다.

"어떤 영상들에는 비밀번호가 걸려 있었어요."

"자기는 물론 그걸 그다지 어렵지 않게 풀었고."

희정은 고개를 끄덕였다.

"비밀번호는 5년 전 아이가 코마에 빠진 그날이었어요. 사실 전 그때부터 이미 예감했는지도 몰라요. 아이의 자살과 5년 전 사고가 연결되어 있다는 것을."

"나라면 외면하고 싶었을 거야. 이제 와서 그걸 하늘 아래 활짝 펼쳐놓는다고 누구 하나 관심을 가져줄 리 없다고 합리화하면서."

희정은 고개를 저었다.

"아니요. 선생님은 외면하지 않았을 거예요. 거기에 무엇이 숨겨져 있든지 전부 씩씩하게 열어보셨을 거예요."

"나를 너무 과대평가하네. 난 이제 그냥 나이 든 아줌마일 뿐이야."

희정은 이제야 얼음이 전부 녹은 아이스티를 손으로 감쌌다. 미지근한 온도가 느껴졌다.

"영상은 실험실에서 찍은 것이었어요. 화면이 계속 흔들렸어요. 아마도 휴대폰을 들고 있을 힘이 없었는지……."

휴대폰을 쥔 손이 자주 바닥을 향했다.

"그리고 고농도 보존액 속에 담긴 아이들이 있었어요. 영구 보존을 위한 엠바밍 처리가 완벽하게 된 상태였어요."

엠바밍(Embalming)은 송진 등 침엽수에서 나오는 끈적끈적한 액체인 발삼(Balsam)을 넣는다는 뜻이다. 사체를 영구 보존 하려면 보존액인 발삼액이 든 수조에 시신을 담가야 한다. 보존액에는 각종 방부 용액과 시취를 잠재우는 향을 섞는다. 가장 안전한 방법은 보존액이 시신에 서서히 스며들도록 충분히 시간을 들이는 것이다. 보통 1년 가까이 걸린다. 뇌와 내장은 보존액이 잘 들어가지 않기 때문에 따로 제거한다. 그리고 절개 부위는 봉합하고 얼굴을 제외한 다른 부위는 붕대나 가죽으로 감싸준다. 사람들에게 보여줘야 한다면 얼굴에는 메이크업을 하고 눈은 인조 안구로 대체한다.

하지만 영상 속 보존액에 담긴 아이들은 사망 당시 모

습 그대로를 유지하고 있었다. 혈전이 뒤덮인 사지가 그대로 드러나 있었고, 인조 안구 같은 최소한의 치장도 없었다. 즉 이걸 보면서 역겨워할 일반 대중을 위해 만든 것이 아니었다. 이 일을 아주 잘 이해하는 사람들끼리 보기 위해 만든 것이 분명했다.

"윤이도 그걸 봤어요. 몇 년 동안이나 함께 병원 생활을 한 아이들이니, 그 아이들이 누구인지는 윤이도 알았을 거예요."

희정은 카르코바이오에 다녀온 날이면 식은땀을 흘리며 말수가 급격히 줄어들던 고윤을 떠올렸다. 그러고는 수인의 병실에 들어가서 한참이나 숨을 죽이고 나오지 않곤 했다.

"윤이가 걱정한 건 무엇이었을까요. 자신도 저렇게 될지 모른다는 공포였을까요?"

"물론 그것도 있었겠지. 자신이 저 보존액 속에 있는 아이들과 다를 바 없다고 생각했을 테니. 하지만 무엇보다."

미영은 잡고 있는 희정의 손에 힘을 주었다.

"소중한 사람을 또다시 잃어서는 안 된다고 생각했을지 몰라. 깨어나지 않으면 아이들과 똑같은 취급을 당하게 될 누군가를 떠올렸겠지. 어른스러운 아이야. 인내심도 강한 아이고."

희정은 고개를 숙였다. 그리고 절대 할 수 없으리라 생각했던 이야기를 꺼냈다.

"그날 밤에 제가 한 혈액 검사 결과가 너스 스테이션에 공용 사물함 안에 있어요. 간호사들이 매일 과자를 꺼내먹는 그 사물함 안에요. 누구나 열어볼 수 있는 그곳이, 이상하게도 그곳이 가장 안전한 곳이라고 느껴졌어요."

영원히 아무도 몰랐으면 하는 마음과 모두에게 알리고 싶은 극단적인 두 마음이 희정을 내내 흔들었다. 선택해. 어느 쪽이든.

미영은 시계를 쳐다보고는 고개를 끄덕였다.

"결국 자기가 선택할 일이야. 하지만 한 가지는 말하고 싶어. 간호사는 환자 편이어야 해. 그리고 의료 종사자는 맨 마지막에 희망을 버리는 사람이어야 하고."

미영은 자리에서 일어났다. 어느새 평소의 활기찬 얼굴로 돌아와 있었다.

"하나 더 부탁해도 될까. 내가 죽을 때 누운 자리가 포근하고 따뜻했으면 좋겠다는 생각이 들어. 구스 다운 아래에서 괴상하고 호사스럽게 죽을 필요는 없지만, 적어도 마지막 순간에 너무 춥거나 차가워서 몸을 움츠리면서 떠나고 싶지는 않아."

희정은 언젠가 수인에게 들은 이야기를 떠올렸다. 병동 복도에 방치되어 냉기에 몸을 떨었다는 코마에 빠진 소녀. 소녀는 자신을 그렇게 둔 사람들을 거침없이 책망했다. 나는 재활용을 기다리는 버려진 의자나 캐비닛이 아니에요. 전부 다 느끼고 있었다고요.

미영이 부탁하는 것은 그런 것이었다. 마지막 순간까지 한 인간으로서 배려받고 떠나고 싶다는 것.

꿈에서는 나도 평범한 여중생이었다.

우리는 함께 바닷가에 서 있었다.

내가 윤이의 손을 먼저 잡을 때도 있었고,

윤이가 내 손을 먼저 잡을 때도 있었다.

그리고 아주 가끔은

서로 끌어안고 서 있기도 했다.

그럴 때면 나는 신경이 쓰였다.

내 작은 가슴과 너무 마른 몸이 마음에 걸렸다.

윤이가 알아채지 않았으면 좋겠다고

꿈에서도 간절하게 생각했다.

"수인아, 지구의 하늘이 이렇게 아름답다는 걸 사람들은 알까.

이곳에 태어난 우리는 정말 행운아야."

윤이의 말을 듣고 나니

내가 하는 걱정은 아무것도 아닌 게 되었다.

Chapter 6.

Somewhere Only We Know

6

무원은 비서 역할의 고충에
대해 새롭게 느꼈다. 강철주의 비서는 저 방의 주인이 있건
없건 아무 때고 찾아와 귀찮게 구는 형사에게도 절대 화를
내지 않았다. 게다가 무식한 질문을 쏟아내는 형사에게 마
치 유치원 아이에게 교통 표지판을 이해하는 법을 가르치
듯 인내심 있게 설명을 이어갔다. 충분히 사무적으로 응대
해도 상관없을 텐데 그녀는 그러지 않았다. 무원은 매일 작
은 책상 앉아서 일하고 있는 그녀가 어떻게 세상 돌아가는
일에 대해 잘 알고 있는지 신기했다. 그런 비서 덕분에 강
철주와 김호섭의 눈부신 행적을 무원은 어렵지 않게 쫓아
갈 수 있었다.

김호섭은 내년에 설립될 카르코바이오 미국 법인으로
발령이 난 상태였다. 미국에서 진행한 슈퍼 항생제 임상

실험은 성공적이었다. 슈퍼 항생제의 식약청 허가 또한 무리 없이 따낼 것이라는 전망이 지배적이었다. 김호섭이 미국에서 성과를 내는 동안 강철주는 국내 종합병원으로는 최초로 국제감염관리 인증을 따냈다. 이 모든 일이 5년 안에 이루어졌다. 신약 개발은 의료 산업의 최첨단 분야다. 의료 영역과 산업 영역 전부에 해당되는 이야기이다. 인류를 죽음에서 구원하고 생명 연장을 실현하는 신약의 출현은 언제든지 이슈를 만들어내고, 이슈는 곧 자본과 연결된다. 강철주 교수와 김호섭 센터장은 완벽하게 역할을 분담해왔다.

하지만 그 5년 동안 기분 좋은 뉴스만 있었던 것은 아니다. 각기 다른 난치병을 짊어지고 있던 아이들 여덟 명이 있었다. 어느 여름 밤 여덟 명의 아이들은 거의 동시다발적으로 발작을 일으켰고 그중에서 여섯 명이 사망했다. 남은 아이들도 무사하다고 말하기는 힘들었다. 두 아이는 코마에 빠졌다. 다행히 한 아이는 1년 뒤 깨어났지만 다시 병원으로 돌아와 스스로 목숨을 끊었다.

완벽한 미녀의 아름다운 뒤태에 묻은 오물. 일단 눈에 들어온 이상 절대 외면할 수 없는 어떤 것. 무원은 그런 것을 우연히 혼자서만 목격한 것 같은 기분이었다. 주위를 둘러보아도 전부 미녀의 미모를 칭찬할 뿐, 누구도 그 뒤에 묻은 오물을 지적하지 않는다. 비서의 친절한 도움과 수인과 희정의 이야기, 그리고 1인 시위를 하는 남자의 외침까지. 무원이 수집한 것은 전체에 비하면 아주 단편적인 사실에 불과할지도 모른다.

하지만 아이가 죽었다. 아이의 자살이 5년 전 한 지점을 향하고 있다는 생각을 떨치기 어려웠다. 마치 5년 전 일을 상기시키기 위해 그런 일이 벌어진 것은 아닐까 하는 생각이 들 정도다. 마치 트리거처럼. 수사는 계속되어야 했다. 무원은 고윤의 자살 사건 종결 보고를 올리기 위해 문서를 작성하고 있을 종태에게 전화를 걸었다.

무원은 시체 안치실로 향했다. 무원은 시체 안치실 복도에 서 있는 자판기를 가장 빈번하게 이용하는 고객이었다. 때문에 커피가 현재 품절이라는 사실이 더없이 아쉬웠다. 자판기에 적힌 번호로 전화를 하자 관리인은 10분만 기다려달라고 했다. 붉은 봉투에 든 오리지널 커피와 푸른 봉투에 든 디카페인 커피를 양손에 들고 올 관리인을 기다리는 10분 동안, 무원은 전화를 한 통 하기로 했다.

"여보세요."

유능한 중년 남자의 목소리를 기대했으나 전화를 받은 것은 조금 건조한 느낌의 30대 중반 여자의 목소리였다.

"김호섭 센터장님과 통화를 하고 싶습니다. 세현병원 소아혈액종양학과 조교수일 때의 일에 대해 묻고 싶은 것이 있습니다."

무원은 자신의 신분을 밝히고 용건을 말했다.

"센터장님은 미국 출장 중이십니다. 꽤 긴 일정으로 출국하셨습니다. 메모를 남겨놓고 돌아오시면 전해드리겠습니다."

여자는 무원의 질문을 예상한 듯 막힘없이 대답했다. 어딘가 눈이 닿는 곳에 그렇게 적힌 메모라도 있는 것은 아닐까.

"천민희 연구원이신가요?"

여자는 침묵했다.

"혹시 고윤이라는 환자에 대해⋯⋯."

"모릅니다."

천민희는 무원의 질문이 채 끝나기도 전에 대답했다. 사실 대답이라기보다는 일방적으로 말을 끊은 것에 더 가까웠다.

"제가 소아중환자실 간호사로 근무한 것은 맞습니다. 하지만 제가 그곳에서 보살핀 아이들은 셀 수 없이 많고, 응급실을 통해 중환자실로 왔다가 집으로 돌아간 아이들은 훨씬 더 많습니다. 그런 아이들을 일일이 기억할 것이라고 생각하신다면 오산입니다. 설령 형사님께서 그 아이에 대해 제가 기억할 수 있을 만한 것들을 잔뜩 알려준다고 해도 그건 분명 희미하고 부정확한 기억일 겁니다."

천민희는 다시 한번 막힘없이 이야기했다. 아마도 그녀의 말이 맞을 것이다. 백의의 천사 나이팅게일이 온다고 해도 안 될 것이다. 하지만 지난 1년 동안 한 달에 한 번 자신이 손수 강철주 교수에게 데리고 간 아이를 기억하지 못하는 것은 어떻게 설명해야 할까.

//

희정은 차가운 스테인리스 선반에 누워 있는 고윤을 보며 고윤이 자살하기 전날을 떠올렸다. 고윤은 1년 전부터 매달 첫 번째 월요일에 검사를 받았다. 강철주 교수는 고윤에게 특별한 관심을 쏟았다. 당연했다. 자신의 병원에서 난치병 치료를 받다가 돌연 코마에 빠진 아이, 그런데 또 거짓말처럼 깨어난 아이를 그냥 지나칠 병원장은 없었다. 아이는 다른 난치병 아이를 둔 가족들에게 희망이 되었다. 아이가 코마에 빠졌음에도 불구하고 포기하지 않은 병원은 그 자체로 신뢰의 상징이 되었다.

강철주 교수는 고윤이 좀 더 정밀한 검사를 받도록 했다. 병원에서 진행하는 일상적인 검사를 마치면 희정은 고윤과 함께 택시를 타고 20분 정도 걸리는 거리에 있는 카르코바이오에 갔다. 그리고 1시간 뒤 다시 카르코바이오에 가서 고윤을 데리고 돌아왔다.

카르코바이오 앞에 도착하면 언제나 천민희가 건물 앞에서 기다리고 있었다. 천민희는 이제는 간호사가 아닌 카르코바이오의 책임연구원이었다. 희정은 천민희를 편하게 대하기 힘들었지만, 천민희는 고윤에게 살갑게 대했다. 그래서 어느 정도는 마음을 놓았다. 하지만 아이는 그저 땅만

보았다. 그리고 다시 병원으로 돌아가는 택시 안에서도 아이는 말이 없었다. 아이는 내내 식은땀을 흘렸다. 아스팔트가 흐물거리는 폭염에도, 도시가 꽝꽝 얼은 영하의 날씨에도 아이는 병원에 도착할 때까지 땀을 흘렸다. 병원에 도착하면 수인이 누워 있는 병실에 있다가 집으로 돌아갔다. 침대에 엎드려 자기도 했고 그저 수인을 바라볼 때도 있었다. 하지만 그 모든 일이 잘못되었다고 생각한 적은 단 한 번도 없었다.

고윤의 시신은 내일 조모에게 인계가 된다. 조모는 이 병원의 장례식장에서 손자의 장례를 치를 것이다. 인정 많은 병원장이 모든 비용을 대기로 했다는 걸 모르는 사람이 없었다. 희정은 창백하고 푸르게 얼어 있는 고윤을 다시 보았다. 열다섯치고는 너무 가느다란 손목. 목에 뭔가가 걸린 듯한 느낌이 들었다. 희정은 좀 전에 한 엄마와의 통화를 떠올렸다. 어제부터 네 생각이 나서 오늘쯤 전화가 오려나 했는데. 하지만 엄마는 언제 전화를 해도 같은 말을 했다. 희정은 그 손목을 보면서 문득 깨달았다. 엄마는 매일 내 생각을 하고 있다는 것을. 부모는 자식을 매일 떠올릴 수밖에 없다는 것들.

아픈 아이를 두고 트럭을 몰고 지방을 다니던 고윤의 부모 역시 그랬을 것이다. 곁에서 간병을 하는 것보다 나가서 돈을 버는 것이 실질적으로 아이에게 도움이 되었으므로 부부는 아이를 늙은 어머니에게 맡기고 일주일, 보름씩

지방을 돌았다. 매일 볼 수 없어도 매일 생각했을 것이다. 다 식은 찬밥을 트럭 안에서 먹을 때도, 팔리지 않는 사과를 마른 헝겊으로 닦을 때도.

"선생님."

목에 걸린 무언가가 점점 커져서 가슴을 가득 채우려는 그때 무원이 희정을 불렀다.

희정은 숨을 크게 삼키고 뒤를 돌아보았다. 무원은 희정의 곁으로 다가와 희정이 자신도 모르게 잡고 있던 고윤의 손목을 희정의 손에서 빼서 내려놓았다.

"고윤이 축구공을 들고 찍은 사진이 있더군요."

무원이 말했다.

희정은 희미하게 미소 비슷한 것을 가까스로 지었다. 여전히 목에 걸린 무엇인가가 시원스레 내려가지 않은 상태였다.

"제가 사 준 거예요. 윤이 장래 희망이 축구 선수였다는 건 이미 아실 테죠."

희정이 대답했다.

현주에게 들었다. 하지만 한 번도 운동장에서 뛴 적은 없다고 했다.

"신경모세포종을 앓는 아이는 성장 호르몬이 몸 곳곳으로 잘 분배가 되지 않습니다. 아이는 그냥 두어도 당연히 자라는 것 같지만 여러 가지가 함께 힘을 쏟아야 정상적으로 건강하게 자랄 수 있습니다."

무원의 희정이 말하고자 하는 바를 형사의 입장에서 이해했다.

"윤이는 성장이 많이 느렸습니다. 다리도 약하고 골절 위험도 크지요."

"하지만."

무원은 솔직하게 이야기했다. 그것이 사실이든 의미 없는 위로든 상관없이 하고 싶은 말이 있었다.

"축구를 할 수 없다고 해서 코마에서 깨어난 아이가 자살을 하지는 않을 거라고 생각합니다."

희정의 눈에서 눈물이 떨어졌다. 차례로 떨어지는 눈물이 고윤의 시신을 감싼 비닐 방수포 위에 짙은 얼룩을 만들었다. 얼룩은 순식간에 퍼지고 커졌다.

"형사님은 아이가 있으세요?"

오랫동안 침묵을 하던 희정이 물었다. 무원은 고개를 저었다.

"때때로 사람은 자신이 지키고 싶은 것 때문에 옳지 않은 선택을 해요. 돈이든 명예든, 가족이든. 형사님은 뭔가를 지키기 위해 그런 선택을 해본 적이 있으세요?"

무원은 경찰서에서 조사를 받고 있는 아버지를 떠올렸다. 고소인의 억지 논리를 그저 듣고 있는 아버지. 아버지가 하는 선택은 옳은 것일까 아니면 무책임한 것일까. 무원은 고개를 저었다.

"다행히 아직은 없습니다. 앞으로도 가능한 그런 일이

생기지 않도록 살고 싶고요."

무원은 희정을 바라보았다.

"중요한 건 후회를 하고 다시 원래 자리로 돌아오려고 노력하는 것이죠. 선생님이 여기 서 있는 것도 결국 뭔가를 되돌리고 싶기 때문이라고 생각합니다."

희정은 묵묵히 무원의 이야기를 들었다.

"제가 지금까지 조사한 바에 의하면 고윤이 자살을 선택할 만한 이유는 어디에도 없습니다. 하지만 아이는 스스로 목숨을 끊었죠. 그리고 목숨을 끊기 전에 뭔가를 남겼습니다. 선생님과 이수인에게요. 저는 거기서부터 시작할 생각입니다."

///

수인은 하루 1시간으로 정해진 재활 시간을 지키지 않았다. 재활 치료실에서의 기계적인 재활이 끝나면 병실로 돌아와 밤새도록 혼자만의 재활을 계속했다. 언제까지 둥지와 어미를 잃고 털이 빠진 채 혼자 남겨진 아기 새처럼 누워만 있을 수 없었다. 음악이라도 들으면서 한다면 어떨까. 수인은 잠시 그런 생각을 했지만 그런 것조차 자신에게 허락하고 싶지 않았다. 약해질 대로 약해진 근육으로 스트레칭을 하는 것은 고행에 가까웠다. 그런 고행에 음악은 어울리지 않는다. 콧노래를 부를 기분은 더더욱 아니었다. 땀이 뚝뚝 떨어졌다. 환자복은 이미 땀으로 푹 젖었다. 희정은 수인의 젖은 환자복을 보고 아무 말도 하지 않았다. 희정은 요즘 수인의 회복과 관련된 이야기 외에는 말을 아끼고 있었다. 이수인의 전담 간호사로서 상담과 재활 및 각종 검사들이 물 흐르도록 진행되도록 하는 것에만 충실했다.

수인은 완전히 젖어버린 환자복을 벗기 시작했다. 손가락이 떨림 없이 상의의 단추를 풀어냈다. 환자복 속에 입은 긴소매의 얇은 티셔츠 밑으로 아직 충분히 부풀지 않은 밋밋한 가슴의 실루엣이 드러났다. 티셔츠도 젖은 상태였다. 티셔츠를 벗자 심장이 뛰는 것이 보일 만큼 얇은 살결이 드러났다. 창밖은 무더위 때문에 건물과 사람들이 흐물흐물하게 보였다. 수인은 5년 전 자신과 고윤이 둘 다 살아 있던 때를 떠올렸다. 온도와 습도가 쾌적하게 유지되는 1인실은 그런 것들은 아주 천천히 처음부터 끝까지 뜯어보기에 아주 적합한 공간이었다.

수인은 옥상으로 올라갔다. 그리고 휠체어에 앉아 더운 바람을 맞았다. 손에는 휴대폰을 쥐고 있었다. 고윤은 이곳에서 스스로 목숨을 끊었다. 끊을 수밖에 없었다고 수인은 생각했다. 고윤이 자신과 할머니를 두고 그런 선택을 한 이유를 이 평화로운 세상에 터뜨리고 싶었다. 오물로 가득 찬 쓰레기봉투를 발로 차서 터뜨리면 사람들의 반응은 어떨까. 그러려면 동굴의 커다란 입구를 막고 있는 거대한 돌을 밀어내야 한다. 하지만 어떻게? 힘으로는 거대한 돌을 밀어낼 수 없다. 그건 자명한 사실이다. 그렇다면 어떻게 할까. 동굴 안에 있는 자들이 스스로 입구를 막고 있는 돌을 밀어내고 나오게 하면 된다. 수인은 죄를 지은 자들이 동굴을 스스로 빠져나오는 모습을 상상했다.

수인은 병실로 돌아와 환자복을 벗고 청바지와 흰색 블라우스로 갈아입었다. 눈에 띌 만한 특징적인 디테일이나 장식 같은 것은 없다. 그저 평범한 청바지와 흰색 블라우스를 입고 머리는 위로 올려 하나로 단정히 묶었다. 반지나 목걸이, 시계 같은 액세서리도 없다. 남자 친구와 여름밤 바닷가에서 불꽃놀이를 하기 위해 막 나가려는 소녀처럼 보인다. 그리고 손에는 책 한 권 정도가 여유 있게 들어갈 만한 면 소재 가방을 들고 병실을 나섰다.

오늘밤 당직인 승열은 응급실에서 온 콜을 받고 잠시 당직실을 비운 상태였다. 정신건강학과 당직은 한 명씩 돌아가면서 선다. 당직실에서 논문을 읽던 승열은 응급실 간호사의 콜에 두말없이 책을 덮고 일어났다. 승열은 공황장애를 호소하는 환자가 무사히 집으로 돌아갈 수 있도록 진심을 다해 환자의 이야기를 들을 것이다.

수인은 승열에게서 의학서 몇 권을 빌렸다. 전부 이해할 순 없었지만 그것이 무엇인지 경험적으로 알 수 있는 증세도 있었다. 집행유예 망상. 사형 선고를 받은 사람이 처형 직전 마지막 순간까지 집행유예를 받을지도 모른다는 환상에 사로잡히는 증세. 수인은 그것이 무엇인지 안다. 수인 역시 아주 가느다란 희망에 매달린 채 상황이 그리 나쁘지 않을 것이라고 믿은 때가 있었다. 기대감은 늘 애써 지은 모래성이 뭉개지듯이 무너졌다.

수인은 빈 당직실로 들어갔다. 그리고 승열의 사물함을 열었다. 사물함 안에는 약간의 세면도구와 향수, 갈아입을 여벌의 옷가지 같은 일상적인 물건이 있었다. 그리고 외장하드가 있어야 했다. 승열은 이제는 아무도 읽지 않는 시대에 뒤처진 논문들을 모아놓은 외장하드에 스카프로 목을 매 자살한 자신의 친구에 대한 기록과 수인과의 상담 기록, 그리고 고윤에 대한 기록을 보관했다. 승열은 신중하게 기록을 관리했다. 병원 시스템에는 아주 일반적인 상담 기록만을 올렸다. 그리고 가능하면 누구에게도 보여주고 싶지 않은 아주 특수한 경험이 담긴 기록은 외장하드에 보관했다. 수인이 궁금한 것은 후자였다. 하지만 외장하드는 없었다.

수인은 사물함을 닫고 승열에게 전화를 걸었다. 당직실은 전반적으로 기력이 쇠한 노인 같았다. 천장의 전등은 침침하고 소파는 쿠션이 전부 꺼져 생기라고는 없었다. 수인의 시선이 아무렇게나 벗어놓은 남자 속옷으로 이동했을 때 승열이 전화를 받았다. 승열의 목소리 뒤로 응급실 소리가 들렸다. 인공호흡기의 호흡음과 누군가의 환자 모니터가 내뱉은 날카로운 경고음, 그리고 환자의 신음 소리와 고함 소리가 수인의 귀에 꽂혔다.

"궁금한 게 있어요."

수인은 애써 그 소리들을 외면하며 물었다.

"선생님은 윤이를 여러 번 만났어요. 그리고 그것에 대해 기록을 남겼어요. 물론 진료실에서 쓰는 그 컴퓨터에는 없을 거예요. 나와 상담을 할 때 선생님은 컴퓨터에 아무것도 기록하지 않으니까. 하지만 나중에 그것들을 정리해서 누군가에게 보여줄 것과 보여주지 않을 것을 구분했겠죠. 선생님은 꼼꼼한 사람이고, 마음속에 걸리는 일이 생기면 계속 들여다보는 사람이니까요."

승열은 말없이 수인의 말을 들었다.

"선생님 눈에 고윤이 어떻게 보였는지 궁금해요."

여전히 응급실의 소음이 승열과 수인의 사이를 채웠다.

"난 전부 알아야겠어요."

///

그날 고윤은 집으로 돌아가지 못했다. 승열은 카르코바이오에서 검사를 마치고 다시 병원으로 돌아온 고윤을 데리고 자신의 집으로 갔다. 아이의 교복에서 시큼한 땀 냄새가 올라왔다. 교복을 벗기고 자신의 줄무늬 잠옷을 입혔다. 아이는 커다란 줄무늬 잠옷 속에 파묻힐 정도로 왜소했다. 그리고 따뜻하게 데운 우유를 억지로 마시게 하고 침대에 눕게 했다.

　침대에 누운 고윤의 곁에서 승열은 밤을 새웠다. 그리고 노트북을 펴고 고윤의 증상을 기록했다. 아이는 몸을 떨었다. 그리고 잠들지 못했다. 집에 자신이 종종 복용하는 항불안제 벤조디아제핀이 있었지만 아이의 몸 상태를 알지 못하는 상황에서 약을 쓸 수는 없었다. 아이는 뭔가를 두려워했다. 마치 승열의 눈에는 보이지 않지만 아이의 눈에는 보이는 어떤 것을, 실체가 존재하는 어떤 것을 두려워하고 있다는 생각이 강렬하게 들었다. 쉴 새 없이 몸을 떨던 아이는 희망도 기댈 곳도 없는 사람처럼 흐느꼈다. 친구의 죽음을 막지 못한 자신이 울었던 것처럼 아이는 깊은 곳에서부터 괴로워했다. 승열은 노트북을 덮고 책을 펼쳤다. 이곳으로 들어오는 자는 모든 희망을 버려라. 시인 단테는 지옥이란 그런 곳이라고 생각했다. 아이는 그날 지옥을 보고 온 사람 같았다.

　트라우마를 극복하지 못한 정신의학과 전문의. 승열은 만약 자신의 명함을 만든다면 이름 위에 이렇게 써넣어야겠다고 늘 생각했다. 태어나지 않은 사람은 있어도 죽지 않은 사람은 없다. 승열은 어디선가 읽은 그 구절을 곱씹었다. 하지만 사람은 적자가 나기 때문에 운행을 중단하는 열차 같은 것이 아니다. 누군가의 비열한 폭력 때문에 자아를 상실하고 자존감이 무너져 내려 끝내는 자신의 목숨을 스스로 중단시키는 결말에 이르게 한다는 것은 어떤 각도로 생각해도 받아들일 수 없었다. 그 경험을 가장 소중한 친구가 했다는 사실을 더더욱 받아들일 수가 없었다. 그리고 그녀를 그렇게 만든 당사자는 지금도 자신과 같은 하늘 아래에서 여전히 삶의 희로애락을 느끼며 맛있는 음식을 먹고 포근한 잠자리 속으로 들어갈 수 있다는 사실 또한 받아들이기 힘들었다.

그 일 이후, 승열은 자신의 몸속 어딘가가 곪아가고 있다는 생각을 떨칠 수가 없었다. 알코올은 그 생각을 잠시 무디게 만드는 도구였다. 유난히 인내심이 강하던 그의 연인도 자기 파괴를 멈출 생각이 없는 승열을 견뎌내지 못했다. 그런 시기에 승열은 고윤을 만났다. 몇 번의 일상적인 상담이 이루어졌다. 고윤은 오랜 병상 생활에서 일상으로 복귀한 경험을 가진 청소년이었고 또래에 비해 내향적이고 수줍음이 많았다. 하지만 학교생활에 대해서는 제법 활기차게 이야기했으며, 할머니에 대해 이야기할 때는 할머니에 대한 무한한 사랑을 감추지 않았다. 특이사항은 없어 보였다. 강철주 교수가 무엇 때문에 고윤의 상담을 의뢰한 것인지 이해하기 힘들었다. 그래서 교수에게 올리는 보고서는 일반적인 분석으로 채워졌다. 하지만 자신의 집에서 소년은 밤새도록 잠을 이루지 못했고 때때로 몸을 떨었으며 흐느꼈다. 진료실에서는 드러낸 적 없는 깊은 절망과 슬픔. 승열 자신이 알코올로 무디게 하려는 그 감정을 이 아이도 느끼고 있는 것 같았다. 그런 느낌은 보고서에 담지 않았다. 대신 따로 기록했다.

수인이 전화로 승열에게 물은 것은 바로 이것이었다. 누구에게도 공개하지 않은 고윤에 대한 기록. 승열은 수인의 정확한 상태 또한 보고서에 적지 않았다. 승열은 다른 사람이 그것을 읽었을 때 의문을 가지거나 궁금해할 사항은 적지 않았다. 예를 들면 수인이 코마 상태에서도 청각과 촉감이 생생하게 살아 있었으며, 그때 들은 이야기를 지금도 기억하고 있고 그것들을 아주 디테일하게 진술한 기록지가 따로 있다는 것. 수인은 대범했다. 그녀는 그것들을 숨겨달라고 했다. 요구하는 이유 또한 전부 말했다. 그리고 어떻게 받아들일지는 온전히 승열의 몫이라고 까만 눈동자로 당당히 말했다.

//

희정은 병실 안에서 수인을 기다렸다. 그리고 가지런히 개놓은 환자복을 응시했다. 병실 문이 열리고 수인이 들어왔다. 수인은 희정에게 시선을 고정한 채 천천히 걸어서 침대로 갔다. 그리고 청바지와 블라우스 차림 그대로 침대에 앉았다. 질문을 해야 할 사람은 희정이었지만 희정은 아무것도 묻지 않았다. 수인은 휴대폰을 꺼내 희정에게 받은 여섯 개의 영상을 차례로 재생했다.

수인이 왜 이러는지 희정은 묻고 싶었다. 하지만 물을

수 없었다. 수인은 마지막 영상이 나오자 휴대폰을 들어 희정에게 내밀었다. 그리고 손가락으로 벽을 가리켰다. 병실 벽에는 남극 바다를 찍은 사진이 붙어 있었다. 고윤이 찍은 마지막 영상 또한 승열의 진료실에 붙어 있었던 그 사진이었다.

"정신과 상담을 받은 진료실에 제가 좋아할 만한 바다 사진이 붙어 있다고,"

수인은 침대에서 내려와 희정에게 다가갔다.

"윤이가 말해줬어요."

숲속의 잠자는 공주와 왕자. 왕자는 매일 공주를 찾아가서 속삭였다. 어서 깨어나세요, 공주님. 여기서 잠만 자기에는 밖에 재미있는 것들이 많답니다.

희정은 수인이 자신을 시험하고 있다는 걸 깨달았다. 선생님이 준 영상이 전부인지 아닌지 알고 싶어요. 난 이미 알고 있지만, 확인하고 싶어요.

희정은 가까스로 들이마신 숨을 내보내지 못하고 좁은 폐 안에 계속 가둬두었다. 지금 숨을 내쉬면 떨고 있다는 것이 드러날 것만 같다.

중요한 건 후회를 하고 다시 원래 자리로 돌아오도록 노력하는 것이죠.

형사의 말을 떠올렸다. 적어도 수인은 자신의 원래 자리로 돌아오기 위해 움직이기 시작했다. 그래서 혼자 환자복을 벗고 청바지와 블라우스를 입은 채로 어딘가를 다녀왔다. 수인은 선택했다. 그리고 고윤 또한 선택했다. 수인을 지키기 위해 가장 소중한 걸 내던졌다. 아이들은 모두 선택했다. 희정은 이제 자신의 선택만이 남았음을 마침내 깨달았다.

//

무원은 고윤의 무너진 집에서부터 다시 시작했다. 고윤의 조모는 지난번에도 확인한 운동화 박스 속 종이뭉치에 또 코를 박고 있는 형사에게 관심이 없었다. 여전히 거실에는 빨래가 쌓여 있었고 주방에는 온기가 없었다. 냉장고 속에는 주스도 우유도 없었다. 손자가 사라진 조모의 일상은 급격히 무너졌다.

그 속에서 4년 전부터 일정 금액이 매달 정확한 날짜에 입금되고 있는 통장을 찾은 것은 약 30여 분의 시간이 지난 다음이었다. 지난번에는 보지 못한 것이었다. 통장의 돈은 공교롭게도 소년이 깨어난 다음부터 들어왔다. 조모는 통장을 든 무원의 손에 연신 고개를 조아렸다. 돈은 독지가의 후원금도, 구청의 생활지원금도 아니었다. 돈은 세현병원 이름으로 들어오고 있었다.

통장으로 돈을 입금한 사람은 누구인가? 입금자는 매우 명확하게 통장에 남아 있었다. 세현병원 대외협력팀. 하지만 지나치게 투명한 그 이름은 뭔가 이상했다. 퇴원한 환자

에게 병원의 이름으로 정기적으로 돈을 보내는 일이 일반
적인가. 병원에서 환자에게 돈을 주는 경우는 한 가지뿐이
다. 뭔가가 잘못되었고, 그 잘못을 무마하고자 할 때. 돈은
고윤이 코마에서 깨어난 열한 살부터, 목숨을 끊은 이번 달
초까지 매달 입금되었다.

무원은 조모에게 물었다.

"이 통장을 만들던 날을 기억하십니까?"

대부분의 기억이 흐릿해진 노인에게도 그날은 잊을 수
가 없었다. 바로 아들 내외의 49제가 끝난 다음 날이었기
때문이었다.

매달 은행에 가서 이 돈을 찾아온 것은 고윤이었다. 할
머니는 혼자 은행에 가지도, ATM기에 현금 카드를 넣고
돈을 인출하지도, 창구에서 지로 용지 납부도 하지 못했다.
하지만 통장을 개설할 때는 본인이 직접 가야 한다. 물론
누군가 거동이 불편한 조모와 함께 갈 수도 있다. 예를 들
면 이 통장에 돈을 넣어줄 사람이라든지.

조모는 머리가 막 벗겨지기 시작한 의사 선생을 기억했
다. 자신의 죽은 아들 역시 겨우 마흔이었지만 제 애비를
닮아 탈모 걱정을 했기에 의사 선생 또한 기억하기가 쉬웠
다. 의사 선생은 먼저 간 아들을 떠오르게 했다. 무원은 자
신에게 고윤의 사망 확인서를 전달한 순환기 내과의를 떠
올렸다.

경찰서 안은 오늘도 월척을 노리는 배들이 전부 빠져나간 항구처럼 한산했다. 누군가는 기대에 부응할 만한 월척을 잡을 것이고 누구는 빈손으로 돌아올 것이다. 무원은 미동도 없이 모니터에 시선을 고정했다.

"지난 2016년 12월 세현병원이 국내 최초로 국제의료기관평가위원회 JCI 인증을 획득했습니다. JCI는 1994년 미국에서 설립된 국제적인 의료기관 평가기구로, 진료와 진단과정 의료장비 수준, 감염 관리, 환자 권리, 시설안전 관리, 직원 교육 등 병원에서 이뤄지는 모든 절차와 시스템을 엄격하게 평가하는 인증 제도입니다."

뉴스 앵커의 건조한 설명이 흘러나왔다.

종태가 다가왔다.

"JCI? 새로 나온 아이돌이야?"

무원은 고개를 젓고 다시 모니터를 응시했다.

"세현병원은 한층 까다로워진 JCI 인증기준에 맞춰 총 16개 부문에서 1,225개의 평가 항목을 바탕으로 현장 심사를 받았습니다."

그중에서도 감염관리 부문은 만점에 가까운 점수를 받았다. 남다른 업적을 이루어낸 선봉에는 강철주 교수가 있었다. 그는 세현병원의 JCI 인증을 추진하는 위원회의 위원장이었다. 그의 진두지휘 아래 1년에 걸쳐 심사 준비가 진행되었다. 그러는 동안 카르코바이오는 이에 질세라 눈부신 고속성장을 이루어냈다. 그리고 올 초 강철주는 세현병원의 제13대 병원장으로 취임했다. 무원은 강철주 교수의 활약을 머릿속으로 정리하는 것만으로도 숨이 찼다. 무원은 그와의 짧지만 인상적이었던 통화를 떠올렸다. 시종일관 온화하고 지적인 대화. 하지만 거기에는 뭔가가 더 있었다. 그게 무엇인지 떠오르지 않았다. 자신이 올라갈 수 있는 곳 가장 꼭대기에 선 남자는 무슨 생각을 할까.

열다섯 살이 흥미를 가질 만한 것은 무엇일까. 희정은 금요일의 혼잡한 시내 한복판을 걸으며 생각했다. 퇴근 시간은 지났지만 무슨 일이든 생기길 바라는 마음으로 길거리에 쏟아져 나온 사람들의 열기는 후끈했다. 낮 동안 덥혀진 지열과 사람들이 내뿜는 피곤과 기대가 뒤섞인 열기가 겨드랑이에서 촉촉하게 느껴졌다. 희정에게는 하루가 시작되는 시간이다. 아침에 시작해 밤에 끝나는 노동의 일과를 보내는 사람들 틈에 있는 것은 항상 낯설다. 희정은 병원으로 가기 전에 수인에게 줄 뭔가를 사고 싶었다. 하지만 요즘의 열다섯이 갖고 싶어 할 만한 것이 무엇일지 상상조차 되지 않았다. 게다가 수인은 요즘의 열다섯들과도 한참 거리가 있었다. 다른 병동에서 흘러나오는 아이돌의 음악이나 최신 유행을 소개하는 프로그램에도 수인은 별다른 반응을 보이지 않았다.

희정은 더위를 피해 눈앞에 보이는 대형 서점으로 들어갔다. 잠시라도 냉기가 필요했다. 상쾌한 인공 바람이 목덜미를 스쳤다. 항상 커트로 유지하는 머리가 살짝 흔들렸다. 희정은 문득 수인이 병실에 붙여둔 남극의 사진을 떠올렸다. 수인은 그 사진을 오래도록 들여다보곤 했다. 창밖의 살아 있는 풍경보다 사진 속 멈춰진 풍경이 더 흥미롭다는 듯이. 책으로 만들어진 기둥 몇 개를 지나고 나서야 여행서적을 모아두는 책장이 나타났다. 책으로라도 여행을 떠나고자 하는 이들을 위한 여행서는 넘쳐났다. 그중에서도 희고 푸르른 얼음이 영원처럼 존재하는 극지방에 다녀온 이들이 쓴 책을 골랐다. 강인한 이들은 로맨틱했다. 그들은 실질적인 고통인 추위와 고독 속에서도 기어코 아름다움을 찾아내는 아주 긍정적인 사람들이었다. 희정은 책을 집어 들고 계산대로 갔다. 그리고 서점을 나서기 전에 아이스 커피도 사야겠다고 생각했다.

희정은 근무 시간보다 2시간 먼저 병원에 도착했다. 창밖은 어둑어둑했다. 희정은 수인의 바이털을 체크했다. 두 사람의 호흡은 꽤나 잘 맞았다. 정해진 순서대로 혈압과 맥박을 재고 필요할 때는 혈액을 조금 뽑았다. 그리고 하루 동안 먹은 것의 종류와 무게를 체크한 것을 기록으로 남겼다. 수인은 구름 속에서 슬쩍 끄트머리를 내놓고 있는 달처럼 자란 자신의 손톱을 자르는 희정을 내려다보았다.

"어떤 환자를 봤어요."

희정은 고개를 들고 물었다.

"호스피스 병동에서?"

수인은 고개를 끄덕였다.

"복도 제일 끝 병동에 있는 아주 늙은 할머니."

수인의 말에 희정은 아흔이 다 된 치매 환자를 떠올렸
다. 어떻게든 고물고물 환자복을 벗고 자꾸 병동을 탈출하
려고 해서 미영이 주의 깊게 살펴보는 환자였다. 사실 탈출
이라는 거창한 단어를 쓰기에는 너무나 작고 힘이 없는 노
인이라 큰 소동을 불러일으키지는 않았다. 그저 병동을 배
회하는 할머니를 성식이 살짝 안아서 병실로 모시고 가면
그만이었다.

"그 할머니한테는 아들이 있었어요. 물론 지금은 없지
만요."

치매에 걸린 노모를 보살피던 늙은 아들이 있었다. 아
들은 자꾸만 집을 나가는 어머니를 어딘가에 묶어놓고 술
을 마셨다. 세월을 술로 보내던 아들은 뇌출혈로 쓰러졌고
응급실을 통해 이곳으로 왔다. 할머니가 치매로 이곳에 오
기 전에 아들이 먼저 호스피스 병동 침상에 누웠다.

"할머니는 더 이상 병실을 나가지도 않았어요. 할머니
한테는 아기가 있으니까."

노망난 어머니는 누워 있는 늙은 자식을 아기라 생각하

고 돌보기 시작했다. 그러다가 자식이 죽었다. 뇌출혈은 엎질러진 물과 같다. 병원에서는 그저 엎질러진 물을 쓸어 담으려고 노력할 뿐이다. 그 물을 예전처럼 전부 쓸어 담는 것은 불가능하다. 하지만 아무도 어머니에게 자식이 죽었다고 말할 수가 없었다. 노모는 지금도 어린 자식이 어딘가로 놀러 나가 아직 들어오지 않았다고 생각한다. 아마도 그녀는 영원히, 자신이 죽을 때까지 그렇게 아들을 기다릴 것이다.

희정은 살짝 얼굴을 찌푸렸다. 짧지만 비극적인 소설을 압축해서 읽은 느낌이었다.

"선생님이라면 그 할머니에게 진실을 말해줄 거예요? 사실은 아들이 죽었다고."

수인이 물었다.

바로 대답이 나오지 않는다. 하지만 그래야 하지 않을까. 아마도 노인은 오래 살지 못할 것이다. 진실을 모른 채 영원한 잠에 빠지는 것은 옳은 일 같지 않다.

"말해야 하지 않을까."

희정은 고심 끝에 대답했다.

좋은 쪽은 아닐지 모른다. 하지만 누구에게 좋은 쪽이 아니라는 걸까. 그걸 판단할 권한이 우리에게, 다만 먼저 진실을 알고 있는 자들에게 있다고 할 수 있을까. 무엇보다 그럴 권리가 우리에게는 없다. 거기까지 생각한 희정은 5년 전 그날을 떠올렸다.

소아중환자실 아이들의 혈액 검사는 보통 아이들 침상에서 이루어졌다. 5년 차 책임 간호사인 천민희가 혈액 검사 키트를 가져왔다. 그러면 아이들은 각자 자기 자리에서 채혈을 했다. 하지만 그날은 달랐다. 2년 차 간호사 희정은 아이들을 두 명씩 데리고 김호섭 조교수의 진료실로 데려갔다. 희정은 아이들의 작은 손을 쥐는 자신의 손이 차가울까 봐 미리 따뜻한 물로 손을 씻고 소독제를 꼼꼼히 발랐다. 고작 5분의 외출이었지만 아이들은 소풍이라도 가는 듯 좋아했다. 진료실에는 김재홍도 있었다. 채혈은 김재홍이 했다. 그동안 희정은 막상 주사기를 보자 울음을 터뜨리는 아이를 안아 달래며 순서를 기다렸다. 그런데 그날 밤 여섯 명의 아이들이 죽었다. 희정은 낮의 일과 그날 밤을 연결 짓지 않았다. 하지만 궁금했다. 혹시 그때 이 일을 예견할 만한 뭔가가 있지 않았을까. 김호섭과 김재홍이 울부짖는 보호자와 놀란 간호사들에게 해줄 수 있는 말은 정말로 없었을까. 그런 의문이 생각의 뒤쪽 어딘가에 달라붙은 채 떨어지지 않았다.

얼마 뒤 김호섭은 카르코바이오 생명공학연구소의 센터장으로 부임하면서 병원을 그만두었다. 그리고 김재홍은 소아혈액종양학과에서 순환기 내과로 이동했으며, 천민희는 세현병원에서 조용히 흔적을 감췄다. 톱니바퀴가 연달아 칸을 이동하듯 세 사람은 기민하게 움직였다. 어느 순간 돌아보니 그곳에는 희정 혼자 남아 있었다.

1년 뒤 희정은 재홍을 찾아갔다. 소아중환자실에서 호스피스 병동으로 이동한 지 얼마 지나지 않은 시점이었다. 재홍의 진료실에 가기 전, 희정은 너스 스테이션 위의 말라 죽은 화분을 정리했다. 그날따라 병동 청소를 담당하는 여사님 출근이 늦어 누렇게 말라버린 화분이 너스 스테이션에 방치되어 있었다. 병원은 척박했지만 간호사들은 끈기 있게 새로운 화분을 들였다. 치우는 사람이 정해진 것은 아니니까. 희정은 화초를 뽑아 쓰레기통에 버리고 화분은 너스 스테이션 구석에 두었다.

　그리고 내과병동으로 향했다. 재홍은 희정을 기억했다. 그는 소아중환자실 신참 간호사에게 친절했던 것처럼 그날도 친절했다. 의사와 간호사의 사이가 좋을 것이라는 것은 착각이다. 의사는 간호사를 자신을 끊임없이 귀찮게 하는 존재로 여기는 경우가 흔하다. 새파란 인턴부터 슬슬 대외 활동이 잦아지는 주치의까지 모두 그렇다. 그런 것에 비하면 무엇을 물어도 대답해주던 재홍은 상당히 친절한 편에 속했다. 희정이 앞에 서 있었지만 재홍은 컴퓨터 모니터에서 눈을 떼지 않았다. 사실 그는 오프였다. 일주일간 학회 참석이 예정되어 진료 일정이 없었다. 하지만 그는 자신의 진료실에서 희정을 맞이했다. 그의 책상에는 검토해야 할 자료와 논문들이 묵직하게 쌓여 있었다. 희정은 논문 제목에서 익숙한 단어를 발견했다.

　희정의 시선을 알아챈 재홍이 입을 열었다.

"강 교수님께서 연말에 애틀랜타에 가세요. 혈액종양 학회에서 포스터 논문 발표자로 선정되셨거든요. 그런데 워낙 바쁘셔서."

이 일은 교수는 바쁘기 때문에 누군가, 그 교수에게 많은 부분을 빚지고 있는 누군가가 대신해야 하는 일이죠. 재홍은 뒷말을 아끼고 희정의 동의를 기다렸다.

강철주 교수가 카르코바이오 생명공학연구소 소장이 된 이후 더할 나위 없이 바쁘다는 사실을 모르는 사람이 없었다. 강철주 교수의 논문은 전부 김재홍을 거쳐서 나온다는 이야기가 의사들 사이에서 공공연하게 돌았다. 그는 순환기 내과에서 고지혈증 환자를 보면서도 여전히 강철주를 위해 혈액종양에 대한 논문을 쓰고 있었다.

"작년에 김호섭 교수님 진료실에서 아이들 혈액 검사 했던 것 기억하세요? 그날 혈액 검사 결과를 다시 확인해 보고 싶은데 가능할까요."

희정의 질문에 키보드 위를 바쁘게 오가던 재홍의 손이 잠깐 멈췄다.

"그 항목은 기밀로 분류되어 있어요. 지금은 저도 열람할 수가 없네요."

완곡한 거절.

이제 희정은 바쁠 텐데 시간을 내줘서 고맙다며 재홍의 진료실을 나갈 차례였다. 하지만 희정은 모니터 위로 보이는 재홍의 벗겨진 정수리가 고개를 들 때까지 그 자리에서 있었다.

재홍이 고개를 들었다.

"그걸 지금 꼭 알아야 하는 이유가 있나요? 이제는 소아중환자실 간호사도 아니잖아요."

물론 아니다. 호스피스 병동 간호사의 의문은 순환기내과 의사가 혈액종양에 대한 논문을 쓰고 있는 것처럼 이상한 일일 수 있다. 재홍은 초대하지 않은 손님을 바라보듯 희정을 보았다.

생각에 빠진 희정에게 수인이 물었다.

"그 진실이 어떤 결과를 가져올지 모른다고 해도?"

희정은 언제나 자신의 직업을 떠나고 싶었다. 사람의 생명을 다루는 일은 늘 어깨를 짓눌렀다. 하지만 희정이 간호사 일을 선택한 것도 결국 같은 이유였다. 역시나 사람의 생명을 다루기 때문이었다. 가장 가슴 떨리는 일을 하고 있다는 것. 결과에 따라서는 간호사 일을 그만두어야 할지도 모른다. 어쩌면 영원히 병원으로 돌아가지 못할 수도 있다. 하지만 그것이 진실을 덮어야 하는 이유가 될 수는 없다. 한 아이가 고독하게 죽었다. 누구라도 그 아이가 될 수 있다. 희정은 다시 한번 자신의 작은 딸을 떠올렸다.

"그래. 어떤 결과를 가져올지 모른다고 해도."

그리고 희정은 자신이 수인에게 전하지 않은 세 개의 영상에 대해 수인에게 털어놓기로 결심했다.

영국 정부는 감염질환치료에 항생제가 듣지 않아 매년 70만 명이 숨지고 있으며 2050년에는 서울시 인구와 맞먹는 약 1000만 명이 사망할 것이라고 예측했다. 미국은 숫자로 슈퍼 박테리아의 파괴력을 입증했다. 미국은 연간 최소 200만 명이 슈퍼 박테리아에 감염되는데, 이 중 2만 3,000명이 사망하고 이로 인한 생산성 손실은 200억 달러에 이른다는 보고서를 발표했다.

이런 상황 속에서 카르코바이오는 슈퍼 박테리아 중에서도 가장 많은 경우를 차지하는 MRSA(메칠실린내성황색포도상구균)을 치료할 수 있는 슈퍼 항생제 CG30-0438 개발에 성공했다.

임상시험에 통과한 신약은 탄창 약실에 들어간 탄환과도 같다. 방아쇠를 당기면 탄환처럼 발사되어 자신을 개발한 자에게 돈과 명예를 예외 없이 안겨준다. CG30-0438은 약실에 들어가기 직전 일렬로 잘 세워놓은 탄환의 상태였다. 누군가 탄창을 들고 찰칵찰칵 소리를 내며 순서대로 탄환을 밀어넣고 총에 장착하기만 하면 되었다.

미국의 항생제 전문회사들은 카르코바이오를 주목했다. 미국에서 실시된 임상 시험에 참여한 환자 전원이 100퍼센트 완치가 되자 바이어들은 앞다투어 카르코바이오와 텀시트(Term-Sheet) 계약을 체결하고 대규모 심포지엄을 제안했다. 국내 의료계는 CG30-0438이 글로벌 상용화에 성공한다면 최소 1조 원의 매출을 기록할 것이라고 전망했다. 성공을 보장하는 제안과 그 제안에 힘을 실어주는 전망 전부가 강철주 교수를 향했다. 대중들의 귀에 꽂히는 말 만들기를 좋아하는 언론은 그가 두른 것이 흰 가운이 아니라 철로 된 갑옷이라 칭했다. 그리고 강철주 교수는 의사 가운 대신 피가 묻은 갑옷을 두르고 슈퍼 박테리아로부터 사람들을 구하고 의료계를 이끌어갈 메스를 든 지휘자라고 불렀다.

무원은 열기를 띤 바이어들에게 둘러싸인 강철주 소장과 김호섭 센터장을 바라보았다. 워낙 각계각층에서 모여든 사람들로 붐비는 자리였기 때문에 초대장 없는 형사 정도는 인포메이션에 앉아 있는 아르바이트 대학생 정도만 구슬려도 무리 없이 들어갈 수 있었다. 무원은 이 빛나는 자리에 재홍이 끼지 못했다는 것이 흥미로웠다. 생선의 잔가시를 발라내는 일처럼 손이 많이 가는 일들의 대부분은 김재홍이 처리했다. 그런 그가 정말 중요한 자리에서는 뒷전 신세라는 것이 직장인의 숙명처럼 느껴졌다. 재홍은 자신이 이 판에서 무슨 역할을 한다고 생각할지 무원은 다음에 만나면 물어보자고 생각했다.

강철주 교수의 눈에 무원이 들어왔다. 자신과 이 연구소에 대해 여기저기 묻고 다니는 형사. 강철주의 시선을 따라 김호섭도 무원을 응시했다. 김호섭의 시선은 마치 주인의 손에 들린 막대기를 보는 개처럼 충직하게 강철주와 무원 사이를 오갔다.

좋은 일을 하면 기분이 좋다. 나쁜 일을 하면 기분이 나쁘다. 그게 나의 종교다. 무원은 에이브러햄 링컨의 말장난 같은 명언이 마음에 들었다. 지극히 당연한 말 속에는 돈과 명예를 곧 손에 쥘 사람들이 놓치기 쉬운 진리가 숨겨져 있다.

무원이 확인한 바에 의하면 고윤은 전혀 일상생활 적응에 어려움을 겪지 않았다. 아이를 아는 사람이라면 누구나 그 아이의 죽음을 진심으로 슬퍼할 만큼 아이는 짧았던 인생을 제대로 살아냈다. 고윤이 어려움을 겪을 때는 한 달에 한 번 카르코바이오를 방문할 때뿐이었다. 하지만 어떤 의사들은 아이의 죽음은 아이 탓이라고 서둘러 결론을 내고는 무원을 몰아냈다. 5년 전 그 소아중환자실에 있었던 사람들은 전부 무원에게 노골적으로 거리를 두었다. 친절한 노교수도, 잔심부름만 하는 내과의도, 고윤을 모른다던 간호사도.

//

시어도어 루즈벨트도 천식 환자였고 체 게바라도 천식 환자였다. 강철주 교수는 흡입기 안에 기관지 확장제 벤토린(Ventolin Respiratory Solution)을 넣었다. 무색의 투명

174

한 액체가 흡입기 안으로 들어갔다. 체 게바라는 평생 동안 천식으로 고통받았지만 죽는 날까지 자신의 파트너인 시가를 물었다. 하지만 그는 시가를 입에 무는 대신, 자신의 공간을 천식 환자에게 완벽한 환경으로 세팅했다.

벤토린을 오래 복용하면 부작용으로 손발이 떨린다. 하지만 부작용조차 그를 피해갔다. 그는 노화의 흔적 또한 섬세하게 관리했다. 성공한 대부분의 사람들은 신뢰와 존경을 불러일으키는 외모를 유지하기 위해서 은밀한 경로로 관리를 받는다. 적절한 시술이 종종 이루어졌다. 강철주는 천식을 육체적 연약함이 아니라 위대한 이들의 예민한 특성이라고 여겼다. 병원장실은 그의 자부심과 우월감이 드러나는 공간이었다.

먼지를 일으키는 것들은 단 한 가지도 존재하지 않는 병원장실로 수인이 들어섰다. 강철주 교수는 하얀 원피스 차림의 수인을 꽃병에 꽂힌 백합을 보듯이 바라보았다. 입가에는 한껏 미소를 띠었지만, 그의 눈은 전혀 웃음기가 없었다. 차가운 것과 충돌하는 차가움. 두 사람은 서로가 같은 종류의 인간임을 알아보았다.

"완벽하게 회복한 것 같구나."

강철주의 말투는 다정했지만 눈은 여전히 차가웠다.

교수는 오랫동안 벼르던 물건의 값을 치르기 위해 돈뭉치를 손에 쥐고 물건에 흠집은 없는지 노려보는 사람처럼 수인을 머리부터 발끝까지 살폈다. 수인은 병원장실을 천천히 둘러보았다. 강박에 가까운 청결함. 도대체 이렇게까지 이곳을 청소를 할 수 있는 사람은 누구일까. 하지만 강철주 교수가 다른 누군가를 여기 들인다는 것은 상상이 되지 않았다.

"천식은 여전히 심하신 것 같네요."

수인의 말에 강철주 교수의 얼굴에 불쾌함이 재빠르게 스쳤다가 사라졌다. 불쾌감이 잠깐 스치곤 지나간 자리에는 온화한 미소만이 남았다. 자신의 방에서조차 보이지 않는 관객을 의식하는 듯한 태도.

"얼마 뒤에 아주 중요한 행사가 있다. 주인공은 물론 너와 나고."

병원은 정기적으로 기적을 보여줘야 한다. 적어도 이 정도 규모의 종합병원이 손님을 유치하기 위해서는 반드시 필요한 깜짝 이벤트와 같다. 손님들 또한 그것을 바란다. 자신이 돈을 지불하고 있는 병원과 의사가 충분히 믿을 만하다는 확신을 손님들은 이벤트에서 확인하곤 한다.

"얼마 전까지는 고윤이 주인공이었겠죠."

강철주는 눈을 가늘게 뜨고 수인의 말을 들었다.

"여름에도 그 혐오스러운 손목을 가리라며 긴팔을 입으라고 하셨고요. 사람들이 보면 안 되니까. 윤이는 교수님 말대로 했어요. 그게 뭐든. 착한 아이니까요."

집요하게 자신의 신경을 긁기 위해 1인용 병실에서 나와 환자복 대신 아름다운 원피스를 입고 간호사들의 동정과 호위를 받으며 이곳까지 온 열다섯 살 여자아이. 무대에 세워두면 눈부신 효과를 낼 것이다. 강철주의 눈에는 그것까지 보였다.

"그래. 고윤은 착했지만 너처럼 솔직하지는 않았다. 나를 두려워하면서도 존경하지는 않았어."

"윤이는 교수님을 두려워하지 않았어요."

강철주는 무의식적으로 손으로 벤토린이 든 흡입기를 쥐었다.

"윤이가 두려워했던 건 혼자만 살아남았다는 거예요."

"그런 말로는 누구의 관심도 끌 수가 없단다. 내가 보증하지."

교수는 소녀의 얼굴을 똑바로 바라보았다. 그런 다음, 소녀의 눈 깊은 곳에 자리 잡은 공포를 손으로 한 번 꽉 쥔 뒤에 놓아주었다. 수인은 강철주 교수의 차가운 손이 가슴 깊은 속까지 들어왔다가 나간 것만 같은 기분에 온몸이 굳어버릴 것 같았다. 눈물이 흐르려는 것을 가까스로 막았다. 수인은 등을 돌리고 문으로 향했다.

"그리고 말이다."

청결한 공기를 뚫고 강철주 교수의 흐트러짐 없는 음성이 수인의 등줄기에 닿았다.

"유능한 사냥꾼들은 사냥을 할 때 일부러 자신의 존재를 목표물에게 드러내기도 한단다. 얼빠진 사슴은 호기심에 고개를 더욱 자주 내밀고 그 바람에 주의가 산만해지지.

사냥꾼이 바라는 것도 그것이란다. 그러다가 탕—."

수인은 긴장감에 얼어붙었다. 자신보다 몇 배나 차가운 심장을 가진 사람에게 자신은 그저 부주의한 사슴처럼 보일 터.

"좀 더 신중해지려무나. 원하는 게 있을 때에는 더더욱."

//

무원은 고윤의 집 근처에 차를 세워놓고 며칠을 보냈다. 종태는 그럴 필요까지 있느냐며 투덜댔다. 입으로는 강철주와 김호섭이 의심스럽다고 하면서 엉뚱하게 고윤의 조모를 지키고 있는 무원을 종태는 이해할 수 없었다.

노인은 잠이 없었다. 동이 트는 5시면 집 밖으로 나와 아직 태양이 달구지 않은 골목에 앉아 시간을 보내다가 들어갔다. 닫힌 대문은 초저녁이 될 때까지 다시 열리지 않았다. 어떤 날은 그것이 유일한 외출이었다. 그런데 어느 한낮에 대문이 열렸다. 겨우 10분쯤 화장실에 가느라 자리를 비웠을 뿐인데 누군가가 노인의 굳게 닫힌 대문을 열고 들어가는 것을 놓치고 말았다. 하지만 들어간 사람은 나오게 되어 있다. 30분 뒤 대문을 열고 나온 것은 정수리가 훤한 남자였다. 그는 문 앞에 서서 안에 있는 노인을 향해 계속 이야기했다. 하지만 원하는 대답을 못 들었는지 남자는 쉽게 대문 앞을 떠나지 못했다. 그 모습을 무원은 차 안에서 조용히 지켜보았다. 남자에 대해 모르는 사람이 본다면 그가 의사인지 인터넷 수리 기사인지 구분하지 못할 것이다. 하지만 무원은 단박에 알아보았다. 직업을 짐작하게 어려운 희미한 옷차림에 머리가 벗겨진 남자는 김재홍이었다.

///

새벽 2시 20분. 30대 중반의 주치의가 환자를 보러 병동으로 올라왔다. 며칠 동안 잠을 자지 못해 입안이 헐어 밥을 제대로 먹지 못했다는 그는 희정에게 환자에 대한 특이사항을 전달받았다. 말할 기운이라고는 한줌도 없어 보이는 그는 지친 발걸음으로 병동 회진을 돌았다. 자기가 사는 동네 이름도 바로 대답하지 못하는 그의 입에서 환자의 어제 상태와 특이사항, 이전에 입원한 히스토리까지 줄줄 나왔다. 희정은 그가 고마웠다. 그래도 오늘은 조용한 밤이었다. 대부분의 환자들이 잠들었고 간호사를 찾는 콜벨은 거의 울리지 않았다. 오늘은 아무도 죽지 않고 아무도 위급해지지 않았다.

소아중환자실에서 일을 할 때도 새벽 시간은 특별했다. 아이들의 목구멍에서 나는 쌕쌕 소리가 고요한 병동 안을 울렸다. 희정은 침상을 오가며 아이들이 잘 자고 있는지 살폈다. 이불 밖으로 나온 작은 손과 발을 다시 이불 속으로 넣고 바닥에 떨어진 인형도 아이 곁에 다시 눕혔다. 그러다 보면 잠에서 깨는 아이가 생겼다. 아이는 희정을 보면 손을 내밀었다. 아이들에게 늘 넘치도록 필요한 것은 온기였기에, 희정은 조용히 다가가 아이의 손을 잡고 다시 잠들 때까지 아이를 다독이곤 했다.

딸아이를 임신했을 때 소아과에서 근무하는 간호사가 출산을 하고 나면 어린 환자들을 보는 눈이 극적으로 변할 거라고 말했다. 희정은 그것이 무슨 의미였는지 단박에 알아들었다. 출산을 하고 병원에 돌아오니 누워 있는 아이들이 전부 딸아이처럼 보였다. 그리고 간이침대에서 쪽잠을 자는 푸석한 얼굴의 보호자는 자신 같았다. 주치의가 회진을 마치고 올라가자 희정과 성식은 너스 스테이션에 앉아 잠시 숨을 돌렸다.

"아이들은 병이 나으면 어른보다 오래 살 수 있어."

희정이 말했다.

선량하고 신중한 곰처럼 의자에 앉아 병실을 보던 성식이 고개를 돌려 희정을 바라보았다.

"당연한 말이지만 어떤 아이들은 그런 기회를 박탈당하기도 해."

희정은 보라색 혈전에 뒤덮여 죽은 아이들을 떠올렸다. 왜 아무것도 모르는 성식에게 이 이야기를 하고 있는지 알 수 없었다. 하지만 누군가에 꼭 털어놓고 싶었다. 이 짐을 같이 지어줄 사람이 필요했다. 하지만 남편에게는 할 수 없었다.

"간호사가 될 때 외우는 나이팅게일 선서의 첫 문장 기억해?"

잠시 생각하던 성식이 대답했다.

"나는 인간의 생명에 해로운 일은 어떤 상황에서도 하지 않겠습니다."

희정은 가만히 고개를 끄덕이고 그 문장을 곱씹었다.

"뭔가를 숨기고 있는 사람들이 있어. 내가 알고 있는 것과 그들이 알고 있는 것이 다른 것 같은데 그걸 확인할 엄두가 나지 않아."

"하지만 확인하고 싶은 거죠? 확인하지 않으면 또다시 누군가의 생명에 해로운 일을 하게 될까 봐."

성식이 물었다.

그날 낮에 김호섭과 김재홍이 한 혈액 검사가 마지막이 아니었다. 신참 간호사는 그날 밤 아이들이 발작을 시작하자 누구보다 빨리 채혈을 했다. 항생제 부작용이나 합병증이 우려되는 상황일 경우 채혈을 해서 확인하는 것이 원칙이었다. 그리고 희정은 직접 검사를 의뢰했다. 물론 그 지옥 같은 시간 속에서 희정이 채혈을 하고 검사를 의뢰하는 것에 관심을 가지는 사람은 없었다. 검사 결과는 이틀 뒤에 나왔다. 공식적으로 사망한 아이들의 마지막 혈액 검사는 그날 김호섭과 김재홍이 한 것이었다. 하지만 비공식적으로는 신참 간호사가 한 것이 마지막이었다. 그리고 그 둘의 결과는 판이하게 다른 지점을 가리켰다.

//

　1만 7,000킬로미터 떨어져 있는 준한과 가장 잘 통한다는 사실은 어떻게 생각해도 아이러니했다. 승열은 대학 동기이자 남극 장보고기지 월동대원인 준한과 종종 화상통화를 했다. 장보고기지는 동남극 북빅토리아랜드(Northen Victoria Land) 테라노바만(Terra Nova Bay)에 위치했다. 그곳은 주변 350킬로미터 반경 내 대원들이 머물고 있는 상주 기지로 유일한 곳이었다. 끝없는 얼음 사막의 유일한 오아시스. 준한은 오아시스에 머물고 있는 18인의 월동대원 중 한 명이었다. 준한은 한국에서의 안온한 생활을 버리고 혹독한 환경에 고립되는 것을 스스로 택했다. 하지만 승열은 고립된 것은 준한이 아니라 자신이라는 생각이 항상 들었다.

　그곳도 사람이 사는 곳이다. 기지로 전화를 하면 당직을 서고 있는 대원이 전화를 받고, 전화 요금은 장보고기지가 서 있는 곳이 한국 땅이므로 한국 전화요금 기준으로 부가가 된다. 그래서 전화나 화상통화를 경험해본 사람들은 한국과 남극의 거리를 실감하기 어렵다. 승열도 그랬다. 언제라도 얼굴을 보고 함께 캔 맥주를 마실 수 있는 거리에 준한이 있는 것 같다는 생각을 지울 수 없었다.

화면 속 준한이 오이와 파프리카를 내밀었다. 오이와 파프리카는 마치 모형과도 같은 지나치게 싱그러운 초록을 뽐냈다.

"한국은 어때?"

파프리카를 귀여운 강아지 보듯이 바라보던 준한이 물었다.

"여전하지. 따분하고 지루하고."

승열은 들고 있는 술잔을 화면 멀리 밀어놓고는 대답했다.

물론 준한이 모를 리는 없다. 승열이 지금 곁에 없는 연인의 몫까지 두 배로 마시고 있다는 것을.

"불쌍해서 눈물이 날 지경이네. 남극은 따분할 겨를이 없어. 현미경에 눈을 처박고만 있어도 하루가 가. 물론 시간의 횡포를 이기지 못하고 녹다운 되는 대원들도 있지. 시간의 횡포를 이겨내려면 예술, 종교, 섹스가 필요한데 남극에서는 전부 다 그다지 만족스럽지 않으니까."

오이와 파프리카는 준한이 찾은 예술이자 종교이자 섹스였다. 준한과 몇몇 젊은 대원들은 남극에서 금값이나 다름없는 채소를 길러서 먹기로 했다. 기지의 기계 설비를 담당하는 유지반이 준한의 프로젝트를 두 팔 벌려 환영했다. 그들 역시 생산적인 산출물이 나오는 재미있는 취미 생활에 잔뜩 목이 마른 상태였다. 중장비 대원과 구조전문가 그리고 지구물리학자가 머리를 맞대고 진지하게 수경재배

온실을 만드는 풍경은 타국의 월동대원들에게도 아주 신선한 뉴스였다.

승열은 준한에게 이수인과 고윤의 케이스를 털어놓았다. 원칙적으로는 의사가 환자 정보를 제3자에게 발설하는 것은 금지다. 하지만 준한은 거의 세상의 끝에 존재하는 사람이었고, 승열은 물리적인 거리감으로 죄책감을 일정 부분 덜어냈다.

"코마 상태에서 친구가 털어놓는 비밀은 들은 것은 물론 꿈속에서도 의미심장한 대화를 나눴다고 말하는 소녀라……."

화면 속 준한이 예의 그 소년 같은 표정으로 승열을 바라보았다.

"그래서 넌 그게 사실이라고 믿고 싶은 거지?"

승열은 힘없이 고개를 끄덕였다.

"게다가 대화만 나눈 게 아니라 서로를 품에 안고 체온을 느끼기도 했다는 무슨 일본 영화의 주인공 같은 소녀의 고백을 잊을 수가 없는 거군."

준한의 입으로 들어도 터무니없게 들리는 것은 마찬가지였다.

그렇기 때문에 그 어느 때보다 준한이 필요했다. 그는 물리학자다. 학창 시절에도 승열이 손에 잡히지 않는 모호한 가설을 세우면 준한은 그것에 대해 이성적으로 접근해 명확한 이론으로 증명해내곤 했다.

"뇌가 고도로 진화한 덕에 인류는 풍부한 상상력을 얻었어. 하지만 인간의 뇌는 거짓 기억에 잘 속아 넘어가는 약점 또한 안고 있어."

승열은 준한의 말이 몽매한 중생을 미혹에서 건져 옳은 길로 인도하는 자의 말처럼 들렸다.

"뇌간에서 올라온 PGO파가 대뇌피질에 도달하면, 뇌는 이 비정상적인 신호를 어떻게든 이해 가능한 형태로 가공해서 하나의 이야기로 만들어내. 그건 마치 마트의 고객센터 담당자가 말이 전혀 통하지 않는 진상 고객의 클레임을 가까스로 알아듣고 고객이 원하는 것이 고작 환불이 아니라 환불과 함께 입막음용 상품권 몇 장을 더 받는 것이라는 사실을 알아내는 것 같은 일이야."

고객 센터 담당자와 같은 대뇌피질은 혼신의 힘을 다해 비정상적인 신호를 받아들인다. 그 결과로 나타나는 현상이 바로 꿈이었다.

"그래, 그게 바로 꿈이지. 그 이상도, 이하도 아니야."

준한은 잘라 말했다.

"심사는 어떻게 됐어? 소식이 없는 걸 보고 예상은 했지만."

준한의 질문에 승열은 대답 대신 고개를 가로저었다.

준한의 예상대로 승열은 장보고기지 월동대원 의료팀 심사에서 낙방했다. 작년에 이어 두 번째였다. 심사를 담당한 위원들 중 한 사람이 그의 경미한 알코올 의존증을 이

슈화했다. 중독자는 극도로 고립된 공간에 적합하지 않다는 이유였다.

"꿈에서 뭔가 대단한 우주의 메시지 같은 것이 발견된 적은 없어."

준한은 길고 푸른 오이에 마치 우주의 메시지라도 적힌 양 면밀히 점검했다.

"하지만 그게 다가 아닌 것 같아. 정말로 두 아이가 대화를 나눈 것일 수도 있잖아. 꿈이라는 형태를 통해서."

"다른 사람의 꿈속으로 들어가는 기술은 이미 워싱턴대학교에서 개발했어. 콘택트렌즈 같은 형태로. 차라리 다른 사람의 꿈에 들어가는 게 현실적이야. 꿈속에서 사춘기 소년, 소녀가 만나서 모종의 대화를 하는 것보다."

준한은 장난스럽게 덧붙였다.

"여자애가 뭔가를 꾸미고 있어."

승열이 말했다.

"여자애가 뭔가를 꾸미고 있다고?"

준한이 승열의 말을 따라했다.

"응. 그 애들은 뭔가를 밝히고 싶어 해. 그게 뭔지는 나도 몰라. 하지만 둘 다 분노하고 있고 동시에 두려워하고 있어. 물론 분노 쪽은 여자애야."

승열은 수인의 흰 원피스를 떠올렸다. 얼음처럼 차가운 소녀를 감싸고 있는 흰 눈 같은 옷.

"캐리 같은데? 스티븐 킹 소설 캐리. 캐리도 온갖 고통

속에서 간신히 살아나 복수의 화신이 되잖아. 물론 코마에
서 빠졌다가 깨어난 건 아니지만."

준한은 점검을 마친 오이를 거침없이 입으로 가져갔다.
아삭아삭 씹는 소리에 입맛이 저절로 다셔졌다.

"캐리의 최후를 떠올려봐. 그녀는 자신의 막강한 염력
이 지른 불길 속에서 끔찍한 최후를 맞이해."

수인이 각오하고 있는 것은 어디까지일까. 승열은 문득
불길한 생각이 들었다.

"그건 영화일 뿐이야."

"그래. 걔는 환자일 뿐이야. 물론 흔한 케이스는 아니야.
몇 년 사이에 갑자기 늘어난 공황장애 환자와 비슷비슷한
우울증 환자들만 보던 네 눈이 번쩍 뜨일 만해. 하지만 넌
지금 지나치게 빠져 있어. 네가 게이가 아니라면 충분히 의
심해볼 수 있을 만큼."

승열은 뭐라고 대답하는 대신 한숨 섞인 신음 소리를
냈다.

"네 이야기를 듣고 갑자기 흥미가 생겨서 말이야. 게다
가 남극에서는 무언가에 집중하기가 참 좋거든. 임사체험
과 유체이탈에 대해 찾아보는 중이야. 흥미로운 이야기가
하나 있어. 이론물리학자인 리처드 파인만도 유체이탈에
대해 관심이 지대했어. 그는 의도적으로 유체이탈을 시도
했어."

승열은 고윤이 밤새 떨던 자신의 침대를 응시했다. 준

한은 말을 이었다.

"파인만은 감각차단 탱크라고 불린 특별한 장치 속에 몸소 들어가보았어. 밀폐된 욕조 안에 체온과 비슷한 소금물을 채우고 그 속에 들어가 몸을 담그는 거지. 그다음에 뚜껑을 닫아."

승열은 미지근한 소금물을 채운 관 속에 들어가 있는 자신을 상상했다.

"그러면 외부 세계와는 완전히 차단되고 물에 떠 있으니까 중력도 느껴지지 않게 돼. 파인만은 자신의 저서에 그 경험을 꼼꼼히 남겼어. 그건 마음이 육체를 벗어나 공중을 떠다니는 느낌이었다고 적었지. 뒤를 돌아보니 욕조에 누워 있는 자신의 모습이 보였다고도 했어."

"흥미롭네."

"상당히. 하지만 더 재밌는 건."

파인만은 훗날 자신의 말을 바꾸었다. 감각이 차단되면서 나타난 일종의 환각이라고 결론지었다. 승열은 이미 사망해버린 무책임한 물리학자에게 묘한 분노를 느꼈다. 승열은 이미 준한이 경고한 것 이상으로 이 일에 빠져들고 있었다.

///

무원의 주장은 빈 종이컵이 구겨지듯 아주 간단하고 빠

르게 묵살되었다. 무원의 주장은 더없이 단순했다. 5년 전 세현병원에서 일어난 사고를 재수사해야 한다는 것.

모든 정황이 5년 전을 향하고 있었다. 어딘지 개운치 않은 의료 사고와 5년째 1인 시위를 하는 남자, 의료 사고의 유일한 생존자인 이수인과 고윤, 그리고 고윤의 자살. 몇 세트의 퍼즐이 마구 섞여 있었다. 군데군데 조각이 맞춰진 부분들이 존재하지만, 그것만 가지고는 애초에 어떤 그림의 퍼즐이었는지 밝혀낼 수가 없었다. 시간과 협조가 필요했다. 그리고 고윤의 부검도 필요했다. 서장은 무원의 주장과 종태가 가져온 보고서를 읽었다. 그리고 고윤의 자살 사건의 종결을 결정했다. 5년 전 사건과의 연관성이 희박하다는 다소 무책임한 답변이 돌아왔다. 무원은 언제부터 경찰이 희박한 것에는 눈길도 주지 않게 되었는지 서장에게 묻고 싶었다.

서장은 경찰계에서 아주 흔히 볼 수 있는 인물이었다. 은퇴를 코앞에 둔 상태였고 여전히 돈이 들어가는 자식들과 자신의 노후를 위한 새로운 시작에 목이 마를 대로 마른 상태였다. 그러던 어느 날, 그는 세현병원 병원장의 비서로부터 한 통의 전화를 받았다. 비서는 병원장님이 해외 학회 참석 중이라 직접 전화를 드리지 못하는 것에 대해 무척 애석하게 생각하는 것을 공손하게 전했다. 그리고 평소 서장님의 훌륭한 인품과 업무 수행 능력을 존경해온 병원장님께서 서장님을 보안관리팀 팀장으로 모시고자 한다는 소식 또한 공손하게 전했다.

이보다 좋은 은퇴 설계가 또 있을까. 무엇보다 시내 한복판에 우뚝 솟은 대형 종합병원이라는 점이 서장의 마음을 흔들었다. 서장은 무원의 주장을 이미 세현병원 보안관리팀 팀장의 마음가짐으로 들었다. 아직 임명이 된 것은 아니었지만, 자신이 아주 적임자라는 사실을 세현병원, 정확히는 강철주 병원장에게 입증하고 싶었다. 그는 자신의 앞에서 서서 자신의 완벽한 은퇴 설계에 해가 될지 모르는 수상쩍은 주장을 서슴없이 하는 형사를 노려보다가 내보냈다.

무원을 내보낸 서장은 때마침 자신에게 전화를 한 강철주 병원장에게 이 같은 이야기를 소상히 전달했다. 그리고 지나치게 부지런한 형사에게는 여러모로 문제가 많은 아버지가 있음을 슬쩍 알렸다. 사실 무원의 아버지는 죄가 없었다. 하지만 고소인은 높은 합의금을 바라고 사기 혐의로 그를 고소했다. 그리고 조사를 질질 끌면서 그에게 다방면으로 타격을 입히는 중이라는 점까지 함께 전달했다. 서장의 말대로 사기죄로 고소를 당한 무원의 아버지는 다방면으로 타격을 입고 있었다. 우선 오랫동안 살아온 동네에서 신뢰를 상실한 탓에 그에 대한 부정적인 여론이 냄새나는 개똥처럼 여기저기서 피어올랐다. 또한 그의 무속인인 아내와 공유하고 있는 조그마한 사업장은 폐업 위기였다. 이런 위기에도 아내는 흔들리지 않고 단골들에게 부적을 써주거나 그네들의 손주 이름을 지어주면서 근근이 집 안을 건사했다.

///

"기분이 정말 우울할 때는 말이야, 정말로 하기 싫은 일을 하나 해치워봐."

옆자리에 앉아 슈크림 빵과 커피 우유를 먹고 있는 종태가 말했다. 입가에 연노랑색 슈크림이 묻었지만 종태는 신경 쓰지 않고 다음 한 입을 크게 베어 물었다.

"무슨 소리야."

무원이 말했다.

"미룰 수 있을 때까지 미뤘다는 건 네가 정말로 하기 싫은 일이라는 뜻일 테니까, 그런 걸 하나 해버리는 거야. 의외로 상당히 개운해질걸? 어떤 기분이 들던 간에 지금의 기분에서 조금이라도 다른 기분이 들게 된다면 좋은 거 아니야?"

종태는 모처럼 긴 궤변을 슈크림 빵을 쩝쩝거리는 소리와 함께 늘어놓았다.

싫은 일이라. 몇 개월째 만나지 않은 아버지를 만나는 일. 혹은 막힌 채로 방치한 싱크대 개수대 수리를 맡기는 일. 무원은 혼자 고독하게 서 있는 아버지와 생활의 흔적이 거의 완전히 사라진 자신의 집을 떠올렸다. 그리고 문득 세현병원 앞에서 고독한 시위를 이어가던 남자와 언덕 위에 혼자 사는 고윤의 조모를 떠올렸다.

"남자를 다시 만나야겠어. 5년 전에 도대체 무슨 일이 일어났는지 들어봐야지."

"너랑 같이 다니면 어째 적이 계속 늘어나는 것 같아. 세현병원 경비원은 우릴 잡상인 취급하던데."

"잡상인이 형사보다 더 좋은 대접을 받는 세상이니까 너무 마음 상하지 마."

그리고 고윤의 조모에게는 손주가 왜 스스로 목숨을 끊었는지 밝히기 위해 부검을 해야 할지도 모른다고 전해야 한다.

"서두르는 게 좋을 것 같아."

무원은 말했다.

///

행정기록실은 나름대로 질서정연했다. 일반적으로 행정기록실이라는 곳은 혼돈이 잘 정리되어 있다. 겉으로 봐서는 아무 문제가 없는 것 같지만 서류 박스 하나를 꺼내는 순간 평화는 순식간에 무너지고 혼돈이 보란 듯이 고개를 내민다. 행정기록실 내부는 서류 박스들로 빼곡했다. 먼지 냄새와 곰팡내가 희정의 코를 자극했다. 희정이 찾는 것은 2011년 소아중환자실 기록이었다. 그중에서도 같은 시기에 소아중환자실에 입원했던 여덟 명의 아이들의 기록을 확인하고 싶었다. 하지만 기록은 없었다. 병원 시스템은 막혀 있었고 행정기록실에는 관련 문서가 없었다. 누군가 희정이 가는 길목마다 열리지 않는 문을 세워놓은 것만 같았다.

희정은 행정기록실 구석에 아무렇게나 쌓여 있는 박스를 하나씩 열기 시작했다. 박스 안에는 파기 예정인 서류 뭉치들이 마구 처박혀 있었다. 희정은 왠지 조만간 문서처리 업자의 손에 들려나갈 이 박스들이 마음에 걸렸다. 결국 희정은 아무것도 찾지 못한 채 행정기록실을 나왔다. 엘리베이터 앞에 서 있는 희정의 곁에 누군가가 가까이 섰다.

"오 선생."

강철주 교수였다. 나이에 비해 풍성한 머리칼 사이로 희끗한 백발이 섞여 있었다. 하지만 강철주에게는 어디까지나 잘 관리된 중년의 풍모가 흘렀다.

"얼마 뒤에 중요한 행사가 있을 예정이에요. 그래서 이수인 컨디션이 중요한데. 어떤가요? 오 선생이 가장 가까이에서 지켜보고 있으니 혹시 내가 도울 일이 있다면 알려줘요."

어린 손녀를 걱정하는 인자한 할아버지의 말투.

"특별한 점은 없습니다. 바이털도 안정적이고 식사 또한 잘하고 있습니다."

희정은 머릿속에 잘 입력해둔 수인의 맥박과 혈압, 체

중과 혈액 검사 결과를 불러왔다. 어디에도 특이사항은 없다. 수인은 그동안 이루지 못한 성장을 차곡차곡 이뤄내고 있었다. 교수는 희정이 이야기하는 사이사이에 고개를 끄덕였다.

"요즘 10대는 내게 어렵네요. 언제부터인가 젊은 친구들을 예측하기가 어려워졌어요. 오 선생이 잘 지켜봐주면 좋겠군요."

희정은 강철주의 당부에 고개를 끄덕였다.

업무에 대한 이야기가 끝나자 교수는 더없이 자애로운 표정으로 젊은 간호사를 바라보았다.

"오 선생도 내년이면 책임을 달 연차죠? 수고해요."

간호사와 이런 방식으로 대화를 하는 교수는 보기 드물다. 게다가 간호사의 연차를 알고 있는 교수는 더더욱 없다. 희정은 강철주 교수가 자신에 대해 너무 많이 알고 있다는 느낌을 지우기 힘들었다.

재활 치료를 마친 수인은 치료실 밖에서 희정을 기다리고 있었다. 이제 수인은 휠체어 없이 재활 치료실과 병동을 오갔다. 재활 치료사에게 수인은 오랜만에 만난 학습력과 인내심이 동시에 뛰어난 환자였다. 수인은 새로운 동작이나 기구를 전혀 거부하지 않았다. 하지만 병실로 돌아가는 것은 항상 희정과 함께했다. 수인은 희정의 차가운 손을 잡는 것을 좋아했다. 희정의 손을 쥐고 있는 수인의 손에서 충분한 힘이 느껴졌다.

병동 복도를 걷던 수인이 복도 한편에 놓여 있는 화분에 시선을 고정했다. 척박한 병원 환경 속에서 오래 버틸 수 있는 식물은 별로 없다. 아마도 관리인의 시선을 벗어난 화분일 것이다. 오가는 사람들이 많은 외래병동의 시든 화분은 재빨리 치우지만, 호스피스 병동처럼 누군가의 방문이 드문 병동에 놓인 화분은 시든 채 방치되곤 했다.

"깨어나기 전의 제 모습 같지 않아요?"

수인이 물었다.

희정은 아무 말도 하지 않았다. 5년 동안 코마에 빠진 채 침상에 누워 있는 환자의 마음. 그것을 궁금해하는 사람은 시간이 가면 갈수록 점점 줄어든다. 화분 속에서 시들고 있는 식물의 생각을 누가 궁금해하겠는가. 화분을 치울 병동 관리인과 의사의 역할은 비슷하다. 뿌리를 뽑아낼 날을 오늘로 정할 것인지 내일로 미룰 것인지 결정할 수 있는 권한을 가지고 있다는 점에서.

⁄⁄

한 병실로 희정과 주치의가 들어섰다. 환자복을 입고 누워 있는 할머니의 얼굴에 중년의 딸들이 팩을 붙이고 있다가 두 사람을 발견하고 활짝 웃었다. 그녀들은 딸을 알아보지도 못하는 늙은 엄마의 손톱에 매니큐어를 칠했다. 또 봄가을이면 고운 스카프를 주름진 목에 두르고 사진을 찍었다. 딸들은 엄마 앞에서는 항상 웃고 떠들었지만, 그녀들은 가끔 희정의 손을 잡고 미영의 어깨에 얼굴을 묻은 채 한없이 울곤 했다.

희정과 주치의가 멈춘 곳은 아흔일곱이 된 할아버지 환자의 침상이었다. 병원에서의 나이는 만으로 헤아리기 때문에 주민등록상으로는 아흔여덟일 것이다. 옛날에는 출생신고를 늦게 하는 경우도 많았으니 실제로 살아오신 햇수로는 거의 100년에 육박하는 노인이었다.

희정은 처음 그분을 보자마자 물가에 고요한 자태로 서 있는 학 한 마리를 떠올렸다. 실제로는 학을 제대로 본 적도 없었지만, 어쩐지 학이 떠올랐다. 노인의 모습은 인상적이었다. 길게 흘러내린 하얀 속눈썹과 복잡한 감정 같은 것은 전부 거두어낸 듯한 맑은 표정, 넉넉한 환자복 속에서 곧게 세운 마른 등. 30대 중반의 손녀가 그런 노인의 손을 잡고 있었다.

기름지고 두툼한 턱을 가진 50대의 주치의는 노인과 보호자인 손녀에게 검사 결과가 심각하다고 단호하게 말했다. 왜 숨이 가쁘고 기침이 나는지 가슴 엑스선에서 원인이 밝혀지지 않았다. 그의 입에서 결코 배제할 수 없는 암의 가능성과 더 자세한 검사가 앞으로 진행될 것이라는 무거운 이야기까지 나왔다.

희정은 그 모습을 보면서 왠지 웃음이 나왔다. 웃어서는 안 되는 상황이라 꾹 참았지만 자꾸만 웃음이 났다. 아마도 50대의 주치의는 물론이고 30대인 희정도 어쩌면 이 병실 안에 있는 그 누구도 이 할아버지만큼 오래 살지는 못할 것이다. 아흔일곱이라는 나이는 영원히 가지 못할 아주 멀고 먼 저 너머의 곳 같다. 하지만 이렇게 장수하고 계시다가 문득 숨이 가빠 병원에 온 노인에게 암이 얼마나 무섭고 위협적인지를 늘어놓는 이 상황이 희정은 농담처럼 느껴졌다. 묵묵히 가늘고 긴 속눈썹을 깜빡이며 주치의의 이야기를 경청하던 노인은 종종 고개를 들고 희정을 보며 미소 짓고 자신의 손을 잡고 있는 손녀를 보며 미소 지었다. 그리고 자신의 침상 끝에 서 있는 수인에게는 특별히 더 활짝 미소를 지어 보였다.

주치의가 돌아가고 노인은 혼자 병실을 나섰다. 기린처럼 몸을 곧게 세우고 천천히 병동을 거니는 노인의 곁으로 수인이 다가갔다. 수인은 노인의 손을 잡았다. 죽음에서 살아 돌아온 이와 곧 죽음을 향해 떠날 이가 맞잡은 손. 세월에 전부 마모된 노인의 손은 더없이 부드럽고 따뜻했다. 수인은 노인의 손을 잡고 아랫입술을 잠시 깨물었다. 연한 분홍빛 입술에 붉은빛이 돌았다. 소녀와 노인은 말없이 창밖을 내다보았다.

"전 여기서 뛰어내릴 수 없어요."

노인의 손이 수인의 손을 조금 더 세게 쥐었다.

"윤이는 어떻게 여기서 뛰어내렸을까요? 이렇게나 높은데."

노인은 가만히 소녀의 말을 들었다.

"내가 윤이 손을 붙잡아줬더라면 윤이가 여기서 뛰어내리지 않았을 거라는 생각을 멈출 수가 없어요."

노인의 입에서 아주 작은 신음 소리가 연기처럼 흘러나왔다.

"지겹도록 똑같은 하루들이 끝없이 계속되었어요. 그러다가 꿈에 윤이가 나오면 그날은 정말로 기뻤어요. 윤이가 꿈에 나온 날은 전부 기억할 수 있어요. 5년 동안 침대에 누워만 있었던 내 말을 아무도 믿지 않겠지만요."

노인은 손녀보다 훨씬 어린, 어쩌면 갓 태어난 아기에 더 가까운 작은 여자아이의 말에 귀를 기울였다. 노인의 귓속으로 수인의 이야기가 계속 흘러 들어갔다.

"윤이가 꿈에 나오면, 누군가 강제로 내 마음속 구멍에 처박아둔 나무토막 같은 걸 치운 것 같았어요. 그리고 나무토막이 빠진 자리로 시원한 물이 들어오는 것 같은 기분이 들었어요."

노인은 짧디짧은 인생의 대부분을 외로움으로 보냈을 소녀의 마음을 가늠해보았다.

"사람들이 보기에 나는 죽은 것과 마찬가지였겠죠."

수인의 꿈에 고윤이 나오는 날은 공교롭게도 고윤이 카르코바이오에 다녀온 날이었다. 그날 고윤은 수인의 곁에서 가장 오래 머물렀다.

"윤이만 빼놓고 우린 전부 살아 있어요. 이건 불공평

해요."

수인의 말이 끝나는 동안 노인은 아무런 말도 하지 않
았다.

//

재홍은 오후 진료를 취소하고 다시 고윤의 조모를 만나
러 갔다. 문득 자신의 본분이 무엇인지에 대한 불쾌한 의문
이 들었지만 애써 무시했다. 노인은 재홍을 앞에 두고 심해
의 조개처럼 입을 다물었다.

"이미 지난 일인데 손주를 또 한 번 고생시킬 필요가 없
습니다. 비용은 전부 병원에서 댈 예정이니 할머님께서는
병원에 오셔서 장례식장 관리인이 내미는 종이에 사인만
하시면 됩니다. 돈이든 절차든 뒷일은 저희가 다 알아서 처
리할 겁니다."

재홍은 고집불통인 아이를 달래듯 노인에게 말했다.

"죽은 아이도 그걸 바랄 겁니다. 제가 가봐서 알아요.
시체 안치실이라는 곳이 엄청 춥습니다. 몸서리가 쳐지는
곳이에요. 그런 곳에 귀한 손주를 계속 두실 거예요? 아니
면 형사 말대로 아이 배 가르고 머리 깨고 그렇게 하실 거
예요?"

재홍은 일부러 강한 단어를 골라 노인을 압박했다.

노인은 재홍을 쳐다보지도 않고 떨리는 손으로 빨래를

갰다.

"그런 일을 한다고 달라지는 것은 없습니다. 죽은 아이가 돌아오는 것도 아니고요. 이럴 때는 그저 조용히 묻고 지나가는 것이 좋습니다. 파헤쳐봐야…….."

"그건 모르는 일 아닌가."

노인이 처음으로 입을 열었다.

"이럴 때 아들 내외가 있었으면 좋았겠지만, 내 자식은 제 자식을 살리려고 갖은 애를 쓰다가 길바닥에서 죽었어."

노인의 주름진 눈꺼풀이 떨렸다.

"하루 종일 먼지가 이는 길에서 밥도 편히 못 먹으며 일했는데 그렇게 가버렸어. 화물차가 와서 밀고 지나갔으니 피하고 자시고 할 도리도 없었겠지만, 그래도 하늘이 도와 봉변을 피할 수도 있지 않았을까 매일 생각을 해. 그날로 시간을 다시 돌려 우리 아들 내외에게 차를 끌고 어서 거길 피하라고 얘기를 할 수만 있다면 나는 지금 이 자리에서 숨이 끊어져도 좋네. 그것이 부모 마음이지."

노인은 내내 숙이고 있던 고개를 들었다. 마른 나뭇가지에 가까스로 매달려 있는 열매 같은 노인의 작은 머리가 재홍을 향했다.

"우리 아들 내외가 지하에서 울고 있지 않겠나? 금쪽같은 자식이 죽었는데 혼자 남은 할미가 아무것도 해보지 않으면?"

길고 긴 이야기를 마친 노인은 눈을 감았다. 다시는 눈

을 뜨고 재홍을 바라보지 않겠다는 듯이 단호하게 눈을 감
았다.

"그 그림에는 발가벗고 있는 사람들이 그려져 있어."

나는 윤이의 설명을 들으면서

한 번도 본 적 없는 그림을 상상했다.

"그 사람들을 붙잡고 있는 건 검은 옷을 입고 있는 사람들이야.

발가벗은 사람들은 자신의 가슴과 성기나 전부 드러나는데도

그걸 가리지도 못하고 검은 옷을 입은 사람들에게 매달려 있어.

마치 제발 자신을 놓아달라고 부탁하는 것 같아.

왜냐하면 저 하늘에 밝은 빛이 나오는 곳이 보이거든.

마치 달처럼.

벌거벗은 사람들 모두 그곳으로 가고 싶어 하는 것 같아.

난 차가운 침대에 누워 있을 때는

그 달만 보고, 그 달만 생각하기로 했어."

우리는 자주 발가벗겨졌다.

나는 불가사리처럼 사지를 벌린 채 침대에 누워 있었다.

아무도 내가 그렇게 누워 있다는 걸 몰랐다.

커튼이 꼼꼼하게 가려져 있었으니까.

그럴 때마다 나는

그냥 내가 이미 숨통이 끊어진

생선이 되었다고 생각했다.

Chapter 7.

우
리
의　미
래

7

두 달이 하루처럼 짧게 느껴졌다. 두 달 동안 친구를 한 명도 만나지 않았고 모임에도 나가지 않았다. 두 달 동안 성식이 만난 사람은 오직 아픈 이들뿐이었다. 그렇게 2년을 보냈다. 성식은 미영의 밑에서 간호사 생활을 시작했다. 공룡같이 커다란 덩치인 성식이 날렵한 흰 고양이 같은 미영과 콤비를 이루어 다니는 모습은 무심코 지나가다가도 돌아보게 할 만큼 유니크했다. 그리고 둘을 아는 사람들은 덩치에 어울리지 않게 섬세한 성식과 외모와 달리 화통한 성격의 미영의 묘한 조화를 재미있어했다.

오늘은 데이 근무를 위해 새벽의 지하철에 올랐다. 성식은 늘 자신의 큰 덩치를 의식했다. 혹시라도 남에게 불편을 줄까 봐 사람들이 몰려 있지 않은 구석을 골라 최대한 몸을 움츠린 채 책을 읽었다.

메리 크리스마스, 서로를 간호하는 느낌으로 걸어가던 길고 긴 골목을 잊을 수 없다. 인간의 골목⋯⋯. 그저 인생이란 병을 앓고 있는 환자에 불과한 인간들의 골목⋯⋯. 모든 인간은 투병(鬪病) 중이며, 그래서 누군가를 사랑하는 일은 누군가를 간호하는 일이라고, 나는 생각했었다.

작년 크리스마스는 병동에서 보냈다. 나이트 근무를 위해 밤 11시에 출근했지만 이미 업무를 시작한 선배 간호사들 누구도 성식에게 메리 크리스마스라고 인사하지 않았다. 환자들은 계속 아팠고 열이 났으며 가래가 끓었다. 누군가는 심각한 수술을 기다리고 있었고 또 누군가는 잠이 오지 않아 병동 안을 이리저리 서성거렸다. 아기 예수의 탄생을 기뻐하는 이는 아무도 없었다. 그럼에도 불구하고 성식은 살면서 맞이한 크리스마스 중 가장 행복했다. 어머니가 죽고 처음으로 외롭다고 생각하지 않은 크리스마스였다. 외롭다는 생각을 하지 않아도 될 만큼, 성식을 꼭 필요로 하는 사람들이 주변에 넘치도록 많았고 그런 그를 격려해주는 손길이 시시때때로 성식의 넓고 믿음직한 등판을 스치고 지나갔다. 새근새근 자고 있는 아기 예수의 볼에 입을 맞추고 싶을 만큼 행복했다.

성식은 읽고 있던 책의 문장 중간 '투병'과 '간호'라는 단어를 외면하지 못하고 단어 언저리를 계속 서성댔다. 꼭 직업적인 이유 때문만은 아니었다. 어머니는 병상에 누워 어린 성식이 이유식을 먹는 모습을 흐뭇하게 지켜보았다. 그리고 유치원에서 배운 율동을 선보이면 어머니는 온 힘을 다해 웃어주었다. 성식은 병상에서 일어날 수 없는 어머니를 깊이 사랑했다.

그는 오랫동안 좁은 공간에서 살아왔다. 친척집에서 창고로 쓰던 작은 방과 창문이 없는 고시원, 아르바이트를 하던 돼지갈비집 사장이 내어준 손님방이 성식이 가장 오랫동안 살아온 곳이었다. 성식이 집을 구할 수 있도록 도와준 것은 미영이었다. 미영은 성식이 고시원에서 출퇴근을 한다는 사실을 알고는 돈을 빌려주었다. 돈은 앞으로 성식이 사는 동안 평생 천천히 갚아나가라고 했다. 성식은 그 돈을 받았다. 다른 누구도 아닌 미영이 주는 돈은 받아야 했다. 그녀는 선배 간호사이기 전에 어머니와 같은 사람이었다. 성식은 어머니의 말을 어길 수 있는 아들이 아니었다.

성식은 호스피스 병동의 시한부 산모가 낳은 아이였다. 산모는 암 덩어리와 아기를 동시에 가졌다. 그녀는 아기를 낳고서야 너무 늦어져 의미가 없어진 항암 치료를 시작했다. 혹시라도 아들을 보는 행복으로 암이 작아지거나 아예 사라지진 않을까. 그런 터무니없는 기도를 몰래, 하지만 절실하게 매일, 매순간 했다. 그녀를 옆에서 도운 것이 서른셋의 미영이었다. 젊고 유능한 책임 간호사였던 미영은 자신의 위치와 두터운 신뢰를 십분 발휘했다. 미영은 아기의 예방접종일이 되면 소아과 선생을 호스피스 병동으로 불러냈다. 그리고 침대를 떠날 수 없는 엄마가 아기의 예방접종을 전부 지켜볼 수 있도록 했다. 아픈 엄마도 엄마니까. 미영의 이 짧은 말은 소아과 의사들이 흔쾌히 호스피스 병동을 찾게 만들었다.

엄마는 기적적으로 아이가 병원 근처 유치원에 들어가는 것까지 보고 죽었다. 아이의 유치원 입학식 날 그녀는 혼수상태였다. 그녀 대신 미영이 성식의 손을 잡고 입학식에 참석했다. 성식은 미영의 품에 안겨 기념사진을 찍었다. 성식에게 미영은 좋은 냄새가 나는 엄마만큼이나 좋은 사람이었다. 얼마 후, 성식은 먼 친척의 손을 잡고 병원을 떠났다. 너는 결코 혼자가 아니야. 선생님은 항상 여기 있을 거야. 언제든지 선생님이 필요하면 여기로 와. 미영은 성식에게 말했다.

미영뿐 아니라 호스피스 병동 간호사들은 이곳에서 태어나 이제 일곱 살이 된 성식을 마치 자신들의 조카처럼 아꼈다. 그녀들은 성식이 어디에서 어떻게 살든 사랑받은 기억을 안고 살기를 바랐다. 그리고 그 아이는 녹록치 않은 자신의 삶을 살다가, 청년이 되어 호스피스 병동으로 돌아왔다. 약속대로 미영은 그 자리에서 스물다섯 청년을 맞이했다. 여전히 미영에게는 좋은 냄새가 났다.

성식은 노인과 함께 서 있는 수인을 보고 멈춰 섰다. 성식은 두 사람이 손을 잡고 서서 창밖을 내려다보는 모습을 한참 동안 바라보았다. 소녀를 내려다보는 노인의 눈빛은 더없이 따뜻했고, 그 미소는 가을날 황금 들녘을 따뜻하게 데우는 자애로운 햇살 같았다. 희정이 미는 휠체어에 앉아 눈을 내리깔고 있던 수인은, 가끔은 산뜻한 원피스 차림으로 병실을 나섰고, 때로는 평범한 열다섯 소녀처럼 청바지 차림으로 너스 스테이션을 지나 엘리베이터를 타곤 했다. 그 소소한 차이가 성식에게는 인상적이었다. 문득 하늘을 올려다봤는데 말도 안 되게 아름답게 지고 있는 해를 혼자만 보고 있는 느낌.

너스 스테이션으로 돌아와 퇴근 준비를 하는 성식에게 수인이 다가왔다.

"보호자가 필요해요."

"보호자가 필요하다고?"

성식은 수인의 말을 따라하는 자신이 바보가 된 것 같았다. 어째서인지 자신보다 한참이나 어린 여자아이가 어렵게 느껴졌다.

"가고 싶은 곳이 있는데 혼자서는 나갈 수가 없어요. 그러니까 선생님이 도와주세요."

희정은 수인이 혼자 외출하는 것을 허락하지 않았다.

근무 중인 희정은 시간을 낼 수 없었다. 하지만 성식이라면. 희정은 성식이 동행하는 수인의 외출을 허락했다. 대신 2시간 안에 돌아오겠다는 다짐을 받아냈다.

수인은 택시 아닌 지하철을 골랐다. 성식은 이 또한 희정이 허락한 것인지 묻고 싶었지만 묻지 않았다. 한낮의 지하철은 사람들로 붐볐다. 출근 시간은 한참 지났고 많은 사람들이 일터에 발이 묶여 있을 시간인데도 지하철은 앉을 자리 하나 없이 북적였다.

성식은 수인을 사람이 그나마 적은 쪽에 세웠다. 그리고 자꾸만 수인에게로 향하는 시선을 애써 벽에 걸린 광고판에 붙잡아두었다.

"손잡아도 돼요?"

수인은 성식을 올려다보았다.

성식은 빤히 자신을 올려다보는 수인에게 말없이 손을 내밀었다. 수인의 손이 성식의 커다란 손으로 불쑥 들어왔다. 성식은 그 작은 손을 살그머니 감쌌다. 어느 순간부터, 사람들이 대화하는 소리도, 출입문이 열리고 닫히는 소리도 잘 들리지 않았다. 심장이 손에서 뛰는 것 같았다. 매일 출근하면서 보는 한강이 조금 특별하게 보였다. 그리고 무사히 한강 다리를 건너고 있다는 사실마저도 아주 조금은 즐거운 일처럼 느껴졌다.

교문은 열려 있었다. 수인이 성식의 손을 잡아끌었다.

"네가 다니던 학교야?"

성식의 질문에 수인은 고개를 저었다.

"친구가 다니던 학교예요. 와보고 싶었어요."

학교라는 곳에 가보고 싶었다. 수인은 다섯 살에 처음 병원에 입원했다. 어린이집도 유치원도 다녀보지 못했다. 또래 친구는 소아중환자실에서 만났다. 열 살이 될 때까지 병원과 집, 아주 드물게 학교를 오갔다. 그리고 코마에 빠졌고, 깨어나니 열다섯 살이 되었다. 인생의 커다란 부분을 누군가 삽으로 송두리째 퍼낸 것 같았다. 영원히 메꾸지 못할 구멍이 가슴 한복판에 생긴 기분이었다.

윤이는 침대에 누운 수인에게 학교생활에 대해 자주 이야기했다. 동갑내기 남자애들이 모이면 어떤 일이 일어나는지, 매일 아침 교문을 들어설 때마다 얼마나 졸린지, 학원은 어떤 곳이며 학원 선생님과 학교 선생님은 어떻게 다른지. 상냥한 체육 선생님이 있으면 체육 시간에 아무것도 하지 못하는 바보 같은 중학생의 마음이 얼마나 편해지고 고마운지.

수인은 운동장에서 한창 수업 중인 현주를 알아보았다. 윤이는 현주에 대해서도 자주 이야기했다. 학교에 산토끼처럼 까무잡잡하고 달리기를 잘하는 선생님이 있어. 내가 체육 시간에 앉아만 있어도 나한테도 할 일을 줘서 외롭지 않게 해줘. 달리기 시험을 볼 때 초시계를 들고 시간을 재거나 탁구 심판을 보는 건 전부 내 일이야.

"저는 윤이의 친구이고 이분은 윤이가 다니던 학원의 선생님이에요."

수인의 당당한 거짓말에 성식은 움찔했다가 얼떨결에 현주에게 고개를 숙였다.

"윤이가 공부하던 교실이 보고 싶어서 찾아왔어요."

수인이 고개를 숙이자 아름다운 얼굴에 그늘이 드리워졌다. 더 이상 많은 설명은 불필요했다. 현주는 여전히 고윤의 일을 마음에 담아두고 있었다. 세상을 떠난 소꿉친구의 흔적을 느끼고 싶어서 찾아온 낯선 소녀를 현주는 그냥 돌려보내지 않았다.

///

학교 건물에서 나오는 수인과 성식에게 현주가 가까이 다가왔다.

"무척 친한 사이였나 봐요."

현주가 수인과 성식 누구에게랄 것도 없이 이야기했다.

"윤이가 외롭지 않겠어요. 이렇게 찾아오고 기억해주는 분들이 있어서. 언제든지 윤이 생각이 나면 학교로 와요."

어쩌면 평범하다고 할 만한 말이었다. 하지만 수인은

그 속에서 현주의 죄책감을 느꼈다. 자신이 아이를 외롭게 둔 사람 중에 한 명은 아니었을까. 현주가 필요 이상으로 담당하고 있는 죄책감을 덜어주고 싶었다. 그녀는 그렇게 잘못하지 않았다. 정작 죄책감을 느껴야 하는 사람들은 행복하게 살고 있는데.

"비가 와서 운동장 수업을 못 하는 날에는 선생님께서 재미있는 영화를 보여주셨다고 들었어요."

수인의 말에 현주의 얼굴에 동그란 미소가 떠올랐다.

"윤이는 영화 보는 시간을 좋아했어요. 요즘 애들이 좋아할 리 없는 심심하고 시시한 영화도 윤이는 재미있다고 항상 저한테 말해줬죠."

"어떤 일본 영화 이야기를 한 적이 있어요. 통통한 남자애가 이상한 아저씨랑 엄마를 찾으러 가는 이야기였는데."

현주는 어떤 영화인지 단박에 떠올렸다. 여름방학이라 친구들이 전부 가족들과 놀러 가버린 통에 축구를 할 사람이 없어 시무룩해진 소년이 주인공인 영화였다. 그때 윤이는 현주에게 말했다. 저는 저 아이랑 같이 축구를 하고 싶어요. 여행은 다음에 가도 돼요. 아이를 혼자 두고 싶지 않은 마음과 달리고 싶다는 마음이 합쳐진 윤이다운 소망이었다.

"그 아저씨, 처음엔 수상했지만 결국엔 약속을 지켰다고 좋아했어요. 그리고 아저씨가 진심으로 아이를 위로해줬다고 했어요. 그러니까 아이도 그렇게는 슬프지 않을 거라 안심이 된다고 했어요."

현주의 커다란 눈망울에 누가 눈물을 채우는 버튼이라
도 누른 듯 순식간에 눈물이 차올랐다. 현주는 활짝 웃으며
수인과 성식을 바라보았다.

"와줘서 정말 고마워요."

희정은 학교에서 돌아온 수인을 휠체어에 태우고 옥상
으로 향했다. 외출 탓에 수인은 미열이 오른 상태였지만 그
어느 때보다 생기가 넘쳐 보였다. 희정은 수인이 성식과 어
디에 다녀왔는지 궁금했지만 묻지 않았다. 다만 제 마음에
내키지 않으면 곁을 내주지 않는 수인이 성식과 외출을 다
녀왔다는 사실이 묘하게 느껴졌다.

"선생님, 물어볼 게 있어요."

여느 때보다 가벼운 수인의 목소리에 희정 또한 가볍게
대답했다.

"그래. 뭐든."

희정은 옅은 미소를 띠고 수인의 옆모습을 바라보았다.

"5년 전 그날 낮, 선생님은 우리를 둘씩 데리고 소아중
환자실을 나갔어요. 한 손에 한 명씩 손을 잡고. 그렇죠?"

희정의 입가에 걸려 있던 미소가 순식간에 사라졌다.

"그러고는 우리 여덟 명을 담당하는 의사의 진료실로

213

데려갔어요. 의사는 한 명씩 살펴봤어요. 나머지 한 명은 선생님이랑 차례를 기다렸죠. 전 울지 않았지만, 우는 아이도 있었을 거예요. 윤이도 울었거든요."

수인은 고개를 돌려 희정의 눈을 들여다보았다.

"그리고 그날 밤에 전부."

잠시 쉬었다가 수인이 말을 이었다.

"죽었어요. 나랑 윤이만 빼고."

수인은 어디를 향해 가는 것일까. 나에게 무엇을 묻고 싶은 걸까. 그리고 어디까지 가려는 것일까. 희정은 아무 말도 할 수 없었다.

"그런데 우리가 전부 죽거나 잠들기 전에, 선생님은 다른 사람들이 모르는 일을 한 가지 했어요. 그렇죠?"

수인이 어디를 향하는지 확실해졌다. 수인은 그날의 비공식적인 마지막 채혈에 대해 묻고 있었다. 소아중환자실 신참 간호사가 덜덜 떨리는 손으로 보라색 혈전이 번지는 아이들의 팔에서 간신히 혈액을 뽑고 혈액 검사실로 내달린 그날 밤.

"그 검사 결과가 필요해요. 선생님이 아직 아무에게도 말하지 않은 그것이요. 어쩌면, 선생님이 가장 믿고 있는 사람한테는 말했을 수도 있는 그것 말이에요."

옥상에는 어느덧 희정과 수인 둘뿐이었다.

불편한 고요 속으로 도로 위의 차들이 만들어내는 소음만이 간간히 침입했다.

"거짓말은 하지 마세요."

수인은 실눈을 뜨고 희정을 바라보았다.

"선생님 혼자만 알고 있는 건 위험해요. 나도 알아야 하고, 형사님도 알아야 해요. 혹시라도 선생님한테 무슨 일이 생기면 큰일이잖아요."

그리고 수인은 고윤이 뛰어내린 쪽으로 시선을 돌렸다.

"선생님이 나한테 보내준 영상들은 이미 제가 알고 있던 것들이에요. 제가 말했잖아요. 윤이가 와서 다 말해줬다고. 그것 말고 증거가 필요해요. 어른들은 증거를 좋아하잖아요."

희정은 마음속으로 비명을 질렀다.

낮에 외출을 하고 돌아와 미열로 달뜬 소녀가 희정을 시험에 들게 하고 있었다.

"한번은 갑자기 너무나 춥고 온몸이 차가웠어요."

수인이 말했다.

제발 따뜻한 곳으로 데려가달라고 수인은 아무에게도 들리지 않는 비명을 질렀다.

"어째서 이렇게 추운 걸까, 냉기가 몸을 파고들어서 온몸이 덜덜 떨리는 것 같았어요. 하지만 난 꼼짝도 하지 않았겠죠."

희정은 한 가지 기억을 떠올렸다. 그날은 소아중환자실에 훈증 소독을 하는 날이었다. 방역 때문에 일시적으로 병동을 폐쇄하고 환자들을 다른 병실로 이동시켰다. 하지만 몇 년째 코마 상태인 수인을 신경 쓰는 의료진은 없었다. 얇은 환자복 한 벌만을 입은 수인은 병동 복도에 방치되었다. 깨어날 가망 없는 환자에 대해 사람들은 주의를 기울이지 않았다. 조만간 강제퇴원 조치가 될 것이라는 이야기가 환자 보호자들 사이에서 공공연하게 돌았다. 그때 희정은 이미 호스피스 병동에서 근무를 하고 있던 터라 나중에야 소아중환자실 간호사에게 그 사실을 들었다. 그런데 수인은 전부 기억하고 있었다. 자신의 몸에 가해진 무성의하고 폭력적인 시간들과 자기보다 먼저 깨어난 운 좋은 아이가 털어놓은 충격적인 고백 전부를. 이 아이는 알면서도 내가 어떻게 할지 지켜보고 있었구나.

"그렇게 다들 지켜만 보다가는 나중에 소중한 사람이 그런 일을 당했을 때 누구도 나서주지 않을 거예요. 언젠가는 그게 내 일이 되죠. 반드시."

//

무원은 아침이 밝아오기 전에 서울을 빠져나갔다. 오래된 SUV는 형사 생활을 관두는 선배에게 거의 그냥 가져오다시피 한 차였다. 두 번째 형사에게 시달리고 있는 SUV는 몸살이 걸린 노인처럼 앓는 소리를 내며 도로 위를 달렸다.

무원은 오랜만에 수염을 말끔하게 깎고 티셔츠 대신 종

태에게 셔츠를 빌려서 입었다. 기성복이라 종태에게는 늘 살짝 품이 큰 셔츠가 무원에게는 알맞게 맞았다. 그래도 남의 옷은 남의 옷. 무원은 겨드랑이를 들썩였다. 아무 곳도 불편한 구석이 없는데 이상하게 불편한 기분이 들었다.

형사 생활을 하면서 가능한 한 객관적인 관찰자가 되기 위해 노력했다. 그저 형사의 본분답게 면밀하게 살펴보고 의심하고 흔들어보는 것만 생각했다. 자신이 굉장히 옳은 일을 하는 사람이라는 생각은 하지 않았다. 그저 자신은 세상에 활개를 치고 다니는 고약한 놈들을 한 놈, 다음 한 놈을 잡아서 그에 상응하는 죗값을 치르도록 무릎을 꿇게 하는 사람일 뿐이었다. 기계적이고 냉담하게 처리하는 편을 선호했다. 그것이 긴 형사 생활을 하는 데 도움이 될 거라고 생각했다. 하지만 아이들이 사건의 중심에 서자 조금 달라졌다. 마치 몸속 깊은 곳에 있는 모드 전환 버튼을 누군가가 살그머니 누르고 도망친 것 같았다. 무원은 분노를 삭이기 위해 평소보다 더 많은 에너지를 쏟아부었다. 해는 아직 완전히 뜨지도 않았지만 창밖은 이미 뜨거웠다.

겨우 1시간 남짓을 달려 서울을 빠져나왔을 뿐인데 풍경은 전혀 달라졌다. 한적한 시골 풍경 속에 작은 통나무 집 한 채가 홀로 서 있었고, '한국 환자단체연합회 서울지부 모임'이라고 적힌 흰 현수막이 통나무 집 앞에 걸려 있었다.

낯선 사람들이 모여 이야기를 하는 틈에서 무원은 쌍둥

이 아빠를 발견했다. 그는 막말을 하던 택시 기사를 시니컬하게 대하던 무원을 기억했다. 그날 무원은 그다지 진도가 나가지 않은 서명지에 자신의 이름과 연락처를 적었다. 그러는 사이, 여고생이 두 사람에게 다가왔고 여고생은 쌍둥이 아빠에게 검은 봉지를 내밀었다. 봉지 속에는 냉커피와 빵이 들어 있었다. 쌍둥이 아빠는 푸석한 얼굴을 한껏 활짝 펴고 고맙다고 인사를 했다. 두 사람은 여고생이 준 커피와 빵을 나눠 먹으며 대화를 나누었다. 무원은 자신이 이것을 얻어먹을 자격이 되는지 자꾸 의심이 들었지만 쌍둥이 아빠는 두 번째 빵을 무원에게 내밀며 어서 먹으라고 권했다.

그의 입에서 의료 사고를 당한 환자 가족들이 모여서 진상 규명과 재발 방지를 위한 시위와 캠페인을 진행하는 단체가 있다는 이야기가 나왔다. 5년 전 세현병원에서 자식을 잃은 부모들 역시 5년 동안 아무도 들어주지 않는 이야기를 작은 통나무집에 모여서 매월 나누었다. 처음에는 기자들에게서 연락도 많이 왔다. 기자들이 주로 요구한 것은 아이들 사진이었다. 그들은 침상 위에 피 묻은 토끼처럼 누워 있는 아이 사진은 없느냐고 물었다.

몇몇 사람들이 테이블과 간이 의자를 펼치고, 의료 사고 판례가 적힌 문서를 늘어놓았다. 쌍둥이 아빠는 '태희 소희 아빠'라고 적힌 이름표를 가슴에 차고 수박을 썰었다. 또 누군가의 아빠는 무원이 가져온 영상을 함께 볼 수 있도록 프로젝터를 설치했다.

"고윤 군의 휴대폰에 들어 있던 영상 몇 개를 재생해보 겠습니다. 보시면서 떠오르는 것이 있으시면 뭐든 말씀해 주십시오."

무원이 말했다.

맨 처음 재생된 영상은 납골당을 찍은 것이었다. 하늘 색 항아리와 아기 양말 두 켤레가 한 화면에 들어왔다. 누 군가의 입이랄 것도 없이 신음 소리가 흘러나왔다.

"고윤은 자신의 흔적을 깨끗하게 없애고 자살했습니다. 학교와 집 어디에서도 자살 이유를 짐작할 만한 것들이 나 오지 않았습니다. 교우관계도 좋았고 성적도 상위권이었습 니다. 부모는 교통사고를 당해 사망한 상태였으나 조모가 고윤을 보살피고 있었습니다. 고윤은 이 영상들을 찍은 다 음, 자신이 신뢰하는 간호사에게 영상을 보내고 자살했습 니다."

무원은 가능하면 담담하게 그간 확인한 고윤의 행적을 전달했다. 세상 누구보다 슬픈 사람들 앞에서 어설픈 추모 와 동정은 자신의 몫이 아니었다. 적어도 진실이 밝혀지기 전까지는.

"다음 영상은 가정집 화장실입니다."

거울에 매달린 작은 바구니 안 아기 칫솔 두 개가 영상 에 나타나자 연신 깊은 숨을 몰아쉬던 쌍둥이 아빠가 결국 물기 섞인 한숨을 토해냈다.

"저희 아이들 겁니다. 윤이가 올봄쯤 저희 집에 놀러왔

습니다. 그때 이 칫솔을 한참 보더니 사진을 찍어도 되느냐
고 물어보더군요. 그래서 찍어도 된다고 했습니다. 이렇게
영상으로 남겼는지는 몰랐습니다."

"그날 이상한 점은 못 느끼셨습니까?"

쌍둥이 아빠는 고개를 저었다. 또래보다는 작고 얌전한
아이. 하지만 유일하게 살아난 아이. 그 아이가 죽은 자식
의 물건을 물끄러미 들여다보는 장면은 뭐라 말할 수 없이
절망스러웠다.

"아이들 물건을 대부분 처분했는데, 칫솔을…… 못 버
렸습니다. 병원에 있을 때 제가 매일 아이들 양치를 시켰
습니다. 이상하게 아이 엄마가 양치를 하자고 하면 그렇게
도망을 다니던 아이들이 제가 하자고 하면 신이 나서 따라
나섰습니다."

이제 겨우 네 살. 말이 늘고 애교가 늘어 부모를 가장
행복하게 만드는 시기.

"병원 남자 화장실에 서서 둘을 세워놓은 다음 칫솔질
을 시키고 있으면 꼭 볼일 보는 의사 선생님들한테 말을 걸
었습니다. 자기들 딴에는 반갑다고 선생님들한테 달려갔지
요. 그러면 의사 선생님들은 소변기 앞에서 엄청 당황하시
곤 했습니다."

눈앞에 돌고래처럼 높은 웃음소리를 내는 쌍둥이가 있
는 듯 사람들 얼굴에 미소가 번졌다. 하지만 그뿐일까. 무
원은 쌍둥이와 관련된 영상이 두 개라는 사실이 이상하게

계속 마음에 걸렸다.

　다음 영상으로 카네이션을 단 채 어색하게 웃고 있는 여자가 나왔다. 나이는 40대 초반쯤 될까. 무원은 고개를 돌려 가족들을 보았다. 어렵지 않게 카네이션의 주인공을 찾을 수 있었다.

　"올해 어버이날에 윤이가 갑자기 제가 일하는 식당으로 찾아왔어요. 카네이션을 하나 들고요."

　그녀는 아홉 살 현서의 엄마였다. 아이가 죽고 남은 것은 빚뿐이었다. 충분히 슬퍼할 시간 같은 것은 빠듯한 살림에 사치였다. 아이가 죽고 건강이 나빠진 남편은 휴직하고 있던 직장으로 끝내 돌아가지 못했다. 대학 시절 미술을 전공하고 결혼 전에 미술학원을 운영하던 그녀는 식당에서 주방 일을 시작했다.

　"처음에는 엄청 놀랐어요. 온다는 말도 없이 윤이가 갑자기 찾아왔으니까요. 어찌나 기특하면서도 고맙던지. 그런데⋯⋯."

　그녀는 눈물이 흘러넘치는 눈을 꼭 감았다.

　"차마 할 말은 아니지만⋯⋯ 오늘은 솔직하게 다 말하고 싶네요. 윤이가 제 가슴에 카네이션을 달고 학교에서 뭘 배웠는지 점심에는 뭘 먹었는지 조잘거렸어요. 그걸 듣고 있으려니까 마음을 누가 막 양쪽에서 쥐고 찢는 것 같았어요. 내 새끼가 이렇게 살았으면 얼마나 좋았을까. 현서가 살았으면 이제 윤이만 한 나이가 되었을 거니까⋯⋯. 학교

끝나고 식당으로 찾아오는 게 윤이가 아니라 현서였으면 얼마나 좋을까. 사람 마음이 참…… 제가 생각해도 참 지독해요. 그렇게 간 윤이한테 미안한 마음뿐이에요. 그 어린 게 얼마나 힘들었으면."

통나무집에 슬픔이 가득 내려앉았다. 아이들이 죽고 고통은 일상이 되었다. 남은 사람들에게는 그것뿐이었다. 늘 네 식구가 타던 차를 셋만 탈 때의 아득함. 다시는 네 식구가 함께 차를 탈 수 없다는 현실에 가족들은 무너졌다.

"그런 말 말아요. 솔직하게 얘기합시다. 저도 그랬어요. 공원에서 할머니 할아버지들이 건강하게 오래 사시겠다고 운동하는 거 보면 저는 막 화가 났어요. 우리 애들은 10년도 못 살고 그 차가운 병실에서 죽었는데……."

누군가의 분노 섞인 목소리가 터져 나왔다. 현서 엄마의 죄책감을 덜어주고 싶은 사람들이 저마다 그녀에게 손을 내밀었다. 우리도 같은 마음이었어. 교복을 입고 있는 아이들을 보면 그렇게 부러울 수가 없어. 길을 걷다가 우리 애 닮은 애를 보고 그 자리에서 주저앉은 적도 있다니까.

누군가 무겁게 입을 뗐다.

"어른들이 무능해서 미안할 뿐입니다. 우리 중에 변호사든 국회의원이든 누구라도 잘난 인물이 하나 있었으면 우리 애들이 그렇게 가진 않았을 겁니다. 남들은 피해망상이라고 해요. 제가 이런 말을 하면요. 전 그렇게 생각하지 않아요. 돈 없고 평범한 부모 밑에 태어난 죄예요. 왜 죽었

는지 제대로 밝혀지지 않았잖습니까. 애들 살려내라는 것
도 아니고 그거 하나 제대로 밝힐 힘 있는 인물이 하나 없
다는 게 너무 미안합니다."

"뭐라도 좋습니다. 아이들이 병원에 있는 동안 이상하
다고 생각되는 일은 없었습니까?"

무원이 물었다.

저마다 곰곰이 생각에 빠져들었다. 현서 엄마가 입을 열
었다.

"하나 마음에 걸리는 게 있는데. 애들 그렇게 되기 일주
일 전에 성인 중환자실에서 누가 갑자기 죽었다는 말을 청
소하는 여사님들한테 들었어요. 텔레비전에 나오는 유명한
여배우라 그분들도 얼굴을 알아봤던 모양이에요. 그렇게
큰 병에 걸린 건 아니었다는데 하루아침에 갑자기 죽었다
고 했어요. 중환자실에서 사람 죽는 일이 특별한 게 아니라
고는 하지만, 그분들이 보기에도 그 여배우는 좀 이상하다
고 말이 나왔데요."

"혹시 유가족 분들과는 이야기해보셨습니까? 병명이라
든지."

"전혀요. 만나주지 않았어요. 연락처를 어렵게 구해서
전화를 했는데 다시는 전화하지 말라고 아주 단호하게 얘
기를 하더라고요. 그분들 사정은 모르는 바가 아니지만, 우
리도 애들이 죽었으니까 누구라도 붙잡고 싶어서 몇 번 더
전화를 했는데 나중에는 번호가 바뀌었는지 연결이 되지

않았어요."

이쯤 되면 물어야 할 것이 있었다. 상황이 이렇게 되었다면 어쩌면 당연히 했었어야 하는 일.

"그런데 왜 부검을 하지 않으셨습니까? 다섯 분 모두 부검에 동의하지 않으셨다고 들었습니다."

무원의 질문에 사람들이 서로 눈치를 봤다. 마치 잘못을 저지르고 선생님 앞에 불려간 아이들처럼, 부모들은 대답을 서로에게 미루었다.

쌍둥이 아빠가 입을 열었다.

"강철주 교수가 주치의였지만 실질적으로 아이들을 책임진 것은 김호섭 조교수였습니다. 저희와 가장 많은 대화를 한 것도 그 사람입니다."

부검을 적극적으로 만류한 것은 김호섭이었다. 이미 충분히 고통받은 아이들을 또다시 괴롭히겠느냐는 말에 반박할 만한 심장을 가진 부모는 없었다. 게다가 김호섭은 입원비와 장례비를 비롯한 많은 부분을 병원 측에서 부담하도록 재빠르게 조치를 해주었다. 그리고 김호섭은 아이들의 장기를 기증하면 어떻겠느냐는 제안을 했다. 적지 않은 금액의 위로금을 특별하게 병원 차원에서, 엄밀히 말하면 병원장님의 지시로 가족들에게 전달될 거라는 이야기 또한 따라왔다. 아이들의 유해는 화장까지 모두 종료가 된 다음 돌려받을 수 있다고 했다. 처음에는 모두 화를 냈다. 하지만 나중에는 아무도 화를 내지 않았다. 그리고 어떤 선택을 할 것인지 굳이 서로 묻지 않았다. 같은 상처를 입은 가족들이었지만 그 상처의 무게는 저마다 달랐다. 다들 긴 병원 생활로 직장을 그만두거나 대출을 받은 상태였다. 돈 때문에 미칠 지경이었지만 돈에 미친 부모라는 소리는 듣고 싶지 않았다. 삶은 가족들에게 잔혹한 선택을 요구했다. 아이는 죽었지만 남은 가족들은 살아야 했다.

쌍둥이 아빠는 딸들의 시신을 기증하기로 결정했다. 아이들의 깨끗한 각막과 폐가 아픈 아이에게 새 생명을 줄 수 있다면. 그래서 딸들의 일부라도 이 세상을 살아갈 수 있다면 의미 있는 일이 아닐까. 쌍둥이 아빠가 어렵게 결정을 하고 나자 다음은 일사천리로 진행되었다. 그는 강철주 교수와 함께 딸들의 장기를 기증받은 아이 가족을 만났다. 강철주는 부부의 결정에 격려를 아끼지 않았다. 정말 잘한 일이라고 생각했다. 그렇게 생각하지 않으면 버틸 수 없었다. 나중에 죽어서 딸들을 만나더라도 아주 조금은 덜 미안할 수 있지 않을까. 부부는 한 달 뒤 아이들의 유해를 돌려받았다. 그리고 납골당에 딸들을 데려다놓으며 오래오래 울었다.

모든 일은 의도를 가진 사람의 의지대로 진행되었다. 강철주와 김호섭의 의지는 그 어떤 장애물도 만나지 않았다. 남은 가족들은 합리적인 의심을 해볼 만한 단계도 그냥 지나쳤다. 긴 슬픔과 지겨운 가난이 그들의 눈을 뿌옇게 만들었다. 무원은 강철주와 김호섭이 부검을 하지 않고 서둘러 화장을 하고 장기를 기증하게 만든 이유가 분명히 있을 것이라는 생각을 지우기 어려웠다.

//

유방암 검진을 마친 미영은 일터로 돌아가는 대신 카르코바이오로 향했다. 미영은 고상한 여름 정장을 입고 손에는 요즘 젊은 여성들이 선호하는 디저트 가게에서 산 파이를 들고 안내데스크에 따분한 표정으로 앉아 있는 여직원에게 다가갔다. 예순이라는 나이에 비해 적어도 다섯 살은 젊어 보이는 미영은 부드럽게 미소 지었다. 그런 그녀의 모습은 바쁘고 능력 있는 딸을 만나러 온 어머니로 완벽했다.

안내데스크의 여직원은 자신을 천민희 연구원의 어머니라고 소개하는 중년 부인에게 망설임 없이 방문자 출입증을 내밀었다. 미영은 손에 든 두 개의 파이 박스 중 하나를 여직원에게 건넸다. 그리고 나머지는 자신이 이곳에 온 줄 전혀 모르는 딸에게 깜짝 선물로 안겨주겠다며 센스 있게 말했다.

미영은 카르코바이오의 웅장한 로비를 관찰했다. 그녀의 눈에 이곳은 10년 정도의 시간이 바깥보다 먼저 흐른 것 같았다. 아주 비싸고 모호해 보이는 현대미술 작품 한 점을 로비 정중앙에 두면 신약개발 연구소가 아니라 바로 부유한 컬렉터의 개인 미술관 로비처럼 보일 것이다. 그리고 이곳에서는 무엇보다 냄새가 났다. 오만의 냄새. 남들보다 더 높은 곳에 호화로운 의자를 두고 앉아서는 그들을 내려다보고 있다고 자부하는 인간의 냄새. 동시대인들보다 앞서가고 있음을 티끌만큼도 의심하지 않는 인간이 지배하는 공간. 이곳은 천민희와 어울리지 않았다. 미영은 연구소로 올라가는 엘리베이터를 기다리면서 생각했다. 안내데스크의 여직원이 파이 박스를 여는 소리가 들렸다. 곧바로 무화과를 듬뿍 올린 파이의 고급스러운 향기가 퍼졌다. 한 조각에 3만 원 가까이 하는 파이는 당분간 그녀를 잡아둘 것이다.

미영은 자신과 함께 병동에서 일하던 때의 천민희를 떠올렸다. 천민희는 일을 빠르게 배우는 간호사였다. 그것이 타고난 것이 아니라 열심히 노력한 결과라는 것을 알고 미영은 그녀에게 호감을 느꼈다. 하지만 강철주와 김호섭은 그녀를 카르코바이오 현관에 둔 고급스러운 우산꽂이보다 못하게 여길 것이다. 그들에게 그녀는 너무나 다루기 쉬운 인간형에 속했다. 미영은 그 점이 마음에 들지 않았다. 천민희는 그들의 좋은 도구가 되었을 것이다. 천민희는 강철주와 김호섭을 위해 많은 것을 어겼다. 그중에서도 간호사로서의 기본 태도, 나이팅게일 선서의 첫 구절부터 어겼다. 나는 인간의 생명에 해로운 일은 어떤 상황에서도 하지 않겠습니다.

천민희는 연구실까지 들어온 미영을 보고도 그다지 놀

라지 않았다. 잠시 고개를 들고는 자그마한 개를 데리고 산책하는 노인이라도 보듯 무심하게 미영을 바라보았다. 그러고는 다시 그전까지 읽고 있던 보고서로 눈을 돌렸다.

"여전히 약삭빠르시네요. 여기까지 아무런 제지 없이 올라온 것을 보니."

천민희는 고개를 들지 않은 채 건조하게 말했다.

미영의 표정이 천천히 굳어졌다. 다정한 중년 부인은 이제 없었다. 미영은 눈을 가늘게 뜨고서 천민희를 노려보았다.

"네가 아무리 애쓴다고 해도 강철주, 김호섭과 나란히 서서 박수를 받는 그런 일은 없을 거야. 너는 왜 그들을 돕는 거야?"

"간호사에게도 야망이 있어요. 전부 자신의 처지에 맞는 생각만 하고 사는 거 아니니까요. 그건 불공평하죠. 난, 이렇게 태어나고 싶어서 태어난 게 아니거든요. 저도 누구보다 높은 데까지 올라가보고 싶어요."

천민희는 자리에서 일어났다.

"예를 들면 강철주 바로 밑까지 정도. 김호섭보다는 높았으면 좋겠어요. 내가 그 인간보다 하는 일이 많으니까."

"그렇게 되는 일은 없을 거야. 난 아이들에게서 슈퍼 박테리아가 검출됐다는 혈액 검사 결과가 있다는 사실을 알고 있어."

미영이 내민 카드는 증거였다.

"모든 일이 완벽하게 굴러가고 있다고 생각하겠지. 하지만 아니야. 진실은 어떤 식으로든 새어나오기 마련이야."

천민희는 표정 변화 없이 미영의 당당한 꾸중을 경청했다. 천민희는 미영에게 뭔가를 내밀었다.

"이게 궁금해서 온 것 아니에요?"

미영이 그것들을 받아드는 순간, 천민희는 정확하게 미영의 복부를 주먹으로 쳤다.

미영은 고꾸라졌다. 뚜둑-. 어디선가 뼈가 부러지는 소리가 났다. 미영은 공포에 가까운 고통을 느꼈다. 복부를 때리면서 기대했던 소리는 아니지만 적어도 미영이 혼자 힘으로 일어나지는 못할 것이었다. 덕분에 마음의 여유가 조금 생겼다.

"모든 일에는 앞면과 뒷면이 있잖아요. 이 간호사라는 직업도 마찬가지예요. 그 일의 진짜 모습을 보기 위해서는 뒷면을 봐야 해요. 간호사가 환자 모르게 할 수 있는 일이 얼마나 많은지 대다수의 환자들은 모르죠."

천민희는 아주 헌신적인 간호사였다. 모두가 기피하는 나이트 근무와 주말, 휴일 근무도 기꺼이 동료들보다 더 담당했다. 개인적인 일로 곤란에 빠진 동료를 위해 당직을 대신 서주는 일도 빈번했다. 백의의 천사라는 진부한 수식어에 꼭 맞는 간호사라고 동료들은 물론 환자와 환자 보호자들도 동의했다.

하지만 5년 전 그날 이후 그녀는 세현병원에서 자취를

감추었다. 대신 지방에 위치한 크고 작은 종합병원을 전전했다. 환자들은 천민희가 입은 백의가 자신이 입원한 병원의 간호사들 것과 미묘하게 다르다는 사실을 대부분 눈치채지 못했다. 조용히 다가와 누구보다 노련하게 채혈을 하고 수액을 바꿔주는 그녀는 그저 손이 빠른 간호사일 뿐이었다. 자신의 혈액 속으로 무엇이 들어가는지, 투명한 수액 속에 무엇이 섞였는지는 그들은 전혀 알지 못했다. 2년 동안의 희생. 그것은 강철주가 그녀에게 제안한 고난의 시간이었다. 고난의 끝에는 약속한 대로 강철주가 손을 내밀었다. 강철주는 그녀에게 카르코바이오 생명공학연구소 책임연구원 자리를 맡겼다.

미영은 극심한 고통을 느꼈다. 정강이뼈가 부러진 것이 분명했다. 유방암 4기. 이미 뼈까지 전이가 된 상태라는 것을 1시간 전 주치의에게 들었다. 수술도 항암 치료도 더는 무의미했다. 손도 댈 수 없는 상황이었다. 암이 전이된 뼈는 그저 넘어진 것만으로도 소리를 내며 부러졌다. 미영은 팔에 온 힘과 정신을 집중했다. 어떻게든 몸을 일으켜 나가야 했다. 하지만 천민희는 뭍으로 갑자기 올라온 생선처럼 바닥에 널브러진 채 꾸물거리는 미영을 가만히 내려다보았다. 질 좋은 고급 여름 정장이 흉하게 구겨졌다.

"안됐네."

천민희는 미영의 팔을 있는 힘껏 걷어찼다. 미영의 귓가로 다시 한번 뼈가 부러지는 소리가 들려왔다. 물론 천민희도 또렷하게 들었다. 미영은 고꾸라졌다.

//

　모처럼 세 사람이 희미한 형광등 아래 모여 앉았다. 형광등 불빛이 반사될 정도로 깨끗하게 깎은 민머리. 목 아래로는 70대의 생기 없는 살가죽을 그대로 내보이는 흰 러닝셔츠 하나만 걸친 무원의 아버지와 목 위로는 곱게 화장을 하고 있지만 목 아래로는 풍만한 몸매를 가려주는 홈드레스 차림인 무원의 어머니가 몇 달 만에 본가를 찾은 아들을 이리저리 살폈다.

　부자는 좀처럼 닮은 구석을 찾기 어려웠다. 무원은 어릴 적 이 사람이 친아버지가 맞는지 심각하게 고민을 한 적이 있었다. 어딘가에 진짜 아버지가 애타게 나를 찾고 있는 것은 아닐까. 물론 지금 아버지보다 훨씬 멋있고 똑똑하고 스님도 아닌 평범한 아버지가. 하지만 가족사진을 보고 이런 기대는 깔끔하게 접었다. 현주는 아버지와 판박이였다. 동그란 얼굴에 하얀 이를 활짝 내보이고 웃는 무던한 성격의 현주는 누가 뭐래도 아버지의 딸이었다. 친자관계는 그럭저럭 확인이 되었지만 그래도 아버지에게 정이 느껴지지는 않았다. 게다가 아버지는 감당하기 힘든 무게의 이름까지 지어주었다. 아버지는 형사가 된 무원을 두고 역시 이름값을 하고 있다며 흡족해했다. 하지만 무원은 자신이 형사라는 사실이 아버지의 손님 앞에 내미는 영업 카드 중에 하나라는 걸 알고 있었다. 형사 아들이 이름값을 하기 위해 불철주야 고생하고 있으니, 부처님께서 소원 성취에 더 힘을 실어주실 거라는 참으로 얄팍한 설득. 자식을 팔아서 장사를 하는 노인네. 그런 바람을 부처님이 들어줄 리가 없었다.

결국 아버지는 손님에게 사기 혐의로 고소를 당했다. 물론 시주를 한 손님의 소원이 성취가 되지 않아도 사기죄는 성립되지 않는다. 따라서 법을 어긴 것도 아니건만 아버지는 어머니와 공동 운영을 하던, 반은 법당이고 반은 점집인 가게를 폐업했다. 고소인은 고액의 합의금을 노리고 악의적인 고소와 투서를 반복했다. 아버지는 이렇다 저렇다 의사 표현도 하지 않은 채 폐업으로 이 일을 마무리 지었다. 종태는 합의금을 두고 흐지부지 뭉개던 고소인이 갑자기 핏대를 세우고 달려드는 것이 수상하다며 혹시 브로커가 낀 것이 아닌지 조사해보자고 했다. 하지만 아버지는 집에 공무원이 둘이나 있으니 상관없다며 속없는 소리를 해댔다.

숨 막힐 듯한 정적을 깨는 무원의 깊은 한숨이 허름한 양옥집 거실을 채웠다.

"번뇌가 어디까지 쌓였기에 한숨이 단전에서부터 나오는 게냐? 이름값은 제대로 하고 다니는 거냐."

"제 이름 팔아서 돈 버는 건 두 분이시잖아요."

무원이 날카롭게 쏘아붙였다.

"누구라도 돈 좀 버는 게 나쁘냐? 형사가 하는 일이나 우리가 하는 일이나 기본적으로는 같은 맥락이야. 다만 방식이 다를 뿐이지. 너는 합법적이고 나는 불교적이고 네 엄마는 샤머니즘적이지. 나랑 네 엄마는 종교 간 대화합을 추구하다 못해 부부의 연까지 맺었는데 어째 넌 항상 그리 삐딱선이냐."

아버지를 말로 이기는 건 예전부터 불가능했다. 무원은 오랜만에 그 사실을 실감했다.

"그것도 다 선녀님 뜻이에요."

홈드레스의 보풀을 떼던 어머니가 한마디를 거들었다.

어머니는 무원의 성격과 비슷했다. 고집이 세고 자신만의 기준도 확고했다. 물론 키도 아버지나 현주보다 컸다. 어머니가 굿을 하기 위해 복장을 제대로 갖추면 제법 방이 꽉 찼다. 그런데 그런 어머니가 어째서 아버지 같은 남자와 대화합을 이룩했는지 무원은 늘 이해할 수 없었다.

"사람들 마음 이용해서 돈이나 뜯어내는 게 무슨 화합이에요?"

"그러는 넌 뭘 하고 있었느냐? 삼도천 그 깊은 내에서 살아 돌아온 아이가 제 스스로 목숨을 끊도록 넌 뭘 하고 있었어?"

아버지의 일갈에 희미한 형광등이 탁탁 소리를 내더니 본래 밝기로 돌아왔다. 밝은 빛 아래에서 보니 아버지와 어머니는 훨씬 늙어 보였다.

"사람 때문에 죽고 싶다가도 사람 때문에 살아지는 게 사람이다. 백날 뭐 훔친 놈, 남 때린 놈만 잡아넣으면 뭘 해? 사람을 살게 만드는 사람이 되어야지. 네놈 이름은 그러라고 지은 이름이야."

무원은 일단 한발 후퇴하는 심정으로 입을 다물었다. 아버지에게 묻고 싶은 것이 있었다. 경찰 조사에는 사건, 용의자, 피해자, 그리고 증거가 필요하다. 수인의 입에서 나오는 이야기들은 신빙성도 있고 인과관계도 맞아떨어지지만 증거가 없었다. 그저 친구가 자살한 것에 대해 앙심을 품은 미친 소녀의 정교한 거짓말은 아닐까. 코마 상태에서 온갖 이야기를 들었다는 수인의 말을 어떻게 받아들여야 할까.

"과학과 믿음은 서로 보완관계야. 서로 척을 지고 있지 않아. 과학은 개인의 신념이나 믿음을 부정하기 위해 존재하는 것이 아니다."

등을 기대고 앉아 있던 아버지가 등을 곧추세웠다.

"너랑 현주가 아직 어릴 때였어. 파리만 날리던 법당에 한 남자가 찾아왔다. 딱 보기에도 배운 티가 나는 사람이었지. 돈도 많아 보였고. 남자가 아내를 위해 부적을 하나 써달라고 하더구나. 아내가 오래전 이 법당에 와서 좋은 이야기를 듣고 간 적이 있다고."

어머니는 이야기가 길어질 기미가 보이자 슬그머니 일

어났다.

"아내는 뇌종양 말기였다. 사는 게 고통이었겠지. 아내는 사후에 윤회할 것이라는 믿음 하나로 투병 생활을 하고 있다고 했다. 그런 아내의 유일한 소망이 남편인 자신과 다시 부부로 만나는 것이라는 게야. 그것을 빌어주는 부적을 써달라며 남자는 많은 시주를 했다."

충분히 이해할 수 있는 이야기다. 어쩌면 조금 뻔하다고도 할 수 있는 눈물겨운 이야기.

"남자는 의사였어. 그것도 아주 실력이 좋은 유명한 의사라고 들었다. 윤회니 사후세계니 자신은 믿지 않는다고 단호하게 말했지. 하지만 그는 아내의 믿음을 존중했어. 그 믿음으로 아내는 엄청난 고통을 이겨내고 있었으니까. 그건 눈에 보이는 명확한 진실이었어. 그러니 내게 부적을 써달라고 했겠지."

어머니가 끓이는 우엉차 향이 거실로 흘러들어왔다. 정말 오랜만에 집에 왔다는 것이 실감이 났다. 어머니는 현주가 교복에서 나는 향 냄새 때문에 친구들에게 놀림을 받고 우는 것을 본 다음부터 갖가지 차를 만들어 끓였다. 가을에는 국화꽃을 말렸고 겨울에는 귤피를 넣었다.

"그 아이가 정말로 제 친구의 말을 낱낱이 듣고 기억했을 수도 있고 꿈에서 어떤 계시를 받았을 수도 있어. 그건 개개인의 소중한 부분이야. 그것을 네가 믿을 수 없다고 해서 부정해서는 안 돼."

결국 아버지에게서 원하는 대답을 들을 수는 없었다. 하지만 그동안 잊고 있었던 중요한 것을 이제야 알게 된 것 같았다.

"저승으로 가기 위해 혼자 삼도천을 건너던 아이가 서럽고 슬퍼서 아직은 이승에 머물고 있는 여자아이를 붙들었던 것인지도 모르지."

아버지는 말을 이었다.

"어른이 할 일은 아이 마음속에 맺힌 것을 풀어서 어서 제가 가야 할 길을 가도록 해주는 것이야."

//

성식은 이발한 머리를 지하철 창문에 비쳐 보았다. 유순한 눈매와 단정하게 자른 머리는 잘 어울렸다. 기대와 사랑을 먹고 자란 유복한 가정의 아들. 성식은 그렇게 보였다. 성식은 짧은 머리가 어색해 손으로 자꾸만 만졌다.

그는 제때 이발을 하지 못했다. 죽음과 싸우는 환자들에게 미안했다. 매일을 고통 속에서 보내는 그분들이 보기에 자신이 상대적으로 너무 행복해 보이거나 평범한 일상을 즐기는 것처럼 보일까 싶어 늘 마음을 썼다. 미영은 성식이 그런 이유 때문에 잘생긴 이목구비를 더벅머리로 가리고 다닌다는 것을 1년이 넘어서야 알았다. 처음에는 헛웃음이 나왔다. 남자 간호사 이발을 누가 신경이나 쓸까 했지만 결과적으로는 성식이 옳았다. 환자들은 건강한 그네들을 부러워했다. 팔순의 할머니 환자는 당신이 미영만큼만 젊다면 간호사가 되어 아픈 이들을 보살피고 싶다고 말했다. 미영은 한 달에 한 번 성식에게 미션을 내렸다. 내일 출근할 때는 머리를 깎고 오라고. 미영은 자신의 말이라면 하늘이 두 쪽이 나도 지킬 성식의 착한 심성을 이용했다. 환자들은 이발을 하고 온 성식에게 칭찬을 퍼부었다. 이제 막 발걸음을 뗀 소중한 손주를 대하듯, 처음으로 학교에서 상장을 받아온 대견한 아들을 대하듯. 환자들은 성식을 아꼈다. 하지만 그런 환자들이 사망할 때면 성식은 죄책감에 시달렸다. 그리고 어머니를 데려간 죽음이 자신의 턱 밑에서 눈을 치켜뜨고 바라보는 것 같아 무서웠다. 공포와 죄책감이 끝없이 반복되는 하루가 어떤 날은 끝날 기미도 없이 이어졌다.

출근한 성식이 가장 먼저 한 일은 가망이 없는 할머니 환자를 보내는 일이었다. 전부 통통 부은 푸석한 얼굴로 모여 할머니 곁에 서 있던 가족들이 주치의에게 DNR(심폐소생거부의사)를 제출했다. 성식은 환자를 내려다보았다. 자신이 몇 번이나 안아서 침상을 갈았던 아주 작은 할머니. 미안해. 힘들지. 할머니는 매번 성식에게 미안하다고 했다. 하지만 할머니는 미안할 만큼 힘든 환자가 아니었다. 할머니를 안으면 환자복을 안은 듯 두 손이 헛헛하게 가벼웠다. 할머니가 경련 발작을 일으켰다. 산소 수치는 형편없이 떨

어졌고 혈압 또한 맥이 제대로 잡히지 않을 정도로 떨어졌
다. 가족들이 할머니를 둘러쌌다. 의료진은 한발 물러서서
기다렸다. 가족들은 기다리고 있었다. 죽음이 할머니를 데
려갈 시간을. 간호사 일을 하면서 가장 힘든 시간이었다.
하지만 절대 피할 수 없는 시간. 미영도 성식의 어머니를
이렇게 보냈을 것이다. 성식은 그날을 떠올렸다. 졸려서 칭
얼거리는 나를 안고 지금 나처럼 서서 내 어머니를 보냈을
젊은 간호사 미영.

//

　강철주 병원장은 유방암 투병 중 실수로 넘어져 심한
골절상과 정신적인 충격을 받은 수간호사 동미영을 호스
피스 병동 1인실에 입원시켰다. 입원비와 치료비 전부 무
상이었다. 세현병원에서 정년을 맞이하는 수간호사를 위한
훈훈한 배려. 사람들은 병원장의 배포와 사람됨이 얼마나
크냐며 감탄했다.
　하지만 희정은 잠시 외출을 다녀오겠다고 하고 나간 미
영이 정신을 잃은 채 구급차를 타고 천민희와 함께 돌아왔
다는 사실을 이해할 수가 없었다. 충격과 함께 뭔가 크게
잘못되었다는 생각이 뇌리 깊숙하게 달라붙었다.
　미영의 상태는 최악이었다. 아래팔 안쪽 부분에 있는
팔뚝 뼈와 넓적다리와 발목 사이에 다리의 바깥에 있는 기

다란 뼈가 완전히 부러진 상태였다. 가슴 역시 무언가로 세게 얻어맞은 듯 상처가 있었다. 무엇보다 미영은 말조차 제대로 하지 못할 정도로 급격히 상태가 나빠졌다. 그녀의 주치의는 그녀가 유방암 4기에 뼈까지 암이 전이되었다는 소견서를 세현병원으로 보냈다. 간호사들은 전부 충격에 빠졌다. 미영이 7년이나 자신의 몸 상태를 숨기고 일을 했다는 사실을 어떻게 받아들여야 하는지 쉽사리 정하기 힘들어했다. 성식이 미영의 간호를 전담하기로 했다. 병원장은 성식과 미영의 특별한 사연을 알고 있었다. 자신의 미담에 덧붙이기에 참으로 아름다운 사연이었다.

성식은 어머니가 죽었다는 것을, 그래서 다시는 자신의 앞에 나타나지 않는다는 것을 중학생이 되어서야 확실하게 알고 숨어서 혼자 울었다. 그 이후로도 정말로 힘든 날이 많았지만 그날만큼 슬픈 날은 없었다. 성식은 미영을 내려다보며 그날을 다시 떠올렸다. 지금 그때와 아주 비슷한 고통이 마음 깊숙한 곳에서 고개를 쳐들고 있었다.

수인은 예민한 동물처럼 가능하면 병실을 벗어나지 않았다. 하지만 아흔일곱 살 노인과의 병동 산책은 조금 즐거웠다. 그 즐거움을 위해 병실 문을 열던 수인은 잠시 그대로 멈췄다. 천민희가 병동 비상구에서 막 나오는 중이었다.

천민희는 고작 10초 정도의 시간을 들여 너스 스테이션과 1인실이 모여 있는 복도 사이의 거리를 눈의 감각으로 재 듯 둘러보았다. 그녀 앞으로 간호사와 환자들이 무심히 지나갔다.

수인은 천민희에게 시선을 고정한 채 간호복에 대해 생각했다. 간호복은 마법의 옷이다. 그 옷을 입으면 개인의 차이는 옅어지고 평범함이라는 공동의 목표에 가까워진다. 그리고 그 평범함을 입은 간호사들은 누가 누구인지 좀처럼 구분되지 않는다. 간호복에 대해 골몰하는 사이 어쩐지 주변의 공기가 희박해진 것 같다. 수인은 문 옆에 세워놓은 휠체어의 차가운 손잡이를 쓰다듬었다. 다시 조용한 복도의 청결한 소독약 냄새가 코로 들어왔다. 천민희는 짧은 시간 동안 주위를 살피고 다시 비상구 문을 열고 들어갔다. 그녀가 왜 미영이 잠들어 있는 호스피스 병동에 얼굴을 내밀었는지는 정확히 알 수 없었다. 천민희의 생각은 간호복에 가려져 아무도 알 수 없었다.

수인은 병실 벽에 걸린 시계로 시선을 돌렸다. 오후 4시. 수인은 영화에서 본 비슷한 장면을 떠올렸다. 타깃을 정한 살인자가 미리 범행 예정 장소를 살펴보는 장면. 누구도 알아채지 못하고 어떤 흔적도 남기지 않는 조용한 예행연습. 조만간 오늘과 비슷한 조건이 맞아떨어지는 날 그녀는 다시 나타날 것이다. 천민희를 가장 잘 아는 희정이 데이 근무를 마치고 퇴근한 오후이자, 미영을 돌보는 성식이 일반 병실의 할머니들을 재활 치료실에 모셔다 놓고 올라오는 매주 수요일 4시부터 약 20여 분 그 언저리에.

///

세현병원에서 나온 천민희는 다시 카르코바이오로 향했다. 천민희가 로비로 들어서자 미영에게 무화과 파이를 얻어먹은 안내데스크 여직원이 다가왔다. 그녀는 미영이 들것에 실려 구급차에 오르는 것을 보고 누구보다 놀랐다.

"연구원님, 어머니는 어떠세요? 어쩌다가 그렇게 심하게 다치셨는지."

천민희는 안타까운 표정을 지으며 제 손으로 입을 가리고 있는 여직원의 손을 내리고 힘껏 따귀를 때렸다. 여직원의 머리가 왼쪽으로 돌아갔다. 천민희는 놀라서 차마 비명도 지르지 못하는 그녀의 다른 쪽 뺨도 때렸다. 여직원은 푸들푸들 떨다가 자리에 주저앉았다.

여직원을 로비에 남겨두고, 천민희는 연구소 내에서 자신과 강철주 소장, 김재홍 센터장만 출입이 가능한 검사실로 향했다. 카르코바이오 생명공학연구실이 아주 잘 만들어진 최첨단 연구 공간이라면 검사실은 아주 의외일 정도로 허름한 공간이었다. 오래된 대저택 안에는 능숙한 하녀든 백작의 새로운 안주인이든, 누구든 들어가서는 안 되는 방이 있게 마련이다. 검사실은 허름하다는 것 외에 별다른 특이점은 없었다. 오래된 책장과 선반, 그리고 동굴 속에서 웅크리고 있는 회색 짐승 같은 저온 냉동고 하나가 있을 뿐. 검사실은 누군가에게 철저히 관심 밖으로 밀려난 공간에서 견고한 저온 냉동고 하나로 적절한 지위를 되찾은 듯 보였다.

저온 냉동고는 영하 80도의 온도를 유지하고 있었다. 강철주 소장은 천민희에게 저온 냉동고 속 MRSA(메티실린내성 황색포도구균)과 CRE(카바페넴 내성 장내세균)의 관리를 맡겼다. 천민희는 강철주의 가장 치명적인 약점을 자신이 관리하고 있다는 것에서 희열을 느꼈다. 강철주는 천민희의 굳건한 보조 덕분에 MRSA에 대응하는 슈퍼 항생제 CG30-0438을 성공적으로 개발했다. 천민희는 오늘을 위해 자신이 감수한 희생을 다시금 떠올렸다. 그런 희생에 대한 빛나는 보상이 자신의 어깨에 조만간 내려앉으려 하는 상황에서, 뭔가를 눈치 챈 듯한 미영과 자신의 주위를 맴도는 무원은 아주 거슬리는 존재였다. 가능하면 둘 다 빠르게 절벽에서 밀어버리고 싶다. 미영에 대해서는 어느 정도 소기의 목적을 달성했다. 하지만 확실히 해두고 싶었다. 그녀는 원래 철저하고 준비성이 좋다. 미영이 그녀를 신뢰한 것도 바로 그런 점 때문이었다.

천민희는 저온 냉동고를 열고 조용히 잠들어 있는 MRSA 배양물을 꺼내 확인했다. 그리고 그 옆에 있는 CRE를 잠시 응시했다. CRE는 '최후의 항생제'라고 불리는 카바페넴 계열 항생제에 내성을 가진 세균이었다. 지난 4개월간 질병관리본부 감염통계시스템에는 CRE 감염 건수가 3,000건 넘게 등록되었다. 카바페넴 내성에 적용할 수 있는 항생제는 아직 도입되지 않았다. MRSA보다 감염 확률은 떨어지지만 특정 질환을 가진 환자들에게는 CRE가 훨씬 더 치명적이었다. 감염되면 두 명 중 한 명은 반드시 사망한다. 국가는 항상 늦지. 모든 일이 생긴 후에야 나타나는 것이 정부야. 그렇기 때문에 우리가 하는 일에 더욱 자부심을 가질 필요가 있어. 강철주 소장은 종종 천민희를 따로 불러 격려했다. 천민희는 강철주 소장의 격려를 가슴에 다시 새기면서 MRSA 배양물을 다시 잘 넣어두고 CRE 배양물을 꺼냈다.

//

친절한 비서는 무원을 발견하자 양쪽 눈썹을 크게 치켜떴다가 병원장실 쪽을 힐끔 쳐다보았다. 그러고는 갑자기 화장실에 가기로 한 것이 생각난 사람처럼 앙증맞은 파우치를 들고 자리에서 일어나 총총히 사라졌다. 무원은 비서가 잠시 화장실에 간 5분 사이에 비서의 제지가 없는 틈을 타서 강철주 병원장을 약속 없이 방문한 무례한 형사 역할을 기꺼이 받아들이기로 했다. 무원은 화장실에 들어가기 전에 살짝 자신을 돌아본 비서에게 그녀처럼 양쪽 눈썹을 크게 치켜떴다. 정말이지 비서들은 대단히 유능하다.

강철주 병원장은 자신의 앞에 앉은 무원에게는 시선조차 주지 않았다. 이렇게나 바쁜데 찾아온 당신이 잘못이라는 뉘앙스가 서류를 넘기는 강철주의 손짓에서 여실히 느껴졌다.

"학회는 잘 다녀오셨습니까?"

무원이 말했다.

사실 학회 따위 전혀 궁금하지 않다. 재홍이 전부 써준 논문을 발표하든, 술을 진탕 마시든 관심도 없다. 하지만 강철주 병원장은 어떻게 보아도 난잡하게 즐길 사람은 아니었다. 극도로 청결한 병원장실에서 그의 강박이 느껴졌다. 본인 손으로 했을까. 이 방을 다른 누군가에게 맡기는 장면은 전혀 상상되지 않는다. 하지만 김재홍이라면? 무원은 문득 풍성하고 하늘거리는 타조 깃털로 만든 먼지떨이를 쥐고 병원장실 구석구석의 먼지를 털고 있는 김재홍을 상상했다. 도무지 의사 가운을 입고 있는 모습이 어울리지 않는 그. 직업을 잘못 택한 사람이라는 생각이 재홍을 만날 때마다 들었다.

"형사님이 병원에 자주 오는군. 자네 같은 사람이 병원에 자꾸 나타나면 환자들이 불안해해. 까마귀 같은 것이 병실 근처에서 우는 것과 같은 논리지."

"그렇겠죠."

무원은 순순히 인정했다. 까마귀 정도에서 그친 것에

오히려 고마울 지경이다.

"그걸 알고도 나타나는 이유는 뭔가."

강철주의 목소리에 슬슬 짜증이 묻어나기 시작했다.

"일주일 뒤 이수인을 데리고 카르코바이오 행사에 참석하신다고 들었습니다. 세현병원 병원장이자 카르코바이오 소장이라는 제법 묵직한 직함으로요."

강철주는 비로소 서류에서 눈을 떼고 자신의 청결한 병원장실을 한번 둘러보았다. 그저 서류를 읽는 데서 오는 눈의 피로를 풀려는 듯이 무원에게는 여전히 눈길도 주지 않았다.

"열다섯 살 소녀 환자에게 지나치게 관심이 많군. 오해를 만드는 편인가?"

드디어 자신과 대화를 하려는 강철주의 의지가 희미하게나마 느껴졌다.

"여성청소년과 형사로서 소년 문제에 관심이 많아서라고 해두죠. 원장님께서도 본인 환자들에게 관심이 많으시니 제가 하는 말을 이해하실 겁니다."

무원은 수면 부족으로 핏발이 선명하게 선 눈으로 강철주를 응시했다.

"특히 코마에서 깨어난 아이에게는 더욱 지대한 관심을 쏟고 계시더군요. 그러면 원장님의 관심 밖에 있는 아이들 이야기를 조금 해볼까요. 예를 들어 5년 전에 사망한 여섯 명의 아이들은 어떠십니까?"

강철주는 질 좋은 원목 책상에서 조금 물러나 다리를 꼬았다. 피차 서로가 듣고 싶은 대답을 듣기 전까지는 길어질 대화였다.

"고윤과 이수인을 제외하고는 전부 가망이 없는 애들이었어. 인구 100만 명당 30명만 걸리는 병에 걸린 애도 있었지. 그 애들이 죽은 게 전부 주치의 탓이라면 의사를 하려는 사람은 아마 없을 거라고 확신하네."

무원은 고개를 끄덕였다. 그 말에는 딱히 반박하고 싶지 않았다.

"하지만 그런 생각은 아이들이 죽고 나서야 해야죠. 아직 죽지도 않은 아이들을 두고 의사가 그런 판단을 한 채 진료를 본다는 사실을 이 병원의 환자와 보호자들이 알게 되면 당혹스러운 일이 생길 것 같은데요."

강철주의 눈빛에서 얇게 드리워져 있던 인내심이 걷히는 소리가 들렸다.

"5년 전 일에 대해 궁금한 게 있다면 법원 판결을 찾아보게."

"이미 봤습니다. 의사가 제출한 보고서인지 판사의 판결문인지 구분하기 어려울 정도로 똑같은 내용이더군요. 판사님도 그 드문 병을 앓던 애들이 한날한시에 사망했다는 거에 대해서는 그다지 관심이 없으셨나 봅니다. 제가 판사라면 한번쯤은 곰곰이 생각해봤을 문제인데요."

"그 판결은 어떻게 보아도 진실이라고밖에 생각할 수 없어. 아주 논리적이지. 진실보다 진실처럼 보이는 쪽. 대중들이 어느 쪽을 더 선호하던가? 운이 좋게도 여기까지 들어온 형사 선생도 내 말의 의미를 충분히 알 것이라 생각되네만."

무원도 알고 있다. 사람들은 자신이 기대하는 바가 진실이길 원한다. 기대에 반하는 진실이 드러났을 때 받아들이지 못하는 인간들을 무원은 아주 자주 만났다.

"전 시간이 많습니다. 여기 이렇게 앉아서 제대로 된 진실이 보일 때까지 기다릴 수도 있습니다."

강철주는 무원의 눈을 들여다보았다. 마치 무원의 눈 속에 뭔가 해결책이 있는 것처럼. 그리고 생각보다 해답은 빨리 떠올랐다.

"자넨 부친과 좀 다르군."

무원은 그가 무슨 말을 하는 건지 알아채지 못했다.

"부친 쪽이 좀 더 현명한 편이야. 자네가 뭘 알고 싶고, 뭘 하려는 건지 나는 관심이 없어. 분명 대단치 않은 일일 테고. 한 가지 부탁을 하자면, 관심은 없지만 하지는 않았으면 해. 부친의 결정에 더 이상 자네가 누를 끼칠 필요는 없어."

강철주는 아버지가 고소인과의 문제로 골치 아픈 상황이라는 것을 알고 있었다. 뿐만 아니라 결국 폐업 선언을 하고 집에 틀어박혀 독경이나 하고 있다는 것까지 알고 있었다. 어째서 그가 알고 있는 것일까. 무원은 곧 퇴직 예정인 서장의 얼굴을 떠올렸다. 그리고 그가 퇴직 후 어디서 제2의 인생을 시작하게 되는지도. 무원은 자신이 유리한 고지에 있다고 생각했다. 적어도 비서의 센스로 병원장실을 들어올 때까지만 해도. 하지만 아니었다. 비서가 자신 때문에 불이익을 당하지 않을까. 그런 좋지 않은 예감이 스멀거렸다.

//

무원은 저녁도 건너뛰고 내내 편의점 파라솔 아래에 앉아 맥주를 마셨다. 현주가 그 모습을 보았다면 역시나 형사인지 깡패인지 구분이 되지 않는다는 핀잔을 할 법한 모양새였다.

종태는 밤 10시가 넘어서야 나타났다. 종태는 테이블에 수북하게 쌓인 찌그러진 캔 맥주를 보고는 황당하다는 얼굴로 편의점에 들어갔다. 그러고는 역시나 캔 맥주 두어 개를 사 들고 나왔다.

"누구한테 한 대 맞은 거야? 표정이 왜 그래?"

종태는 말했다.

"거의 맞았다고 봐도 무방해."

무원은 순순히 답변했다.

"제법 많은 것들을 쥐고 달려들었다고 생각했는데."

"전혀 아니었지."

종태가 뒤이어 문장을 완성했다.

"원래 그렇잖아. 우리 일이라는 게."

"누군가가 정교하게 길목을 차단하고 있는 것 같은 기분이야. 단서를 하나 찾아서 조금만 더 깊이 들어가려고 한 발만 내딛으면 영락없이 벽이 등장해. 강철주는 아버지 일까지 알고 있어. 아버지가 기운 빠진 중늙은이로 전락했다는 걸 말이야. 분명 이유와 목적이 있겠지. 사건을 수사하는 형사의 발목을 잡을 만한 이유와 목적이."

"이수인은 어때?"

"이제는 모르겠어. 무슨 생각을 하고 있는 건지. 뭘 바라는 건지. 뭔가 철저하게 숨기고 있는 것 같으면서도 분명한 목적을 가지고 움직이고 있다는 생각이 들어."

"열다섯 살이라며. 걔가 움직인다고 뭐가 달라져?"

"어찌됐든 이제 5년 전 의료 사고의 유일한 생존자야. 아이러니하게도 5년 전 일에 대해 가장 많이 알고 있는 사람 중에 하나지. 하지만 그 아이는 알고 있어. 지금 내가 자신에게 큰 도움이 되지 못한다는 걸."

"과대평가야. 설령 걔가 더 알고 있는 게 있다고 해도 상대는 병원장이야. 혼자서 뭘 하겠어?"

무원은 맥주를 단숨에 마시고 빈 캔을 찌그러트렸다.

"그렇다고 가만히 있을 수는 없는 거지. 뭔가를 더 안다는 게 결국은 책임감으로 귀결이 되는 것 같아. 알고는 가만히 있을 수 없는 거지, 고작 열다섯 살짜리 여자애가."

종태는 미지근해진 맥주를 맛없이 들이켰다. 형사로서

는 무능하지만 그래도 그는 내년에 학교에 입학하는 아들이 자랑스러워하는 아빠였다. 아들은 도로에 다니는 경찰차가 전부 아빠 차라고 생각했다. 그렇기 때문에 종태는 이 사건에서 빠져나올 수 없었다. 다만 조금 더 현실적이고 냉정하게 사건을 보았다. 종태는 폭주하는 무원의 곁에서 아무것도 하지 않는 것으로 밸런스를 맞췄다.

"더 열받는 건 결국 내가 강철주와 5년 전 의료 사고에 대해 뭔가를 더 알아낸다고 해도, 의사 면허조차 뺏을 수 없을 거라는 사실이야."

말을 맺은 무원의 머릿속에 그 사실을 누구보다 잘 알고 있을 두 사람이 떠올랐다. 이수인과 오희정. 그녀들도 그걸 알 것이다. 그런데도 그녀들이 움직이는 이유는 뭘까. 그리고 또 한 사람. 자살한 고윤. 그 아이 역시 지극한 무력감을 느꼈을 것이다. 변하지 않는 세상. 진실보다는 진실처럼 보이는 것이 더 각광받는 현실. 그걸 깨달은 아이는 옥상에서 몸을 던졌다. 그렇다면 이수인은 뭘 하려는 것일까.

//

다음 날 점심 무렵, 무원은 다시 고윤의 학교를 찾았다. 숙취와 두통, 어제의 분노가 다 같이 손을 맞잡고 무원의 머릿속을 날뛰고 있었다. 오늘은 현주를 만나러 온 것도, 고윤의 빈 사물함을 열어보려고 온 것도 아니었다. 그저 술도 깰 겸 걷다 보니 문득 학교 앞에서 걸음이 멈춘 것뿐이었다. 이미 무원의 직업과 현주와의 관계를 알고 있는 중년의 수위가 무원에게 꾸벅 허리를 숙여 인사했다. 무능한 형사 주제에 아버지뻘인 수위의 인사를 받을 자격이 있는지. 무원은 마음이 무거웠다.

무원은 점심을 먹고 축구를 하는 아이들을 지켜보았다. 아이들의 남색 교복이 뿌연 흙먼지로 뒤덮였다. 9월이지만 여전히 태양은 뜨거웠다. 주위를 둘러보던 무원은 멀찍이 혼자 앉아 있는 아이를 발견했다. 아이는 감기에 걸린 듯 훌쩍이면서도 시선은 운동장에 고정했다. 아이는 무원이 자신의 옆에 앉자 학교에 이런 수상한 사람이 어떻게 들어왔냐는 표정으로 무원을 흘겨보았다. 네가 무슨 말하고 싶은지 아는데 아저씨 그런 사람 아니야.

"1학년?"

무원의 질문에 아이는 의심스러워하면서도 순순히 고개를 끄덕였다.

"밥은 먹었어?"

다시 한번 끄덕.

"반찬은 뭐였어? 맛있는 거 싸 왔어?"

계속 고개를 끄덕여야 하는지 잠시 고민하다가 아이는 입을 열었다.

"저희 급식 먹는데요."

예상치 못한 대답.

"우리 집은 말이야, 우리 엄마가 점쟁이거든. 그래서 뭔가 빌고 싶은 사람들이 우리 엄마를 불러. 그러면 크게 굿을 해. 굿을 하고 나면 엄마를 부른 쪽에서 전 같은 걸 잔뜩 싸줘. 굿할 때 그런 게 필요하거든. 굿 본 적 있어?"

"텔레비전에서 본 것 같아요."

"1학년 교과서에는 안 나오나? 무속 신앙에 대해 들어본 적 없어?"

아이는 애매하게 고개를 저었다.

"아저씨도 졸업한 지 오래돼서 기억이 안 난다. 굿이라는 게 무속 신앙 같은 거야. 행복하게 해달라고 비는 거지. 혹시 나쁜 귀신 같은 게 끼어 있으면 쫓아주고. 아무튼 전이랑 산적을 가져와서는 맨날 그것만 반찬으로 싸주셨어. 난 진짜 그게 싫었어. 우리 엄마가 점쟁이라는 걸 알고 친구들이 놀렸거든."

아이는 나름대로 곰곰이 생각에 잠겼다. 명절에 먹는 맛있는 전과 굿의 상관관계, 그리고 수상한 아저씨의 수상한 이야기.

"너 감기 걸렸지?"

아이는 다시 고개를 끄덕였다.

"근데 왜 밖에 나와 있어. 양호실 가서 약 먹고 잠이나 자지. 양호실 좋잖아. 침대도 있고."

"친구들 축구하는 거 봐야 돼요."

"보면 뭐해. 어차피 하지도 못하는데."

"이따 애들이랑 얘기할 건데요?"

약간 발끈하는 듯한 아이의 대답.

지금 이 아이에게 중요한 것은 고윤에게도 중요했을 것이다. 아픈 아이도 아이니까. 아주 작은 것을 바라던 고윤은 이제 없었다.

//

천민희는 미영의 병실로 향했다. 간호사 복장에 네모난 트레이를 들고 있는 백의의 천사. 성식은 예상대로 할머니들을 이끌고 재활 치료실에 가서 자리를 비웠다. 앞으로 짧게는 15분 정도, 미영은 무방비 상태로 혼자가 된다.

세현병원을 나와 강철주의 제안을 받고 다시 카르코바이오에 오기까지 천민희의 2년간 행적은 묘연했다. 어느 선까지는 보였지만 그녀가 어떤 병원, 무슨 과에서 근무를 했는지는 누군가 일부러 그녀의 경력을 지우기라도 한 것처럼 희미했다. 그녀는 주로 지방의 병원에 머물렀다. 서울의 대형 종합병원에서 근무한 그녀의 경력은 어디서든 환영이었다. 지방일수록 노인 환자 비율은 높았다. 호스피스 병동에서 근무한 적이 있다는 그녀의 말에 그 자리에서 채용을 시킨 요양병원도 있었다. 그때도 그녀는 백의의 천사처럼 간호복을 입고 주사가 든 트레이를 들고 환자를 방문했다. 그러고는 시한부 판정을 받거나 중환자실에 입원한 환자에게 주사 바늘을 꽂았다. 주사기 안에는 급속냉동 시킨 다음 강한 진공 상태로 만들어 프리즈드라잉 처리한 슈퍼 박테리아의 배양물이 들어 있었다. 지금 미영에게 주사하려는 것도 그것과 똑같은 것이다. 다만 이것은 조금 전에 연구소 저온 냉동고에서 가져온 좀 더 신선한 것일 뿐.

강철주는 화려한 주목과 피날레를 원했다. 자신이 완성한 슈퍼 항생제가 더욱 빛을 발하기 위해서는 더 많은 죽음이 필요했다. 천민희는 자신의 의도를 정확하게 이해하는 아주 훌륭한 간호사였다. 사람들은 희생 뒤에 오는 기적에 열광할 거야. 어찌됐든 자신은 살았으니까. 희생은 죽은 사람들만의 것이고, 살아남은 사람들은 기적만 바라보겠지. 천민희가 죽음의 사자 흉내를 내며 지방을 전전할 때, 강철주는 카르코바이오를 시대를 선도할 기업으로 키웠다. 굴지의 대기업에서 500억 투자를 약속했고 슈퍼 박테리아 때문에 여론의 뭇매를 맞던 정부는 카르코바이오에 막대한 지원을 예고했다. 여론은 새로운 신(神)의 탄생을 환영했다. 흰 갑옷을 입은 의학의 신.

물론 만신창이가 되어 여전히 입도 뻥긋하지 못하는 미영을 내려다보는 심정은 착잡했다. 미영은 천민희에게도 특별했다. 미영은 그녀의 노력과 성실함을 인정해주었다. 그녀가 책임 간호사를 동기들보다 빨리 딸 수 있었던 것도 미영의 추천이 있었기 때문이다.

"당신 역할은 얌전히 은퇴하는 것에서 끝냈어야 해. 이

건 당신이 자초한 일이야."

천민희는 주사기를 들고 말했다.

//

무원은 여전히 세현병원 정문 앞에서 1인 시위 중인 쌍둥이 아빠를 다시 찾아갔다. 그는 무원에게 한 장의 사진을 내밀었다.

"아이들을 전부 모아놓고 찍은 사진이 있더군요. 성인 중환자실의 환자가 사망하고 2, 3일 후에 병원에서 아이들에게 무조건 마스크를 씌우라고 했습니다. 아이들은 면역력이 워낙 약하니 거의 늘 씌우고 있는데 보호자가 더 철저하게 챙기라고 했습니다. 그냥 그런가 보다 했는데……."

무원은 사진 속에서 어린 이수인과 고윤을 찾았다. 두 아이는 나란히 서서 손을 잡고 있었다. 아이들 뒤로 의료진이 지나가는 모습이 흐릿하게 찍힌 것도 확인했다.

"보이세요? 이 사람들, 평소 의사나 간호사가 쓰는 것과 다른 마스크를 쓰고 있었어요. 무슨 반도체 연구실 같은 데서 쓸 것 같은…… 그걸 쓰고 와서는 아이들을 뭐랄까…… 슬쩍 보고 나갔습니다. 평소와 분명 달랐습니다."

무원은 말없이 일반 마스크를 한 아이들과 의료진을 번갈아 보았다.

"이게…… 도움이 될까요?"

무원은 소아병동에 들어와 고개를 두리번거렸다. 희정은 오늘 출근하지 않았다. 무원은 너스 스테이션에서 나오는 다크서클이 진한 간호사를 불렀다. 그녀는 의심스러운 눈으로 무원을 보다가 그가 고윤의 사건을 수사하는 형사라는 것을 알고는 경계심을 풀었다. 그녀는 무엇이든 궁금한 게 있으면 전부 물어보라며 무원을 사람들 눈에 덜 띄는 곳으로 이끌었다. 간호사들은 이곳에서 유년기를 보낸 어린 환자가 스스로 목숨을 끊었다는 사실에 작든 크든 상처를 입었다. 때문에 무원의 존재를 불청객이 아니라 아이들의 수호자쯤으로 여겼다. 무원은 그녀에게 사진을 내밀었다. 의료진이 쓴 마스크가 무엇인지 알려달라는 무원의 말에 그녀는 바로 대답했다.

"이거 N95 마스크예요. 메르스 때 뉴스에서 못 보셨어요? 요즘에는 황사랑 미세먼지 때문에도 많이들 사서 쓰고 있는데."

더 이상 마스크를 쓰고 다니는 것이 별스럽지 않은 시대. 그것 또한 과거와 달라진 점이라면 점이랄까.

"생긴 건 마스크처럼 보이지만 공기 중으로 전파되는 미생물의 감염을 막아주는 일종의 호흡기구예요. N95에서 95는 공기에 떠다니는 미세과립의 95퍼센트를 걸러준다는 뜻이에요. N은 Not resistant to oil, 기름 성분은 못

막아준다는 거고요."

"전염성 높은 병에 안 걸리기 위해 쓰는 호흡기구라고
이해해도 되겠습니까?"

무원이 말했다.

"네, 맞아요."

"예를 들면 슈퍼 박테리아 같은 것?"

간호사가 싱긋 웃었다.

"형사님, 유식하시네요."

///

호스피스 병동의 1인용 병실은 병원에서도 가장 고층
에 위치한다. 하늘과 가장 가까운 병동. 호스피스 병동을
맨 꼭대기 층에 배치하는 것을 두고 우려도 있었다. 죽음을
앞두고 심약해진 환자들이 충동적으로 자살을 시도할지
모른다는 우려. 하지만 환자들의 생의 의지는 건강한 사람
들의 나약한 상상보다 훨씬 강했다. 오히려 호스피스 병동
에서 계절의 변화를 한눈에 조망할 수 있다며 외출을 거의
하지 못하는 환자들은 좋아했다. 한차례 소나기가 지나간
창밖은 막 씻어서 건져놓은 양상추처럼 싱그러웠다. 그런
좋은 풍경을 두고 미영은 누워 있었다. 그리고 곁에는 천민
희가 있었다.

천민희는 CRE가 들어 있는 주사와 함께 용량의 스무

배가 넘는 마약성 진통제 주사 두 가지를 준비했다. 만에 하나 슈퍼 박테리아 주입이 실패한다면 진통제 주사가 차선책이 될 것이었다. 어느 쪽을 맞아도 미영은 죽는다. 후자일 경우 부검을 하더라도 미영은 종말기 암환자가 극심한 고통 속에서 고용량 진통제에 의지하다가 결국 쇼크사한 것으로밖에 보이지 않을 것이다.

천민희는 슈퍼 박테리아가 들어 있는 주사를 손에 쥐고 미영에게 다가갔다. 진통제가 든 주사는 선반 위에 올려놓은 가방 속에 얌전히 대기 중이었다. 며칠 사이 미영은 놀랄 정도로 야위었다. 자신을 조곤조곤 비난하던 권위 있는 미영의 모습은 더 이상 찾아볼 수 없었다.

"상당히 건방진 훈계였어. 당신은 나 같은 사람이 얼마나 이 세상을 살아가는 게 힘든지 상상도 못 할 거야. 내가 어디까지 올라가는지 한번 지켜보겠어?"

훈계만 아니었어도 팔까지 발로 차서 부러뜨릴 생각은 없었다. 천민희는 미영의 팔뚝을 거칠게 잡아끌었다. 그 순간, 소화기를 들고 침대 밑에 숨어 있던 수인이 천민희의 발등을 소화기로 정확히 내려쳤다. 천민희는 끔찍한 고통 속에서도 입 밖으로 튀어나오려는 비명을 삼키는 엄청난 인내심을 발휘했다. 비명을 지르면 너스 스테이션까지 소리가 갈 것이다. 그녀는 짓이겨진 발등을 붙잡고 병실을 나뒹굴었다.

수인은 침대에서 빠져나와 바닥에 떨어진 슈퍼 박테리

아 주사를 원피스 주머니에 넣었다. 그러고는 천민희의 다른 쪽 발등에 일격을 가했다. 천민희의 피와 살점이 수인의 흰 단화와 양말에도 튀었다. 수인은 소화기를 내려놓고 콧등을 찡그렸다. 수인은 오물이 묻은 단화를 내려다보았다. 천민희는 다시 비명을 삼키기 위해 입술을 깨물었다. 입술에서 피가 터져 나와 간호사복 가슴팍을 적셨다. 창밖은 여전히 싱그러웠다. 다만 달라진 것은 그녀의 처지였다. 병실 바닥에 그녀의 발등에서 떨어진 붉은 살점과 피가 흩어졌다. 아마도 발등 뼈 대부분이 부러졌을 것이다. 고윤은 슈퍼 박테리아에 감염되었지만 죽지 않았다. 바로 그 점이 강철주를 매료시켰다. 고윤의 육체는 슈퍼 박테리아와 개발 중인 슈퍼 항생제가 함께 각축을 벌일 실험장으로 아주 적합했다. 천민희는 매월 그 실험쥐 같은 아이를 강철주에게 데려갔다. 고통에 몸부림치며 바닥에서 나뒹구는 그 찰나의 순간, 아이의 슬픈 눈이 떠올랐다.

천민희는 미영의 침대까지 기어갔다. 그녀가 기어간 자리에는 길게 핏자국이 남았다. 그리고 가방 속에 넣어둔 또 하나의 주사로 손을 뻗었다. 온몸이 고통이 뿜어내는 식은 땀으로 축축했다. 하지만 그녀는 성실한 간호사였다. 자신이 맡은 일은 절대 남에게 미루지 않았다. 그녀는 미영의 팔에 고용량 마약성 진통제를 전부 밀어넣었다. 주사액이 들어가자 미영의 몸이 격렬하게 떨리기 시작했다. 천민희는 수인을 조롱하듯 바라보았다. 그리고 침대와 선반에 기대어 천천히 창문 쪽으로 움직였다.

"건강해 보이는구나. 아주. 고윤이 너의 반만큼만 강한 아이였어도 그렇게 죽진 않았을 텐데. 그렇지?"

천민희는 고통으로 일그러진 얼굴에 애써 미소를 담고 말했다.

"게다가 아주 용감하고 결단력도 있어. 마치 나 같아."

수인은 점점 심하게 발작하는 미영과 병실 창문을 열고 있는 천민희를 번갈아 보았다. 천민희를 잡아둔 채로 병실 문을 열고 도움을 구할 방법은 없을까.

"우린 비슷해. 누구에게 일을 맡기지 않지. 자기 일은 자기가 스스로 해. 우리 주변에는 이 일에 관심이 많은 인간들이 널렸지만, 넌 결국 네가 스스로 처리할 생각인 거야. 그런 거지?"

창문은 이제 거의 활짝 열렸다. 밖에서부터 신선한 공기가 밀려들어 왔다. 천민희는 목에 걸린 핏덩어리를 한 번 더 바닥에 토해냈다.

"그래도 네가 날 이렇게 만들 거라는 건 상상도 못 했어. 물론 내가 안에서부터 서서히 죽어가고 있다는 건 알고 있었어. 저 여자도 그걸 알았겠지. 늙은 여우 같은 여자니까. 난 어쩌면 길을 잘못 들었는지도 몰라."

어째서 강철주나 김호섭처럼 되는 건 이렇게 힘든 걸까. 그녀는 인정머리 없는 신에게 버림받은 느낌이었다. 어째서 이렇게 문턱에서, 그것도 계집애 하나 때문에 주저앉아야 하는 사람이 자신인지 반드시 누군가에게 묻고 그 답을 듣고 싶었다.

수인은 여전히 갈등했다. 책임 대신 죽음을 택하려는 천민희와 더 높은 강도로 발작하는 미영. 수인은 미영을 선택했다. 수인이 병실을 뛰어나가는 순간, 천민희는 열린 창문으로 몸을 던졌다.

미영은 발작을 시작하고 5분 만에 사망했다. 수인이 병실을 나가 너스 스테이션을 향해 소리를 지르고 복도 끝에서 재활 치료실에 다녀오는 성식을 발견하는 그 5분여의 시간 만에. 수인의 비명은 병동 공기를 완전히 뒤바꾸어놓았다. 짙은 피 냄새가 베인 공기가 호스피스 병동 구석구석으로 퍼졌다. 성식이 미영의 병실로 뛰어 들어왔다. 하지만 모든 상황은 이미 끝나 있었다. 성식은 병실 구석에 주저앉았다. 그는 마치 인간의 잔혹한 밀렵 때문에 엄마 곰을 잃은 아기 곰처럼 울부짖었다. 누구도 성식을 병실에서 나가게 할 수 없었다.

나는 우리가 다른 곳에 살고 있다고 생각하기로 했다.
우리 여덟 명 모두가
너무 먼 곳에 흩어진 채 살고 있어서,
연락을 할 수도 없고 영원히 만날 수도 없는 곳에
점처럼 살고 있다고 생각하기로 했다.
그렇게 생각하지 않고서야
아무도 우리를 지켜주지 못했다는 사실을
받아들일 수가 없었다.
나는 우리가 함께 어른이 되도록 해주지 못한 사람들을
영원히,
영원토록 미워하기로 했다.

Chapter 8.

남겨진 사람들

8

희정은 카르코바이오 생명 공학연구소 출입증을 목에 걸었다. 옷은 디테일이 없는 단순한 디자인의 크림색 블라우스와 검정색 바지를 골랐다. 희정은 출입증 속 천민희의 사진을 응시했다. 그리고 준비한 가발을 조심스럽게 박스에서 꺼냈다. 그리고 판매자가 알려준 대로 먼저 짧은 자신의 머리를 잘 정리한 다음 가발을 착용했다. 빗으로 여러 번 빗고 나니 긴 머리는 원래 희정의 머리인 것처럼 꽤 잘 어울렸다. 그리고 사진 속 어깨까지 내려오는 머리를 하고 있는 천민희와 조금 더 비슷해졌다.

희정은 가볍게 고개를 숙이면서 카르코바이오 안내데스크를 지났다. 천민희에게 따귀를 얻어맞고 연구소를 그만둔 여자 직원 대신 20대 중반의 남자 직원이 자리를 지키고 있었다. 그는 출입증과 희정을 힐끗 보고는 손에 쥔 휴대폰으로 시선을 돌렸다.

희정이 찾는 것은 확실한 증거였다. 고윤이 생체 실험과 다름없는 실험의 대상이었다는 명백한 증거. 고윤의 휴대폰에서 확인한 그 실험실이 바로 이곳 어딘가에 있을 터였다. 희정은 고윤이 남긴 아홉 개의 영상 중, 세 개의 영상을 수인에게 아직 전달하지 않았다. 물론 무원에게도 밝히지 않았다. 정확히 그 영상들이 무엇을 뜻하는지 두 눈으로 먼저 확인하고 싶었다. 카르코바이오 내 연구실은 총 세 곳. 그중에서 연구실A에 출입 권한이 있는 사람은 강철주, 김호섭 그리고 천민희뿐이었다.

희정은 연구실A의 출입문에 출입증을 갖다 댔다. 문은 소음도 없이 부드럽게 열렸다. 연구실 안은 고요했다. 아주 작은 소음을 발산하는 컴퓨터만이 아름다운 대기화면으로 희정을 맞이했다. 희정은 영상 속 장소가 이곳임을 바로 알아보았다. 마취에서 깨어나지 않아 정신이 혼미한 고윤의 팔이 휴대폰의 무게를 이기지 못하고 자꾸만 미끄러졌을 그곳. 희정은 고개를 들어 천장을 보았다. 흔들리는 영상에서 본 바로 그 그림이었다. 그림은 히에로니무스 보스의 〈하늘로 올라가는 축복받은 자들〉이라는 작품이었다. 악몽처럼 기괴한 그림을 즐겨 그렸던 네덜란드 화가의 그림이 높은 천장에 새겨져 있었다. 그림은 폭이 좁고 길었다. 그림의 위쪽에는 마치 달처럼 보이는 밝게 빛나는 원이 있었다. 그리고 아래쪽에는 아마도 악마이거나 죽음의 사신으로 보이는 자들이 죽은 자들을 붙들고 있다. 그곳은 마치 천국으로 가는 길목처럼 보였다. 고윤은 누워서 이 그림을 보았을 것이다. 그리고 하늘로 올라가지도 못한 채 삶과 죽음의 경계에서 고통받고 있는 자신을 발견했을지도 모른다.

그곳에는 익숙한 것이 또 하나 있었다. 바로 보존액 속에 담겨 있는 태희와 소희, 네 살배기 쌍둥이들의 사체였다. 희정은 인형도 양말도 젤리도 전부 똑같이 두 개씩 놓여 있던 납골당 영상이 떠올랐다. 아이들은 끈적끈적한 보존액 속에 있었다. 보라색 혈전이 뒤덮인 사지와 안구가 없이 동굴처럼 눈이 뚫린 채. 고윤이 본 것은 이것이었다. 희정은 태희와 소희가 누군가에게 작은 폐와 각막을 기증하고 납골당에 잠들어 있다는 거짓말을 떠올렸다. 갑자기 욕지기가 치밀어 올랐다. 하지만 어느 곳에도 자신의 흔적을 남겨서는 안 된다. 구토를 하거나 땀을 흘리거나 뭔가를 부주의하게 만져서도 안 된다. 희정은 그 모든 것을 한데 모아 꿀꺽 삼켰다. 그것들이 배 속에서 죽음처럼 차갑게 머물렀다.

희정은 이 모든 것을 사진으로 남겼다. 강철주는 아이들에게서 슈퍼 박테리아 샘플을 채취하고 사체는 연구용으로 썼다. 그리고 전리품처럼 보존액에 담가두었다. 그리고 가까스로 살아난 아이는 강제로 끌어다가 이곳에 눕히고 박테리아와 항생제가 각축을 벌이는 실험실 자재로 썼다. 도대체 언제 그런 짓을 한 걸까. 희정은 고윤을 데리고 매달 이곳을 찾았다. 하지만 그날 실험들이 전부 이루어졌다고 판단하기는 어렵다. 그렇다면 또 언제. 희정은 천민희의 책상을 신중하게 살폈다. 강철주의 계획을 실행에 옮기는 실무자는 김호섭과 천민희다. 그중에서도 천민희는 고윤과 가장 밀접하게 접촉했다. 검사 보고서 역시 그녀가 작성했을 터였다.

희정은 가지런히 꽂힌 파일 중 따로 네임택이 붙어 있지 않은 폴더를 꺼냈다. 만약 내가 이 일에 대해 가장 잘 알고 있는 사람이라면 굳이 파일에 이름을 적지 않아도 된다. 희정은 자신의 습관을 떠올렸다. 그리고 천민희 또한 그런 습관을 가지고 있기를 바라며 파일을 펼쳤다. 그리고 연구실을 다시 한번 둘러보았다. 여전히 연구실은 고요했다. 얌전한 동물처럼 낮은 소리를 내고 있는 컴퓨터가 고마울 지경이었다.

희정은 보고서의 날짜에 시선을 고정했다. 고윤은 매달 첫 번째 월요일에 희정과 함께 이곳에 왔다. 그런데 그다음 날, 고윤은 혼자 다시 이곳에 왔다. 희정은 스스로에게 질문을 던졌다. 자신이 천민희라면 어째서 고윤을 다시, 혼자 오도록 했을까. 결과를 확인하는 날. 화요일은 월요일에 한 모종의 실험에 대한 결과를 확인하는 날이었다. 희정은 보고서를 빠르게 훑었다. 월요일에는 MRSA, 화요일에는

CG30-0438. 아이에게 영양제를 챙겨 먹이듯, 이들은 고윤에게 박테리아와 항생제를 번갈아 주입했다. 실험은 열 달 동안 총 열 번에 거쳐 착실하게 이루어졌다. 고윤은 열 달 안에 죽지 않았고, 강철주는 슈퍼 항생제 개발에 성공했다. 매달 죽었다 살아나는 것을 반복하다가 스스로 목숨을 끊은 아이. 아이는 자신이 이 연구실에서 죽으면 보존액 속 태희와 소희처럼 될 것이라는 것을 이미 알고 있었다. 그리고 수인 역시 깨어난다면 자신처럼 실험쥐 취급을 받을 것이고, 만약 깨어나지 않는다면 아마도 강제퇴원을 당했을 것이었다. 고윤은 거기까지 생각했다. 그리고 스스로 그 고리를 끊으려 했다. 아이의 육체는 연약했지만 정신만은 단단했다. 자신이 지켜야 할 대상이 무엇인지 정확히 알았고, 그렇게 했다. 희정은 가발에 제대로 머리통에 붙어 있는지 손을 목덜미에 넣어 확인했다. 차가운 손이 목덜미에 닿자 긴장이 몰려왔다. 이가 덜덜 떨리면서 갑작스레 숨이 쉬어지지 않았다. 희정은 혼미해지는 정신을 부여잡고 모든 것을 남김없이 휴대폰 카메라로 찍었다. 한 가지가 더 남았다. 5년 전 아이들의 환자 기록부 원본. 병원 내 시스템은 관련 데이터로의 접근을 막았다. 행정기록실에도 원본은 없다. 기록이라는 것은 쉽게 없앨 수 있는 것이 아니다. 특히나 기록과 밀접한 관련이 되어 있는 사람에게 중요한 기록이라면 더더욱 철저하게 관리된다. 파기는 아주 위험하고 경솔한 행동이며, 가장 안전한 것은 수중에 들고 있는 것이다. 기록 또한 어딘가에 5년 전 상태 그대로 있을 것이었다.

집으로 돌아온 희정에게 남편은 아무것도 묻지 않았다. 아직 퇴근 시간 전이었지만 집으로 와달라는 희정의 전화에 남편은 바로 알았다고 대답했다. 희정이 집에 도착했을 때 남편은 이미 도착해 앉지도 않은 채 희정을 기다리고 있었다. 남편은 희정을 끌어안았다. 희정은 남편의 목덜미에서 세상에서 가장 편안하고 안전한 냄새를 맡았다. 그리고 완전히 남편에게 기댔다. 그리고 울기 시작했다. 아주 오랫동안 울어야 했다. 희정이 샤워를 마치고 나오자 남편은 차를 끓였다. 그는 진하게 우려낸 홍차에 꿀을 듬뿍 넣었다. 희정은 그것을 몇 잔이나 마셨나. 홍차와 꿀이 얼음장처럼 차가운 마음과 손을 녹이고 몸 깊숙한 곳을 덥혀주었다. 그제야 딸 생각이 났다. 희정은 고개를 들고 남편을 바라보았다.

"오늘만 장모님께 부탁드렸어. 별일이 있는 건 아니고 그저 희정이가 조금 지친 상태라서 조용히 있게 해주고 싶다고 말씀드렸어."

남편은 희정의 머그에 홍차를 더 부었다.

"오늘은 아무것도 묻지 않을 테니까 아무 생각하지 마."

남편이 말했다.

하지만 희정의 머릿속은 한 가지 생각으로 터질 것 같았다. 어서 이걸 이무원 형사에게 전달해야 한다. 미영의 죽음도 이 일과 무관하지 않을 것이다. 미영은 개인적으로 천민희를 멈추기 위해 찾아갔다. 하지만 처절하게 실패했다. 천민희는 자신이 출근하지 않는 날과 성식이 자리를 비우는 시간까지 꼼꼼하게 체크했다. 미영은 막았지만 자신이 남아 있다. 김호섭과 강철주도 남아 있고. 그리고 차가운 시체 안치실에 여전히 누워 있는 고윤. 고윤은 지금 증거 그 자체다. 김호섭과 강철주가 먼저 손을 쓰기 전에 고윤을 지켜야 했다.

//

김재홍은 빠른 걸음으로 병원 전산실로 향했다. 지금까지 늘 그래왔지만 자신이 완전히 강철주의 수족이 되었다는 것을 걸으면서 더욱더 실감했다. 천민희는 의식불명 암 환자의 병실에서 자살을 선택했다. 어째서 그런 걸까. 혹시라도 그녀의 죽음에 강철주가 개입되어 있는 건 아닐까. 불쾌한 음모론이 재홍의 머릿속을 어슬렁거렸다. 5년 전 일부터 지금까지 일을 전부 아는 것은 네 사람뿐이다. 그중에 한 사람인 천민희가 죽었다. 남은 것은 강철주와 김호섭과 자신. 누가 생각해도 또 정리가 필요하다면 자신의 차례라는 생각이 거의 확신에 가깝게 들었다. 고윤의 조모 설득에는 실패했고 형사는 계속 자신의 주위를 배회하고 있었다. 나는 강철주가 교묘하게 친 덫을 향해 달려가는 것은 아닐까. 결국 그가 시키는 대로 하다가 천민희와 같은 꼴을 당하는 건 아닐까. 새삼스럽게 그의 비열함에 몸서리가 쳐졌다. 그리고 자신은 그런 비열한 인간에게 확실하게 저당 잡힌 인생이었다.

강철주가 지시한 것은 두 가지였다. 하나는 지금까지 기밀로 분류되어 열람이 금지된 환자 진료 기록 데이터를 삭제하는 것. 또 다른 하나는 고윤의 시신을 경찰이 부검하기 전에 처리하는 것. 전부 버젓이 존재하는 것을 없애라는 명령이다. 그리고 둘 다 김재홍이 혼자 하기 무척 곤란한 일이며, 자칫하면 혼자 모든 것을 뒤집어쓸 수 있는 일이다. 즉 아주 더럽고 위험한 일이다.

하지만 김재홍은 그중 첫 번째 일을 처리하기 위해 전산실로 달려가는 중이었다. 환자 진료 기록은 법으로 최대 5년까지 보관하게 정해져 있다. 그전에 삭제한다면 공연한 의심을 살 수도 있고, 정말 문제가 생겼을 때 불리한 증거로 작용할 공산이 크다. 때문에 그동안 기밀로 분류했다. 강철주가 삭제하라는 것은 바로 이 데이터이고 모든 의료진이 검색을 통해 환자 정보를 열람하는 사내 시스템에서는 물론이고 전산실 서버에서도 이 데이터를 공중으로 날려버리라고 했다. 강철주는 김재홍이 순환기 내과 의사가 아니라 전산기술자라도 되는 양 말했다. 뭘 어떻게 해야 할지 모르겠습니다. 강철주는 김재홍의 말에 불이라도 지르라고 대꾸했다.

재홍은 데이터 처리기사의 도착을 기다렸다. 기사는 출장비를 두 배로 준다는 재홍의 전화에 바로 출발하겠다고 했다. 하지만 어디서 출발해서 바로 온다는 것인지, 기사는 30분이 넘도록 오지 않았다. 슬리퍼 코를 바닥에 초조하게 문지르면서 전산실 앞에서 30분째 보초를 서고 있는 순환기 내과 의사 김재홍.

성식은 그런 재홍을 멀찌감치 떨어져 서서 지켜보았다. 그리고 희정에게 전화를 걸었다. 김재홍은 지금 마치 귀금속점 안을 신나게 털고 있는 일행을 기다리며 망을 보는 남자처럼 느껴진다. 성식은 자신이 느낀 그대로 희정에게 설명했다.

"그 사람이 전산실에 들어가지 못하도록 막아주세요. 그 사람, 수인이와 윤이의 진료 기록을 없애려고 하는 걸 거예요."

긴 설명은 필요하지 않았다. 성식은 어머니와 다름없는 미영을 잃은 지 얼마 되지 않은 남자였다. 세상에 어머니를 둘이나 잃어본 남자는 흔하지 않다. 성식은 그 흔치 않은 경험을 하게 된 남자였다. 이 지옥 같은 공간에서 계속 일할 수 있을까. 김재홍 또한 천민희처럼 강철주를 위해 옳지 않은 곳에 자신이 가진 능력을 쓰는 인간이었다. 몸속 깊은 곳에서부터 분노가 부글부글 끓어올라 정수리까지 순식간에 솟구쳤다.

성식은 재홍에게 다가갔다. 제대로 된 맹수 앞에 실속

없이 생긴 들짐승이 서 있는 꼴이었다. 그제야 도착한 처리 기사는 뭔가 상황이 좋아 보이지 않자 두 사람에게 거리를 두고 섰다.

"선생님께서 직접 전산실을 관리하는 기사님을 부르실 이유가 있습니까?"

성식은 물었다.

"형사를 부를까요? 선생님도 잘 아시는 형사님으로요."

성식의 말에 재홍이 움찔했다.

"아뇨. 돌아가겠습니다."

재홍은 성식의 시선을 피한 채 대답했다.

"네. 그러셔야 할 것 같습니다."

성식은 손으로 내과병동으로 올라가는 엘리베이터를 친절히 가리켜 보였다.

"다시는 이곳에서 뵙지 않길 바랍니다. 그땐 저도 별로 친절하게 대해드리지 않을 겁니다."

//

수인은 여전히 새로운 바깥소식에 어두운 시체 안치실 담당의에게 고윤의 누나로 통했다. 여전히 아름답고 슬픔에 빠진 채 휠체어를 타고 방문한 고윤의 누나를 담당의는 흔쾌히 들여보냈다. 혹시 무섭거나 하면 같이 가줄 수 있다는 친절을 베풀었으나 수인은 딱 잘라서 미소를 지으며 거절했다.

"동생과 이렇게 단둘이 있는 것도 오늘이 마지막이거든요. 동생에게 마지막으로 해주고 싶은 이야기가 있어요. 괜찮죠?"

괜찮지 않을 리가. 대신 수인은 자신의 휠체어를 문 앞까지 밀어주는 것은 허락했다. 담당의는 수인의 찰랑이는 생머리에 풍기는 복숭아 향이 지루하기 짝이 없는 자신의 오늘을 리프레시 해준다고 생각했다.

시체 안치실에 들어온 수인은 담당의의 발소리가 멀어지자 휠체어에서 일어났다. 그리고 철제 보관함 속 고윤을 꺼내 아직 시체가 들어 있지 않은 빈 보관함으로 옮겼다. 그리고 고윤이 있던 자리에 눕고 스스로 차갑고 어두운 관 같은 보관함 문을 닫았다. 버틸 수 있는 시간은 아마도 15분 남짓. 과연 수인의 생각대로 재홍이 움직일까. 더 이상 생각은 필요 없었다. 그들이 움직였고 나도 움직일 뿐이다. 수인은 그렇게 생각했다. 오른손에는 인간의 무른 살 따위는 버터처럼 부드럽고 순식간에 자를 수 있는 메스를 숨긴 상태로.

//

희정은 완전히 지친 모습이었다. 희정은 카페로 들어서는 무원을 발견하고 작게 고개를 끄덕였다. 그러고는 희미한 목소리로 인사를 건넸다.

무원은 희정 맞은편에 앉았다. 그녀는 처음 봤을 때와 좀 달랐다. 희정은 뭔가 힘에 부치는 일을 막 끝내고 온 사람처럼 보였다. 희정은 스크래치가 잔뜩 난 인조 가죽 소파에 몸을 파묻고 앉아 테이블을 내려다보았다. 반팔 아래로 드러난 팔에서 윤기가 느껴지지 않았다. 팔뿐만 아니라 얼굴에서도 처음 희정을 만났을 때 느꼈던 단단한 의지와 활기는 느껴지지 않았다. 간호복을 입지 않은 그녀는 연약하고 불안해 보였다. 무원이 말을 걸지 않는다면 그녀는 하루 종일 이 상태로 있을지도 모른다.

하지만 희정은 생각을 정리하고 있었다. 남은 힘을 전부 끌어모아, 무원에게 전해야 하는 사실을 머릿속으로 정리했다.

"카르코바이오에 다녀왔어요."

"혼자서요?"

무원은 얼굴을 찌푸렸다. 미영이 카르코바이오에 혼자 갔다가 어떤 꼴로 돌아왔는지 떠올렸다. 그런데 이 여자는 그걸 알면서도 또 혼자 그곳엘 갔다. 무원은 새삼스럽게 여자들의 추진력에 감탄했다. 무원은 희정을 다시 쳐다보았다. 그녀가 왜 지쳤는지 단박에 이해가 됐다.

"뭔가 의심스러운 게 있으면 저한테 얘기를 하시는 게 좋을 것 같은데요."

무원이 말했다.

"다시는 가지 않을 거예요."

희정은 드러난 팔을 쓸어내렸다. 천장에서 에어컨 바람이 기세 좋게 내려왔다.

"그곳에 태희와 소희가 있었어요."

"카르코바이오 연구실에 태희와 소희가 있었다고요?"

무원이 다시 한번 말했다.

희정은 고개를 끄덕였다.

"보존액 속에 담겨 있었어요. 사망 당시 모습 그대로. 그 사람들, 죽은 아이들을 빼돌렸어요."

무원은 미간을 찌푸렸다. 그렇다면 납골당은 어떻게 설명해야 할까? 그 안에 든 것이 두 아이의 유골이 아니란 말인가. 쌍둥이 아빠의 선량한 얼굴이 빠르게 스쳐 지나갔다.

"그리고 윤이는 한 달에 두 번 그곳에 갔어요. 한 번은 저와 함께. 나머지 한 번은 혼자."

희정은 가방에서 휴대폰을 꺼냈다. 그리고 사진으로 찍어둔 고윤의 실험 보고서를 무원에게 내밀었다.

무원은 그 속에서 익숙한 이름을 발견했다. CG30-0438. 언론에서 대대적으로 떠들고 있는 카르코바이오의 혁신. 슈퍼 박테리아로부터 세계 인류를 구하고 1조에 육박하는 경제적인 이익을 카르코바이오에 가져다줄 슈퍼 항생제의 코드네임. 고윤은 매달 CG30-0438을 제 몸으로 경험한 첫 케이스였다. 물론 고윤의 동의, 적법한 절차 등은 건너뛴 채.

"아이 몸에다 직접 이걸……."

무원의 말을 희정이 이었다.

"실험한 거예요. 슈퍼 항생제를 성공적으로 개발해낼 때까지요."

"태희와 소희의 몸속에서는 슈퍼 박테리아를 검출했겠군요."

희정은 고개를 끄덕였다.

"물론 여덟 명의 아이들 모두 감염된 상태지만 두 아이는 쌍둥이였고 아마 다른 아이들보다 상태가 심각했을 거예요. 아이들 중 가장 어렸거든요. 박테리아를 채취하고 시신은 박테리아가 아이들 몸 구석구석에 미친 영향을 알아보는 데 썼을 거예요."

희정은 건조하게 말했다. 모든 치밀어 오르는 감정은 전부 눌러놓은 채 사실을 무원에게 전달하는 것에만 집중했다.

"그러니까, 납골당에 있는 유골은 도대체 누구인지 확인해야 해요."

무원은 고개를 끄덕였다. 휴대폰을 꺼내 바로 종태에게 연락했다. 종태에게 짧게 전후 사정을 설명했다. 그리고 아이들의 장기를 기증받은 부모도 찾아야 했다. 만일 이 모든 일이 누군가의 설계 아래에서 꾸며진 일이라면 쌍둥이 아빠에게 감사를 표현한 부모도 가짜였다. 무원은 쌍둥이의 유골 감식을 위한 국과수 의뢰까지 종태에게 부탁하고 통화를 종료했다.

"그리고 김재홍 선생이 전산실로 사람을 불러 환자 기록 데이터를 삭제하려는 것을 우리 간호사가 막았어요."

아주 정석대로 움직이고 있었다. 목격자나 관련자를 처리하고 증거를 인멸한다. 다음은 고윤일 것이다. 그리고 어쩌면 마지막은 이수인일 것이다.

"부검이 필요합니다."

무원이 말했다. 희정이 고개를 끄덕였다.

"윤이는 괜찮을까요? 지금 윤이는 인질이나 마찬가지 아닌가요?"

무원은 빠르게 생각을 집중했다. 지금 희정이 가진 증거는 재수사를 시작할 결정적인 근거가 될 것이다. 재수사가 시작되면 부검은 당연히 필요하다. 지금 유일하게 고윤에 대한 결정을 내릴 수 있는 것은 팔순이 넘은 조모뿐이다. 무원은 자리에서 일어났다.

"좀 더 쉬시는 게 좋겠습니다. 가능하면 병원도 며칠 쉬시는 편이 좋을 것 같습니다만."

희정은 말없이 고개를 끄덕였다. 아직 말해야 할 것이 하나 남아 있다.

"그날 아이들이 발작을 시작할 때 제가 혈액 검사를 의뢰했었어요. 병원에는 없는 기록이에요. 제가 따로 보관하고 있었으니까요."

5년 전 의료 사고를 가장 가까이에서 지켜본 간호사이

자, 증거를 감춘 간호사. 하지만 무원은 희정에 대한 판단을 잠시 보류했다. 그녀에게도 시간이 필요했을 것이다. 자신이 가진 것을 전부 내려놓고 이 무대의 한복판에 올라설 결심을 할 시간.

"아이들 혈액 검사에서 슈퍼 박테리아가 검출되었어요. 아이들 환자 기록 어디를 확인해도 등장하지 않는 내용이죠. 하지만 그날 아이들이 사망하기 20분 전 제가 진행한 혈액 검사에서 분명히 검출되었어요."

무원은 고개를 끄덕였다.

"수인이는 이 일을 기억하고 있었어요."

희정은 비난과 원망이 담긴 수인의 눈빛을 다시금 떠올렸다. 어느 누구의 비난과 원망도 그렇게 괴롭지는 않을 것이었다.

무원은 이제 완전히 지친 희정을 보며 입을 열었다.

"간단하게 처리할 일은 분명 아닙니다. 물론 어떤 사건도 그렇게 간단하지는 않습니다. 술에 취해 서로에게 주먹을 휘두르는 사람들에게도 알고 보면 복잡한 사연이 있을 때가 많습니다. 확답을 드릴 수는 없지만 선생님과 증거, 그리고 아이들이 최대한 제자리를 찾을 수 있도록 노력하겠습니다."

"네. 시작은 정말 최악이라고밖에 말할 수 없지만 끝이 좋다면 좋을 수 있다고 생각해요. 지금 제가 바라는 것은 그뿐이에요."

희정은 마지막 말을 끝으로 길게 침묵했다. 어딘가에서 수인이 보고 있는 것 같았다. 그리고 고윤도. 자신들이 선택한 두 어른이 자신들을 위해 앞으로 무엇을 할지 지켜볼 것이라는 생각이 거의 확신에 가깝게 들었다.

//

재홍은 자신의 진료실로 돌아가는 대신 법의학 연구소로 향했다. 강철주의 첫 번째 숙제는 실패했지만, 두 번째 숙제가 시체 안치실에 누워 있다.

고윤의 조모는 재홍이 무슨 말을 해도 고윤의 화장에 동의하지 않았다. 모든 일은 저희가 처리할 겁니다. 일체의 비용이 들지 않습니다. 유골은 가장 좋은 유골함에 넣어 댁으로 보내드릴 겁니다. 유골함을 둘 납골당도 가장 좋은 곳에 가장 좋은 단으로 정할 겁니다. 가장 좋은 단이 당연히 가장 비쌉니다. 맨 아랫단은 쪼그리고 앉아야 해서 가격은 싸지만 아주 불편합니다. 할머님께서 허리를 숙이지 않아도 되는 위치에 손자는 항상 있을 겁니다. 다시 말씀드리지만 이렇게 하는 데에 모든 비용은 저희가 지불할 겁니다. 하지만 조모는 마른 열매가 매달린 것 같은 고개를 고집스럽게 흔들었다.

시체 안치실로 향하는 재홍의 이마에 찐득한 식은땀이 촉촉이 배어나왔다. 그때 조모의 손가락을 꺾어서라도 사인을 받아냈어야 했다. 그 간단한 일을 처리하지 못해서 지금 아무런 대책도 없이 시체 안치실로 꽁지에 불이 붙은 것처럼 달려가고 있는 것이다. 재홍은 문득 뒤를 돌아보았다. 혹시 성식이 여기까지 따라오는 것은 아닐까. 말 그대로 가슴이 답답하고 무서움에 몸서리가 쳐졌다. 어릴 적 혼자 집을 보고 있자면 누군가 벨을 누르지 않고 문을 두들기곤 했다. 아마도 장난치는 어린애들이거나 현관문에 전단지를 붙이고 관심을 끌려는 아르바이트생이었겠지. 하지만 그때마다 마음이 서늘해져서 뒤를 돌아보곤 했다. 성식은 당시의 기억을 불러일으키는 묘한 면을 가지고 있었다. 충동적으로 누군가를 때리거나 할 타입은 절대 아니다. 하지만 일단 마음을 먹으면 자신의 훌륭한 체격과 남들보다 커다란 손과 발을 아주 효율적으로 이용할 것 같은 분위기를 풍겼다. 만약 아무도 들어오지 않는 한가한 시체 안치실에 성식과 둘이 남는다면 어떻게 될까. 재홍은 고개를 흔들었다.

담당의가 재홍을 알아보고 손을 흔들었다.

"먼저 온 손님이 있어."

담당의는 농담처럼 말했다. 그게 누군지 너도 알잖아라는 식으로.

하지만 재홍은 담당의의 말을 제대로 듣고 이해할 정신이 없다. 그는 다급하게 문을 열었다. 소름끼치게 차가운 냉기가 땀으로 축축한 겨드랑이에 꽂혔다. 재홍은 몸을 떨며 안으로 들어가 문을 잠갔다. 그리고 서둘러 문을 잠그고 돌아서느라 문 옆에 세워진 휠체어는 보지 못했다.

재홍은 덜덜 떨리는 손으로 고윤의 시체가 들어 있는 보관함 서랍을 힘껏 당겼다. 일단 꺼냈지만 이걸 그대로 가지고 나갈 수 있을까. 설령 나간다고 해도 문밖에 있는 담당의에게 맡겨둔 물건을 찾아가는 평범한 사람처럼 보일 리 없었다.

갇혔다. 나는 분명히 갇혔어. 고윤의 시체와 함께 이곳에 갇혔다. 빈손으로 나간다면 어떨까. 강철주가 고생했다며 나의 어깨를 두드려줄까. 그럴 리가.

망설이는 재홍의 가슴팍을 향해 얇은 천 아래 메스를 든 손이 소리 없이 향했다. 순식간에 재홍의 셔츠가 깔끔하게 잘렸다. 메스는 소리 없이 가슴에서부터 복부까지 긴 사선을 그리며 내려갔다. 프로의 손길이라고는 보기 어렵지만 마음가짐만큼은 프로였다. 바로 이 자리에서 죽이겠다는 마음가짐. 재홍은 아직 자신에게 무슨 일이 일어났는지 정확히 이해하지 못했다. 그저 내부의 지독한 고통이 몸 밖으로 탈출을 감행한 것 같았다. 재홍의 입에서 신음이 쏟아지는 것과 동시에 복부에서 선혈이 쏟아졌다. 재홍은 피범벅이 되면서 메스를 쥔 희고 고운 손을 응시했다. 그리고 복부를 움켜쥐면서 천천히 주저앉았다. 얇은 천 아래 누워 있는 누군가의 힐끔하는 까만 눈동자가 서서히 바닥으로 쓰러지는 재홍을 응시했다. 그게 누구인지 알아본 재홍은 붕어처럼 입을 벌렸다. 너는. 불행하게도 그는 문장을 끝맺지 못했다.

재홍은 입을 벌린 채 바닥으로 고꾸라졌다. 마리오네트에 달린 다섯 가닥의 줄을 하나씩, 하나씩 천천히 끊어내는 것 같은 움직임. 자신의 피에 뒤범벅이 된 채 쿨럭거리던 마리오네트는 움직임을 완전히 멈췄다. 비열하고 교활한 주인이 강요하는 지독하게도 길고 힘이 든 춤에서 완전히 벗어난 모습으로.

승열은 하마터면 비명을 지를 뻔했다. 질끈 하나로 묶은 검은 머리에 마른 다리를 감싸고 있는 청바지. 그 모습은 반사적으로 누군가를 떠오르게 했다. 잠시 정지해 있던 사고가 풀리면서 승열은 가까스로 그게 누구인지 알아보았다. 오피스텔 계단에 앉아 있던 수인이 승열의 인기척에 고개를 들었다. 그러고는 품 안에서 승열의 집 주소가 적힌 우편물을 꺼냈다. 당직실에 승열이 두고 잊어버린 카드 명세서였다. 수인은 이제 막 붉은 살을 그대로 내보인 채 털도 없이 세상에 던져진 새끼 새나 다름없었다. 하지만 새끼 새는 자신을 규정짓는 외부의 시선에 털끝만큼도 관심이 없어 보였다. 승열은 수인을 데리고 집으로 들어왔다. 어떻게 보아도 여중생으로밖에 보이지 않는 수인과 서른이 넘

은 남자가 나란히 서 있는 모습을 남 일에 관심 많은 오피
스텔 주민들에게 보일 필요는 전혀 없었다.

수인은 메고 온 가방을 소중하게 품에 안고 소파에 앉
았다. 그러고는 무방비 상태로 노출된 혼자 사는 남자의 물
건들을 찬찬히 관찰했다. 수인은 테이블 아래에 줄지어 있
는 빈 술병에 시선을 고정했다. 승열은 아직도 진정되지 않
는 마음을 간신히 가라앉히고 수인의 앞에 앉았다. 그러고
는 대답을 기다리는 눈빛으로 수인을 바라보았다.

"병원에서 나왔어요. 일이 조금 생겨서."

일? 수수께끼 같은 단어가 수인의 입에서 나왔다.

"희정 선생님은 제가 나왔는지 몰라요. 아마…… 아직
은 아무도 모를 거예요."

수인은 시간을 재듯 잠시 생각하다가 대답했다. 시체
안치실에 쓰러져 있는 재홍을 전공의가 발견해 일대 소란
이 일어나고, 그러는 와중에 호스피스 병동 1인실에 머무
는 열다섯 살 환자가 사라졌다는 것을 알아채기까지 얼마
의 시간이 필요할까.

수인은 그건 내가 알 바가 아니라는 듯 고개를 흔들었
다. 재홍을 찌른 메스는 잘 닦인 채 가방 속에 있었다. 천
민희가 쓰지 못한 슈퍼 박테리아 CRE가 담긴 주사도 물론
가방 속에 잘 있으며 희정이 마련해준 원피스와 카디건도
들어 있다. 소중하다고 생각하는 것들은 빠짐없이 챙겨서
병원을 나왔다.

"무슨 일이 있었는데 병원에서 나온 거야?

창밖의 풍경은 변함이 없었다. 아직 해는 지지 않았고 쌩쌩하게 빛나고 있었다. 하지만 바로 이곳 이수인의 수수께끼 같은 말을 듣고 있는 자신의 머리 위에 먹구름 한 조각이 몰래 들어와 있는 것 같았다. 불길한 생각이 온몸을 감쌌다.

"김재홍 선생님을 메스로 살짝 찔렀어요. 죽을 정도로는 아니고요."

수인은 길고 윤기 나는 자신의 포니테일을 손으로 한 번 만졌다.

"천민희 간호사 발등도요. 그건 소화기로. 하지만 창문으로 밀진 않았어요. 그건 그 여자가 혼자 한 거예요."

거짓말을 정말 기가 막히게 하는 환자들이 있다. 아이큐 140인 남자가 자신의 아이큐를 50 미만까지 떨어뜨린 적도 있었다. 계산된 말에서는 허황된 냄새가 난다. 과장하고 과시하고픈 마음이 드러난다. 상대방의 인정과 칭찬을 바라는 속내가 드러난다. 하지만 수인의 말에서는 그런 것이 느껴지지 않았다. 마치 빈 캔은 알루미늄 자루에, 페트병은 플라스틱 자루에, 헌책은 폐지를 모아둔 박스에 넣었다고 말하는 것 같다. 승열은 자리에서 일어났다. 술 생각이 간절했지만 가능하면 맑은 정신을 유지해야만 했다.

"원래 두 사람한테 그럴 생각은 없었어요. 정말 잘못한 사람은 따로 있으니까. 그 사람이 우선이었는데, 계획을 바꿨어요. 두 사람 다 내가 아주 중요하게 생각하는 사람들에게 손을 댔어요. 그래서 어쩔 수 없었어요."

수인의 정수리가 조명을 받아 반질반질하게 빛이 났다.

"나는 아직 안 끝났어요. 윤이에게 했던 것처럼 그대로 해줄 생각이에요. 그러니까."

수인의 말이 끝나기 전에 전화벨이 울렸다. 승열은 휴대폰을 확인했다. 이무원 형사. 무원의 전화는 기형적으로 부풀어 오르는 이 집의 긴장감에 제동을 걸었다. 승열은 휴대폰과 수인을 번갈아 보았다.

"선생님이 도와줘요. 내가 잘 마무리할 수 있도록."

수인은 제 할 말을 마치고 소파에 몸을 파묻었다.

승열은 무원의 전화를 받았다. 방금 전 수인에게 들었던 이야기를 무원의 입으로 다시 듣는 것과 다를 바 없었다. 고윤의 사망확인서를 쓴 순환기 내과의 김재홍이 시체 안치실에서 복부가 칼에 찔린 채 발견되어 현재 치료 중이라고 했다. 그리고 이수인이 몇 가지 소지품을 들고 병실에서 사라졌으며, 오희정 간호사는 오늘 오프라 이수인의 행방에 대해 아는 바가 없었다고 했다.

"혹시 이 두 가지 일들에 대해 아시는 것 있습니까?"

무원이 물었다. 승열은 휴대폰을 든 채 수인을 응시했다. 짧은 침묵이 흘렀다.

"없습니다. 저도 갑작스러운 소식을 들어서 당황스럽네요. 뭐라도 생각이 나면 연락드리겠습니다."

그리고 승열은 전화를 끊었다.

유용한 일을 하는 것, 용기를 북돋는 말을 해주는 것, 아름다운 것을 생각하는 것. 한 사람의 인생은 그 정도면 족하다. T. S. 엘리엇의 말처럼 그것으로 충분할지도 모른다. 하지만 짧게 돌아본 자신의 인생은 어느 것도 제대로 하지 못했다. 친구의 자살을 막지 못했고 환자와는 기묘한 관계를 맺고 있으며, 머릿속은 좌절감과 우울로 가득하다. 하다못해 극지의 땅으로 자진해서 가고자 하는 의지조차 받아들여지지 않았다. 지금 자신이 무원에게 한 거짓말이 어떤 결과를 불러올지 예측할 수 없었다. 수인이 말하는 잘 마무리한다는 것이 무엇인지 알고 싶지도 않았다. 하지만 한번쯤은 누군가를 제대로 믿어보고 싶었다. 그리고 그 누군가가 가는 길을 눈을 부릅뜨고 지켜보고 싶었다.

//

무원은 고윤의 부검 종합감정서를 읽었다. 예상대로 고윤의 몸에서는 여러 종류의 슈퍼 항생제가 검출되었다. 강철주가 개발에 성공한 CG30-0438 외에 카르코바이오가 그동안 개발에 실패한 항생제 또한 검출되었다. CG30-0438는 우연한 성공이 아니었다. 인간의 손이 집요하고도 계획적으로 다른 인간에게 실험을 해서 얻어낸 결과물이었다. 생체 실험. 어두운 지하실에서부터 올라오는 습하고 불길한 기운 같은 단어. 하지만 그것이 아니라면 강철주가 지금까지 한 일을 뭐라고 설명할 수 있을까.

고윤의 조모는 무원의 설명을 전부 들은 뒤 부검을 허락했다. 조모는 그들에게 돈을 받은 지난날들을 후회했다. 무원에게 통장을 주며 전부 없던 일로 해달라고 했다. 이 돈이 손주를 괴롭힌 대가로 주는 돈이라는 걸 알았으면 받지 않았을 것이라고도 말했다. 무원은 고윤이 찍은 영상 중 하나를 조모에게 내밀었다. 영상 속 조모는 손자 앞에서 약을 먹고 있었다. 그리고 고윤은 할머니를 보면서 웃었다. 고윤의 웃음소리가 들어간 영상은 그것 하나뿐이었다. 조모는 마른 가지 같은 손가락으로 휴대폰 속 손자를 쓰다듬었다.

무원의 휴대폰이 울렸다. 혹시 수인을 찾았다는 전화일지 모른다. 무원은 빠르게 전화를 받았다. 전화는 쌍둥이들의 유골 분석을 의뢰한 국과수에서 온 것이었다. 연구원은 사무적인 목소리로 분석 결과를 전했다. 무원은 결과가 나오면 먼저 전화로 알려달라고 담당자에게 부탁해두었다. 그리고 사무적이긴 해도 약속은 지키는 연구원은 카르코 바이오를 압수 수색할 영장이 필요한 형사에게 바로 전화를 해주었다.

"매우 높은 확률로 남성의 유골로 확인됩니다. 그리고 한 사람의 것이고요. 두 사람 이상의 유골이 섞여 있지 않습니다. 연령대는…… 적어도 60대 이상. 중년 남성입니다."

연구원은 그 이상 더 할 말이 없다는 듯 무원의 대답을 기다렸다. 왜 중년 남성의 유골이 태희와 소희의 유골함에 들어 있는 것일까. 이 남자는 누구일까.

"남성의 신원은 확인됩니까?"

무원이 물었다.

"아뇨. 신원 미상입니다. 실종자라면 DNA로 신원이 확인되겠죠. 가족들이 실종 신고를 했을 테니까요. 하지만 실종 신고로 등록되지도 않았어요. 행불자가 아닐까 하는 생각도 듭니다. 이를테면 사망한 노숙인이라든지."

폭력이나 사고 등에 연루가 되어 응급실에 실려 온 노숙자들 중에 그대로 병원 응급실에서 사망하는 경우가 있다. 그러면 병원은 아주 골치가 아픈 일을 떠맡은 신세가 된다. 다행히 가족이나 지인과 연결이 되어 시신을 가져간다면 문제가 없지만, 그렇지 않은 경우에는 경찰 측과 협의하여 절차에 따라 화장 처리를 했다. 보통은 장례 업체에서 알아서 처리한다. 무원의 생각이 거기까지 빠르게 미쳤다. 누군가의, 가족이 절대 찾을 리 없는 사망자의 유골이라면 그다지 어렵지 않게 손에 넣을 수 있었을 것이다. 그 일을 누가 했을지도 대충 짐작이 되었다. 무원은 혹시라도 신원이 밝혀지면 연락을 달라고 하고 전화를 끊었다.

5년 전부터 누군가의 감독하에 모든 일이 정확하게 처리되었다. 하지만 고윤의 자살은 예상치 못한 변수가 되었다. 그리고 고윤의 자살이 어쩌면 이수인의 각성을 도왔을

지 모른다는 것 또한 예상하지 못했을 것이다.

전화가 다시 울렸다. 이번에는 쌍둥이의 장기를 기증받은 기증자 가족을 추적하고 있는 종태의 전화였다.

"주선자는 예상대로 김호섭이야. 고질적으로 입원비를 체납하는 환자 보호자 중 쌍둥이들과 나이가 비슷한 아이들이 있는 부부를 골라냈어. 김호섭은 처음에 애를 데리고 부부한테 병원을 나가라고 했다고 해. 세게 나간거지. 부부는 매달렸어. 지금 나가면 애 죽는다고."

부부를 궁지에 몰아넣은 김호섭은 한 가지 제안을 했다. 밀린 입원비 1500만 원을 없던 일로 하는 대신, 한 남자를 만나서 일종의 연기를 해줄 것을. 부부가 해야 하는 역할은 쌍둥이의 각막을 기증받은 아이의 부모였다. 부부는 남자를 만나 고개를 숙이고 감사를 표현했다. 실제로 그들은 태희와 소희 아빠의 손을 붙잡고 눈물을 흘렸다. 지금 이 시간만 잘 넘기면 밀린 입원비가 사라진다고 생각하니 저절로 눈물이 솟았다. 이 감동적인 자리에는 강철주 병원장도 동석했다.

"용서해달라고 하더라. 돈에 눈이 멀어서 그랬다고. 아이 아빠한테 나쁜 마음으로 그런 것은 아니었다고 전해달래. 자신도 자식을 키우다 보니 어쩔 수 없었다고."

종태는 씁쓸하게 덧붙였다.

"그래서 뭐라고 그랬어?"

무원이 물었다.

"나중에 경찰서에서 직접 사과하라고 했다."

무원은 종태와 통화를 마치고도 휴대폰을 내려놓을 수가 없었다. 지금 누구보다 유골 분석 결과를 기다리고 있을 한 사람이 떠올랐다. 무원에게 수박을 권하고 빵을 권하던 쌍둥이의 아버지. 5년이 지난 지금도 여전히 아이들의 작은 칫솔을 버리지 못하고 매일 아침 그것을 마주하는 것으로 하루를 시작하는 남자.

분노의 불길이 강철주로 향했다. 그에게는 어느 선에서 멈춰야 한다는 양심의 선이 없었다. 의사로서의 윤리관은 전무하고 세상 모든 것을 자신이 옳다는 논리의 발밑에 두었다. 그의 발밑에는 사람의 목숨도 있었다. 김호섭과 김재홍, 천민희는 그런 강철주 밑에서 단물을 받아먹는 존재였다. 그리고 자신의 상관인 서장 또한 자신의 풍족한 노년을 약속해줄 그 단물을 기대하고 있을 것이다. 무원은 무거운 마음으로 전화를 들었다. 지금도 유골함을 끌어안고 무원의 전화를 기다리고 있을 한 가련한 아버지에게 진실을 말해야 했다. 무원은 자신이 죽음의 소식을 전하는 까마귀가 된 기분이었다.

고윤은 소아중환자실에서도 가장 많이 칭얼거리고 손이 많이 가는 아이였다. 고윤의 조모는 그런 손자를 달래다

지치면 간호사들에게 도움을 청했다. 조모는 희정이 병동에서 가장 막내 간호사라는 걸 용케 알아채고는 주로 희정에게 아쉬운 소리를 하곤 했다. 반면 수인은 어지간해서는 울지 않는 순한 아이였다. 보호자인 엄마가 지쳐 보이면 눈치를 보고 혼자 알아서 놀았다. 조모는 번번이 희정을 불렀지만 소변 눌 시간도 없는 신참 간호사가 매번 달려갈 수는 없었다. 그럴 때마다 수인은 제 장난감과 그림책을 들고 고윤의 침상으로 갔다.

소아중환자실의 불은 밤새도록 꺼지지 않는다. 보호자들은 아이에게 안대를 채우거나 커튼으로 불빛을 가렸다. 고윤은 새벽까지 잠들지 못했다. 창백한 불빛이 싫어 밤새 뒤척였다. 그런 기색을 알아채면 수인은 고윤의 침상에 함께 누워 잠들곤 했다. 예민한 아이는 예의 바르고 어른스러운 소년으로 자랐다. 어쩌면 희정과 함께 카르코바이오에 갈 때마다 고윤은 구조 요청을 보냈을지 모른다. 내성적인 아이가 할 수 있는 방식으로. 고윤은 희정을 좋아했다. 늘 다정하게 잡아주는 손도 좋았고 수인의 병실에서 잠든 자신을 깨우지 않아서 좋았다. 그렇기 때문에 희정을 곤란하게 만들고 싶지 않았다. 하지만 도움을 청하고 싶었다. 고윤은 이 두 가지 마음 사이에서 갈등했을 것이다. 희정은 여기까지 생각을 마치고 나서야 강철주가 있는 병원장실 문을 열었다.

"정확히 기억이 나지는 않지만."

강철주는 자신의 자리에서 희정을 맞이했다. 여전히 극도의 청결함을 유지하고 있는 공간. 강철주는 이 공간을 일주일에 한 번 전문 청소 업체에 맡겼다. 강철주와 청소 업체 사이에는 물론 김재홍이 있었다.

"고통과 임종이 없으면 인간의 삶은 완전해질 수 없다는 구절을 어디에선가 읽은 적이 있네. 혹시 들어봤나?"

희정은 짧게 고개를 저었다.

"난 이 일을 하면서 그 말을 상당히 자주 떠올렸어. 아주 마음에 드는 말이거든. 삶이란 무엇인가라는 질문에 아주 적절한 답이라고 생각되지 않나? 결국 인간이란 이런저런 고통을 겪다가, 또 비슷비슷한 행복과 만족감도 어느 정도 느끼다가 그렇게 가는 것이지."

희정은 가만히 있었다.

"간호사가 병원장실까지 들어온 이유가 있을 테지? 요즘은 이상할 정도로 반갑지 않은 인간들이 이 방을 제멋대로 들락날락한단 말이야."

강철주는 전혀 농담이 아니라는 듯 딱딱하게 굳은 얼굴로 희정의 얼굴을 응시했다.

"5년 전 소아중환자실 신참 간호사가 주치의도 모르게 혈액 검사를 했어. 정말이지 아무도 몰랐다고 해. 김재홍도 천민희도. 사실 신참 간호사한테 누가 관심이 있겠어. 하지만 나는 신참 간호사가 빼돌린 혈액 검사 결과가 무척 궁금하군."

희정은 점점 가빠지는 숨을 가까스로 다스렸다. 지금이라도 당장 저 문을 열고 나가고 싶은 생각이 간절했다.

"대답을 하는 편이 좋을 거야."

강철주가 말했다.

"김호섭이 이쪽으로 오고 있어. 이젠 김호섭한테 일을 맡길 수밖에 없거든. 알겠지만 여자라고 딱히 친절을 발휘하는 위인은 아니지."

"도대체 아이들에게 왜 그런 짓을 한 거죠?"

무기력한 질문이라는 걸 알고 있다. 하지만 묻지 않을 수가 없다. 도대체 왜.

"질문에 또다시 질문이라. 좋아. 내가 한 질문에 대한 답은 조금 있다가 듣기로 하지. 자네가 목격한 건, 전부 작은 사고일 뿐이야. 그런 것들을 일일이 내게 들고 와서 이건 왜 그런 거죠, 저건 왜 그런 거죠라고 묻는다면 난 참기 힘들어."

강철주는 자신의 손을 내려다보며 쓰다듬었다. 이 손으로 어떤 일들을 이루어냈는지 새삼스럽게 떠올리려는 듯.

"의사는 많아. 많아도 너무 많지. 내 목적은 단 한 가지뿐이야. 구원자."

강철주의 시선이 희정을 파고들었다.

"구원자로 남는 거야. 인류를 구원하려는 사람이 듣기에 자네의 질문은 불필요해. 그러니까 그만 따져 묻고 내가 한 질문에 대한 대답을 하도록 해."

희정은 아무 말도 할 수 없었다. 어떤 말을 해도 눈앞의 저 남자의 생각은 바뀌지 않을 것이다. 병실 창문으로 몸을 던진 천민희도, 불의의 습격을 당한 김재홍도 이미 안중에 없을 것이다. 몸 안쪽 어딘가에 있는 위험 감지 알람이 필사적으로 울렸다. 어서 이곳을, 이 병원을 나가.

"좀 더 솔직하게 말하자면 이런 소동들이 조금 즐거워. 생활에 은근한 긴장감을 주거든. 위대한 일에는 위험이 따르기 마련이지. 하지만 좀 더 시간이 지나면 자네 역시 날 이해하게 될 거야. 혹시라도 자네의 소중한 딸이 슈퍼 박테리아에 감염된다면 더욱 빨리 이해할 수도 있겠지."

강철주의 입에서 딸에 대한 이야기가 나오자 희정은 더 이상 견디기 어려웠다.

"제가 알고 있는 것들은 전부 형사도 알고 있어요. 설령 제가 어떻게 된다고 해도 누군가는 계속 이 일을 파헤칠 겁니다."

"상관없네. 보나마나 아주 긴 시간이 걸릴 테니까."

희정은 문으로 향했다. 온몸이 떨리는 것을 감추기 위에 온 신경을 집중했다.

"1969년 암스트롱이 달에 첫발을 내디디면서 했던 말이 무슨 의미인지 나는 완벽하게 이해해. One small step for a man, one giant leap for mankind. 한 사람의 인간에게는 작은 한 걸음이지만……."

희정은 강철주의 말이 끝나기 전에 서둘러 병원장실을

나섰다.

///

"제가 만나보겠습니다."

무원이 말했다.

무원은 조사실의 좁고 긴 창문으로 보이는 남자의 얼굴을 확인하고 깊은 한숨을 쉬었다. 그러고는 문을 열고 들어가 고개를 숙이고 있는 쌍둥이 아빠 맞은편에 가서 앉았다. 남자의 옷 군데군데 미처 털어내지 못한 분말 소화기 잔여물이 묻어 있었다.

"괜찮으십니까?"

무원의 질문에도 남자는 고개를 들지 않았다.

시너와 석유를 실은 승용차가 세현병원 응급실을 향해 돌진했다. 승용차는 입구의 안내데스크를 지나 안쪽 의료진과 환자들이 있는 쪽까지 밀고 들어가려고 했다. 병원 직원들은 승용차 뒷좌석에 가득 실린 석유통을 발견하고 소화기와 소화전 호스를 들고 승용차와 대치했다. 운전자는 문을 잠근 채 버텼다. 그러고는 안에서 불을 붙이기 위해 라이터를 들었다 그 순간 보안요원이 승용차 유리창을 깨고 남자에게 소화기를 뿌렸다. 끌려 나온 남자는 곧 도착한 경찰에 연행되었다. 차 안에서 시너 4리터들이 2통과 석유 20리터들이 15통이 발견되었다. 병원 반절쯤은 가볍게 날릴 만한 양이었다.

남자는 태희와 소희의 아빠였다. 남자는 어깨를 웅크린 채 아무 말도 하지 않았다.

"절대로 좋은 상황은 아닙니다. 오히려 상황이 무척 나쁩니다. 물론 저도 그렇게 생각하고요."

무원이 말했다.

"다친 사람이 있습니까?"

남자가 입을 열었다. 무원은 한숨을 쉬었다.

"다행히 없습니다."

무원은 대답을 하고 다시 한번 한숨을 쉬었다.

남자는 소리 없이 흐느끼기 시작했다. 아주 깊은 곳에서부터 슬픔을 퍼 올려 그것을 눈물에 실어 보내듯이 눈물은 쉴 없이 쏟아졌다. 눈물이 남자의 얼굴 전체를 번들번들하게 만들었다.

"정말로 죄송합니다. 드릴 말씀이 없습니다."

"제가 나가고 나면 사건을 담당한 형사가 다시 들어올 겁니다. 그때 여러 가지를 말해야 합니다. 시너와 석유를 구입한 경위는 물론이고 언제부터 이 일을 계획했는지 전부……."

"뭐라도 하지 않으면 미쳐버릴 것 같았습니다. 형사님 전화가 오기 전에 저와 아내는 라면을 먹고 있었습니다. 아내는 아이들 유골함을 남이 가져갔다는 사실에 불안해했습니다. 혹시라도 우리 애가 아니면 어떡하느냐고 계속 물었습니다. 이틀 동안 아무것도 먹지 않은 아내가 걱정이 돼서 라면을 끓여서 억지로라도 좀 먹으라고 하던 중이었습니다. 겨우 국물 한 숟가락이 아내 입으로 들어가는 것을 보고 있는데 전화가 온 겁니다."

무원도 알고 있었다. 지금 무엇을 하고 있냐고 남자에게 물었으니까. 혹시라도 운전 중이라면 나중에 이야기하는 편이 낫다고 생각했다. 하지만 집에서 아내와 식사를 한다는 말에 무원은 유골 분석 결과를 남자에게 전했다. 좀 더 나은 방법이 있었을까. 무원은 남자의 이야기를 들으면서 생각했다. 하지만 머릿속에 아무것도 떠오르지 않았다.

"아내가 까무러쳤습니다. 장모님을 불러놓고 저는 약을 사러 나갔습니다. 그런데 차를 보는 순간 저도 모르게 차를 타고 주유소로 갔습니다."

남자는 집에서 입는 편한 반바지와 반팔 티셔츠 차림이었다.

"그래도 이런 방식은 아닙니다. 오히려 병원에 손해를 입힌 점을 들어 병원 측에서 소송을 제기할 수도 있습니다. 그러면 따님들 문제는 점점 더 밝히기 어려워집니다."

남자가 모를 리 없다. 그도 알고 있었을 것이다. 두 딸의 아빠는 상황이 자신에게 불리하게 돌아갈 것을 알면서도 차를 몰고 병원으로 향했다. 이 남자에게 여전히 딸들이 지금 이곳에서 그리 멀지 않은 곳, 그곳의 은밀한 실험실 안 차가운 보존액 속에서 들어 있다는 사실을 말할 수 있을까. 무원은 감정을 억누르며 자리에서 일어났다.

Chapter 9.

녹색섬광

9

달도 보이지 않는 갑갑한 검은 하늘을 수인은 바라보았다. 다시 이곳에 돌아오고 싶지 않았지만 결국 다시 돌아오고 말았다. 고윤도 수인처럼 바로 이 자리에서 하늘을 올려다보다가 몸을 던졌을 것이다. 수인은 고윤이 몸을 던지는 그 순간을 시시때때로 떠올렸다. 미영의 침대 아래에서 천민희를 기다릴 때도, 얼음처럼 차가운 철제 서랍 속에서 재홍을 기다릴 때도 그랬다. 메스가 손바닥에 붙어버릴 것처럼 몸이 얼어붙을 때도 고윤이 이곳에 서서 아래를 내려다보는 장면을 생각하면 놀랍도록 뜨거운 것이 얇은 피부 속에서 솟구쳤다.

"너무 가까이 가지 마."

수인의 등 뒤에서 무원이 말했다.

"위험하니까."

수인은 고개를 돌려 무원을 바라보았다. 복잡한 사연을 독이 든 열매처럼 주렁주렁 달고 있는 소녀. 수인은 누군가의 조언을 새겨듣고 블랙진에 마찬가지로 짙은 컬러의 셔츠를 입었다. 머리는 한데 묶고 모자를 쓴 그녀는 아픈 환자를 가족으로 둔 평범한 소녀로 보였다. 무원은 수인의 곁에 섰다.

"남극에 여름이 오면 해가 20시간 동안 떠 있다고 해요. 밤은 고작 4시간밖에 되지 않아요."

수인이 말했다.

"20시간씩 깨어 있는 상태로 형사 일을 한다…… 그런 하루를 상상하는 것만으로도 피곤한데."

무원이 말했다.

"그곳에 가서 살면 그동안 누워서 흘려보낸 날들을 조금은 채울 수 있지 않을까요?"

무원은 대답하지 않았다. 삶과 죽음의 경계에서 줄타기를 해본 적이 없으니 그 줄에서 조금 전에 내려온 소녀의 심정을 이해할 수는 없었다. 그저 상상해볼 뿐이었다. 5년이라는 시간 동안 곤충채집 당한 잠자리처럼 붙들린 채 누워 있는 상상을.

"윤이는 겁쟁이가 아니에요. 두려워서 뛰어내린 게 아니니까요. 기억해달라고 뛰어내린 거예요."

애써 냉담한 표정을 유지하던 수인의 얼굴이 조금씩 흔들렸다.

"열다섯 살이 되면 뭘 해야 하는지 윤이에게 배우고 싶었어요."

소녀가 자신에게 닥친 지독한 시간을 보내는 방법은 '기대'였다. 소년이 자신에게 들려주는 이야기를 들으면서, 언젠가는 자신도 자신의 이야기를 만들 수 있을 거라 바라고 기다렸다. 이야기 중에 잘 이해가 되지 않는 부분은 소녀만의 상상으로 채워넣었다. 나중에 깨어나면 확인해볼 것들의 리스트가 점점 늘어났다.

"사람은 누구나 행복하고 싶지 괴롭고 힘들고 싶지 않잖아요. 그러니까 누군가를 아프고 괴롭게 하는 일에는 절대 힘을 실어주면 안 돼요. 그냥 가만히 있어도 도와주는 거예요. 의사나 형사는 그런 힘이 있는 사람들이잖아요."

수인의 말이 아프게 무원의 마음을 찔렀다. 열다섯 살의 소녀의 말은 단순했지만 그것은 진실이었다. 많은 사람들이 외면하는 진실. 하지만 절대 잊어서는 안 되는 진실. 수인의 동그란 이마에 푸른 핏줄이 비쳤다. 길고 긴 싸움을 끝낸 소녀는 조금 지쳐 보였다.

///

수인은 오렌지 빛의 슬리브리스 롱 원피스를 입었다. 주름 장식이 있는 실크 소재의 볼륨감 있는 치마가 무릎 바로 위까지 올라왔다. 네크라인과 치마 밑단의 짙은 남색 컬러 블록이 사랑스러운 느낌의 원피스에 차분한 균형감을 보탰다. 수인의 나이에 알맞게 어울리면서도 약간은 성숙해 보이는 의상. 여기에 앙증맞은 사이즈의 미니 백을 들었다. 그리고 긴 머리는 자연스럽게 어깨에 늘어뜨렸다.

"긴장되니?"

거울에 비친 수인을 바라보며 희정이 말했다.

수인이 고개를 저었다.

"아니요."

"그 원피스 무척 잘 어울려. 원래부터 네 옷인 것처럼."

희정의 말에 수인은 고개를 숙여 새삼스럽게 자신이 걸치고 있는 것을 살펴보았다. 옷은 아무래도 좋다는 듯.

희정과 수인은 곧 있으면 시작될 카르코바이오의 행사를 기다리고 있었다. 대기실에는 둘뿐이고 커다란 거울과 화장대, 페트병에 든 물과 약간의 다과가 준비되어 있었다. 수인은 행사에 중요한 인물로 참석했고 희정은 수인의 보호자 자격으로 이곳에 왔다. 희정은 심플한 펜슬 스커트에 블라우스를 입었다. 귀고리가 짧은 커트 머리 아래에서 흔들렸다. 희정은 의자에 앉아 있는 수인의 어깨에 양손을 올렸다.

"사실 너에게 무슨 이야기를 해야 할지 모르겠어. 넌 나보다 강해. 인내심도 강하다고 생각해. 그건 분명해. 그러니 내가 뭔가 더 이야기를 한다는 게 이치에 맞지 않다고 느껴져. 나이를 더 먹었다는 건 적어도 이 일에서만큼은 중요하지 않으니까."

희정은 수인의 부드러운 머리칼을 쓰다듬었다.

"내가 무척 좋아하는 시에 이런 구절이 있어. 비에도 지지 않고 바람에도 지지 않고."

"비에도 지지 않고 바람에도 지지 않고."

수인은 희정의 말을 반복했다.

"응. 힘든 일이 생기면 그 구절이 머릿속에 떠올라. 그러면 바로 어떤 장면이 상상돼. 어떤 사람이 비와 바람이 몰아치는 와중에도 옷깃을 잘 여미고 마음을 다잡고 있는 모습 같은 것."

"언젠가는 비와 바람이 지나갈 테니까?"

수인이 말했다.

"그래. 그치지 않는 비는 없으니까."

희정이 대답했다.

수인은 자신의 어깨에 손을 올리고 있는 희정의 왼손 위에 자신의 오른손을 올렸다. 차갑고 부드러운 손과 따뜻하고 작은 손이 겹쳐졌다.

"형사님이 끝까지 돕겠다고 하셨어. 나도 형사님을 최대한 도울 거야. 그리고 네 곁에는 항상 우리가 있을 거고. 시간이 조금 걸리겠지만 전부 밝혀질 수 있도록 노력할 거야."

전부 제자리로 돌아갈 것이라는 말은 할 수 없다. 죽은 아이들이 살아 돌아오지는 않을 테니까. 희정의 말에 수인이 고개를 끄덕였다.

카르코바이오의 심포지엄에는 2,000여 명이 넘는 사람들이 참석했다. 무원과 희정은 무대에 앉아 있는 강철주와 김호섭, 그리고 이수인을 바라보았다. 비극적인 사건만 없었다면 김재홍과 천민희도 한자리를 차지했을지 모른다. 혹은 어쩌면 두 사람의 자리는 처음부터 마련되어 있지 않았을지도 모르고. 무원과 희정뿐만 아니라, 미국 항생제 전문회사의 관계자들과 국내외 기자들, 의료계 인사들이 무대 위의 세 사람을 지켜보았다. 조만간 거물급 인사가 될 남자들과 그 사이에 앉은 아름다운 소녀. 세 사람이 만들어내는 분위기는 더할 나위 없이 드라마틱한 역할을 했다.

카르코바이오의 성과는 빠짐없이 소개되었다. 희귀병과 슈퍼 박테리아를 이겨낸 기적의 소녀의 스토리는 특별히 더 길게 소개되었다. 수인의 아름다운 외모는 기사 조회수를 올리는 데 큰 도움이 될 것이었다. 기자들은 앉은 자리에서 1조 원 이상의 매출을 이끌어낼 슈퍼 항생제와 코마에서 깨어난 아름다운 소녀 이야기에 방점을 찍은 원고를 작성했다. 강철주 소장이 행사를 마무리하는 멘트를 하기 위해 단상에 올라섰다. 성과에 대한 겸손한 자축과 앞으로의 계획 같은 것이 그의 입에서 나올 것이다. 눈치 빠른 기자들은 재빨리 강철주의 사진을 몇 장 찍고 자리에서 일어나기 시작했다. 강철주는 곧게 허리를 펴고 사람들을 내려다보았다. 백발이 희끗거리기는 하지만 60대 초반이라는 나이가 무색하게 혈색 좋은 피부. 그리고 이목구비가 어느 하나 튀지 않고 조화를 잘 이루고 있는 얼굴. 사회 어느 분야든 일정 위치 이상에 오른 이들이 이상적으로 생각하는 체력과 분위기를 강철주는 전부 가지고 있었다.

"저는 MRSA에 감염되었습니다."

하지만 강철주의 입에서 흘러나온 첫 마디는 기대했던 마무리 멘트와 너무나 멀리 떨어져 있었다. 강철주는 이 말의 파급력을 가늠하듯 잠시 침묵을 지켰다. 홀의 뒷문을 열던 기자들이 그 자리에 멈춰 섰다. 무원은 희정을 바라보았고, 희정은 무대 위의 수인을 바라보았다.

"30분 전의 일입니다. 확실하게 감염되었어요. 카르코 바이오 검사실 저온 냉동고에 보관되어 있던 MRSA 배양물을 주사했습니다. 물론 제 손으로 저지른 일은 아닙니다. 하지만 전 CG30-0438로 치료될 겁니다."

수인은 자신을 바라보는 희정의 시선을 피하지 않았다.

"그전에 해야 할 일이 있습니다. 어떤 고백을 한 가지 해야 합니다. 세상은 저에게 이러쿵저러쿵 설명을 자꾸만 요구하는군요. 하지만 해야겠지요."

강철주는 약간 숨이 차는 듯 기침을 했다. 그는 습관처럼 흡입기가 있는 주머니 쪽으로 손을 살짝 움직였다가 다시 단상을 잡았다. 공개된 장소에서는 절대 천식 흡입기를 사용하지 않는다. 게다가 주머니 속에는 흡입기가 없었다. 강철주는 수인을 힐끔 보고는 다시 마이크 가까이로 다가 갔다.

"5년 전 소아중환자실에 입원한 여덟 명의 난치병 아이들에게 MRSA를 주입했습니다. 방법은 채혈을 하고 나서 채혈한 자리를 박테리아에 노출시키는 방법이었습니다. 사망 후에도 전혀 눈에 띄지 않을 거라고 예상했고, 예상대로였습니다. 수혈 부작용과 거의 비슷한 증상으로 여덟 명 중 여섯 명이 사망했습니다. 나머지 두 명 중 한 명은 코마에 빠졌다가 1년 뒤 깨어났는데 다시 연구소에서 MRSA를 직접 주입했습니다. 총 열 번의 케이스가 있었는데 결과는 보시다시피, CG30-0438을 성공적으로 개발했습니다."

김호섭이 벌떡 일어나 강철주에게 달려갔다. 강철주는 가쁜 숨을 몰아쉬며 김호섭을 밀쳤다.

사람들은 마치 깜짝쇼와 같은 의사의 고백에 경악을 금치 못했다. 자신의 범죄를 고백하는 것조차 잘 짜인 프레젠테이션처럼 구성하는 남자.

희정은 자리에서 일어났다. 자신이 천민희의 출입증을 훔친 것처럼 수인 역시 마음에 드는 것을 가져왔을지 모른다. 예를 들면 천민희가 미처 사용하지 못한 주사 같은 것. 희정은 얼어붙은 채 수인을 바라보았다.

강철주는 기자들이 터뜨리는 플래시와 사람들의 고함 소리를 자신의 피날레로 받아들였다. 그리고 수인을 바라보았다. 난 약속을 지켰어. 다음은 네 차례다.

수인은 자리에서 일어나 강철주에게 다가갔다. 그리고는 앙증맞은 미니 백에서 무색투명한 CG30-0438이 든

바이알(vial)과 주사를 꺼내 강철주에게 내밀었다. 강철주는 주사를 바이알에 찔러넣어 주사액을 가득 뽑았다. 그러고는 자신의 팔에 꽂았다. 강철주는 수인을 자신만만한 표정으로 응시했다. 어떠냐. 기적은 내 편이다.

한 사람이 태어나 끝까지 제 삶을 살다가 가능한 편안한 장소에서 평온한 죽음을 맞이하는 것. 어쩌면 그것이 기적일지 모른다. 그리고 고윤은 그 기적을 누리지 못했다. 어느 날 고윤은 수인의 머리맡에 앉아 휴대폰으로 수인을 촬영했다. 쌍둥이의 납골당에 다녀온 이야기를 고윤에게 들은 다음이었다. 고윤이 죽은 아이들의 흔적을 짧은 영상에 하나씩 담고 있다는 걸 수인은 이미 알고 있었다. 고윤은 마치 잠이라도 자는 듯 평온한 모습으로 누워 있는 수인을 화면에 담았다.

"수인아."

수인은 잠시 눈을 감았다가 떴다. 영상 속 고윤의 목소리가 귓가를 배회하는 것 같았다. 자신의 팔에 주사를 꽂는 강철주의 모습이 흐릿해지면서 마치 고윤이 곁에서 자신을 지켜보는 듯한 묘한 현실감이 주위를 감쌌다.

"네가 듣고 있다는 것 알고 있어. 그래서 나는 지금 너와 대화한다고 생각하고 말할 거야."

고윤은 잠시 말을 멈췄다.

"네가 곁에 있어서 나는 정말 기뻐. 네가 있고 할머니가 있으면 난 혼자가 아니야. 내가 가장 사랑하는 사람이 적어도 세상에 둘이나 있는 거니까. 잠시만. 누가 들어오는지 좀 볼게."

고윤은 말을 멈추고 기다렸다.

"승열 선생님의 방에 붙어 있던 사진 속 바다는 정말 아름다웠어. 너도 보면 좋을 텐데. 정말 그런 곳이 있을까? 그 바닷가와 비슷한 곳을 찾아보고 있는데 모르겠어. 만약 있다고 하더라도 정말로 먼 곳이겠지?"

수인은 이제 자신의 병실 벽에 붙어 있는 남극의 바다를 떠올렸다. 그리고 꿈속에서 보았던 바다를 떠올렸다. 꿈속에서 우린 그저 평범한 열다섯이었다. 우리는 함께 해가 떨어지고 있는 수평선을 보았다. 수평선에 잠긴 해의 위쪽이 푸르게 빛났다. 우리는 그 녹색의 빛을 한참 동안 바라보았다.

"난 정말로 궁금했어. 어째서 나였을까. 왜 하필이면 내가 살았을까. 나는……."

고윤의 목소리가 잠기기 시작했다. 고윤은 스스로에게 질문을 던졌다. 그리고 그 답을 자신의 안에서 구하려 했지만 남는 것은 마음속에 고여 있는 죄책감뿐이었다.

"쓸모없는 기적이 아닐까. 나는 네가 어서 깨어났으면 좋겠어. 사람들이 널 버리려고 해. 아직 깨어나지 않은 너를 병원에서 내보낸다고 했어. 그 사람들이 그렇게 하기 전에 네가 먼저 깨어나야 해."

수인 또한 그렇게 하고 싶었다. 빨리 깨어나서 함께 평범한 열다섯이 되었으면.

"같이 어른이 되고 싶었는데. 어른이 되면 널 지켜주고
싶었어. 네가 내 옆에 있었다면 정말 좋았을 텐데. 내 걱정
은 하지 않아도 돼. 나는 괜찮아."

영상은 거기서 갑자기 종료가 되었다. 아마도 병실 밖
에서 나는 인기척을 들은 것인지 고윤은 인사도 없이 녹화
를 종료했다.

수인은 자신의 팔에 스스로 CG30-0438을 주사하고
있는 강철주를 응시했다. 자신이 지은 죄를 스스로 사하고
있는 남자. 다시 한번 자신의 위대함을 뼈저리게 느끼고 있
을 남자. 김호섭은 직원들을 시켜 홀 안의 사람들을 전부
내보냈다. 그리고 강철주를 끌고 무대 뒤로 향했다. 강철주
는 자부심 넘치는 얼굴로 입을 열었다.

"소중한 친구를 생각한 소녀다운 복수였어. 게다가 일
관성도 있지. 천민희도 동미영을 이걸로 죽이려고 했거든.
내 일만 아니라면 칭찬하고 싶을 정도야."

강철주가 말했다. 하지만 호흡이 점점 가빠졌다.

"천식 흡입기에 그걸 넣었을 줄은 예상하지 못했어. 확
실히 고윤보다 머리가 좋구나."

수인은 강철주에게 다가갔다. 그러고는 천천히 입을 열
었다.

"틀렸어요. 당신 생각은 전부 틀렸어."

"뭐?"

가쁜 호흡을 다스리며 강철주가 말했다.

"그건 MRSA가 아니에요."

강철주는 가슴을 부여잡았다.

"그건 폐렴과 패혈증을 일으키는 CRE예요. 만성 폐 질환자에게 아주 치명적인."

말을 마친 수인은 공허해진 강철주의 눈동자를 뒤로하고 자신을 기다리고 있는 희정에게 향했다. 수인은 환한 미소를 띠었다. 오렌지 빛 원피스와 아주 잘 어울리는 환한 미소는 아수라장이 된 홀 안에서 더욱 빛이 났다. 수인은 단 한 번도 그렇게 웃은 적이 없었다. 그것은 이제야 모든 일을 해결한 사람이 짓는 아주 개운한 미소였다.

//

수인은 다시 세현병원 호스피스 병동 1인실로 돌아왔다. 수인의 새로운 주치의는 수인이 아직 충분히 회복된 상태가 아니라는 진단을 내렸다. 게다가 소녀가 감당하기에 힘든 일들을 끊임없이 겪은 점에 진심 어린 우려를 표했다. 그녀를 상담할 정신과 전문의 또한 새롭게 지정했다. 다시 또 단조롭고 평화로운 병실 생활이 시작되었다.

수인은 희정이 선물한 책을 읽었다. 극지방의 혹독한 추위 속에서 생의 의미와 기쁨이라는 작은 보석을 발견한 이들이 쓴 책은 흥미로웠다. 그러고는 가끔 고개를 들고 벽에 붙은 남극 빙벽 사진을 보았다. 사진은 아무리 보아도 질리지 않았다. 승열은 종종 수인을 찾아와 이런저런 책을 놓고 갔다. 그는 더 이상 수인을 전담하는 정신과 의사가 아니었지만 그런 입장을 바라고 온 것은 아니었다. 두 사람은 그저 자신들의 관심사인 녹색섬광이 보이는 바다와 남극 얼음 위에 만들어진 오아시스에 대해서 이야기를 나누었다.

희정은 여전히 수인을 보살폈다. 재활 치료실에서의 근육 훈련 또한 강도를 올렸다. 수인을 재활 치료실에 데리고 갔다가 옥상에서 잠시 산책을 하고 돌아오는 일은 성식이 맡았다. 수인은 성식을 잘 따랐다. 서로가 심한 상처를 입은 채 숲속 동굴에 웅크리고 상처가 아물기를 기다리고 있는 처지라는 것을 잘 알고 있었다. 수인은 유일한 친구를 잃었고, 성식은 어머니를 잃었으니까. 상처는 아마도 영원히 아물지 않을 것이고 두 사람은 때때로 그 상처를 들여다볼 것이다. 누군가 또다시 자신들에게서 소중한 것을 빼앗으려고 할 때 그 상처는 욱신거릴지도 모른다.

무원은 희정을 만나기 위해 세현병원을 찾았다. 행사장에서 바로 응급실로 이송된 강철주는 아직까지 의식불명 상태였다. 김호섭은 구속 수사 중이고, 메스에 상처를 입은 김재홍은 회복이 되자마자 병원에 사직서를 제출했다. 그리고 천민희의 사망은 자살로 종결되었다. 희정 또한 목격자이자 참고인 신분으로 몇 차례 조사를 받았다. 가지고 있던 자료는 전부 증거로 제출했다. 5년 전 혈액 검사 결과와 고윤의 휴대폰이 증거로 제출되었다. 세현병원 서버와 카르코바이오 압수 수색을 통해 5년 전 의료 사고와 관련된 방대한 자료 또한 수집할 수 있었다. 그리고 쌍둥이들의 아버지 또한 여전히 조사를 받고 있었다.

모든 일이 이제야 순리에 맞게 하늘 아래 펼쳐졌다. 누군가는 그에 상응하는 벌을 받겠지만, 누군가는 생각보다 타격을 입지 않을지도 모른다. 같은 목표를 이루기 위해 어두운 터널을 함께 달린 형사와 간호사 그리고 소녀. 터널 밖에는 아무것도 없었다. 그저 악취가 나는 쓰레기 더미가 기다릴 뿐이었다. 하지만 그 쓰레기를 치우는 것도 형사의 몫이라고 무원은 생각했다. 그리고 끝내 살아남은 소녀와 간호사를 지키는 일까지도.

"간호사 생활을 오래한 것은 아니었지만 환자 분들을 그냥 보낸 적은 한 번도 없었어요. 마지막 호흡이 멈출 때까지 늘 최선을 다했어요."

희정이 말했다.

무원은 고개를 끄덕였다. 희정이라면 그랬을 것이다.

"물론…… 그건 거의 매번 제가 지는 것으로 끝이 났어요. 그게 어떤 기분인지 형사님을 아실 것 같아요."

희정이 자신의 단정한 입매에 희미한 미소를 건 채로 말했다.

"네. 익숙합니다. 익숙하고, 화가 나는 기분이죠."

무원이 대답했다.

"네. 맞아요. 하지만 제가 지는 동안 환자 분은 그 전쟁 같은 시간을 보내고 일생에 한 번뿐인 죽음을 맞이했을 거예요. 그러니 제가 화를 내는 건 주제넘는 일이겠죠."

희정은 옥상 난간에 기댔다. 여름의 더운 기운이 수그러든 만큼 가을의 선선한 기운이 딱 그만큼의 빈자리를 채운 바람이 불어왔다.

"그렇지만 그분들께서 영혼만큼은 상처 없이 가셨기를 바란다면 너무 큰 바람일까요."

희정은 자신을 떠난 소중한 이들을 떠올렸다.

"아니요. 제가 죽을 때도 누군가 그렇게 생각해준다면 바랄 것이 없을 것 같습니다."

무원이 대답했다.

희정의 간호복에서 휴대폰 진동이 울렸다. 성식이었다. 전화를 받은 희정의 얼굴이 서서히 일그러졌다. 그리고 무원의 눈을 응시했다. 이해할 수 없는 의문이 희정의 눈 깊은 곳에 떠올랐다. 그녀는 묻고 있었다. 왜.

희정이 휴대폰을 천천히 내렸다. 굳게 닫힌 희정의 입이 조금씩 벌어졌다.

"수인이 병실에서 사라졌다고 해요."

희정이 가늘게 떨리는 목소리로 말했다.

"환자복은 벗어서 고이 개어놓고 먹어야 하는 약도 그대로 둔 채로요. 없어진 건 제가 선물한 책과 원피스뿐이래요.”

무원은 본능적으로 옥상 아래를 내려다보았다.

“혼자 옷을 갈아입고 책 한 권을 들고 사라졌다?”

무원이 말했다.

“그렇게 보인대요. 그저 잠시 외출을 나간 사람처럼.”

“하지만 그렇게 생각하지 않으시는 거죠?”

무원의 질문에 희정은 고개를 천천히 끄덕였다.

“네. 왠지 돌아오지 않을 것 같다는 생각이 들어요. 이
유는 모르겠어요. 하지만 돌이켜 생각하면 수인은 늘 그런
마음을 품고 있던 것이 아닌가 싶어요. 언젠가는 자신이 원
하는 때에 이곳을, 하얀 감옥과 다름없는 병원을 나가야 한
다는.”

잠시 생각에 잠겨 있던 무원이 입을 열었다.

“그 부분에 대해서 저에게 선생님이 해주실 말은 없으
신 거죠? 저를 굳이 옥상에서 보자고 한 이유라든지.”

무원은 말을 마치고 희정의 대답을 기다렸다. 희정은
고개를 돌리고 대답하지 않았다.

녹색섬광

1판 1쇄 인쇄 2018년 6월 15일
1판 1쇄 발행 2018년 6월 22일

지은이 김은주
펴낸이 김영곤
펴낸곳 ㈜북이십일 아르테팝
미디어사업본부이사 신우섭
편집 윤기홍, 김미래
교정교열 눈씨   **디자인** 섬세한 곰
미디어마케팅팀 정지은 정지연   **문학영업팀** 권장규 오서영
제휴팀 류승은   **제작팀** 이영민

출판등록 2000년 5월 6일 제406-2003-061호
주소 (우10881) 경기도 파주시 회동길 201(문발동)
대표전화 031-955-2100   **팩스** 031-955-2151   **이메일** book21@book21.co.kr

㈜북이십일 경계를 허무는 콘텐츠 리더

아르테팝 채널에서 도서 정보와 다양한 영상 자료, 이벤트를 만나세요!
장강명, 요조가 진행하는 팟캐스트 말랑한 책 수다 〈책, 이게 뭐라고〉
페이스북 facebook.com/21artepop   포스트 post.naver.com/artepop
인스타그램 instagram.com/21artepop   홈페이지 arte.book21.com

ISBN 978-89-509-7542-5 03810
책값은 뒤표지에 있습니다.